M. D. HIRT

Bloody
MARRY ME

BLUT IST DICKER ALS WHISKEY

DARK DIAMONDS

© Shattered Light Photography

M. D. Hirt wurde in Barcelona geboren und bereiste mit ihren Eltern die ganze Welt. Heute lebt und studiert sie in Berlin und liebt es, mittlerweile selbst Pläne zu schmieden, um ferne Länder zu erkunden. Ihre Freizeit verbringt sie entweder in ihrer Werkstatt, in der sie an allem herumtüftelt, was ihr in die Finger kommt, oder an ihrem Schreibtisch. Dort ist auch ihr vampirisch-schöner Debütroman entstanden.

Prolog

Die Enthüllung

Jeder kennt das Gefühl, wenn einem etwas den Atem verschlägt, die Hände anfangen zu schwitzen, der Kopf rattert und man sich Mühe geben muss, seine Gedanken wieder zusammenzusetzen. Dieses Gefühl ereilte mich an einem verregneten Novemberabend vor vier Jahren.

Als ich ausgestreckt auf der kühlen braunen Ledercouch in meiner kleinen Berliner Studentenwohnung lag, war das weder der Ort noch die Zeit, wo ich damit gerechnet hätte. Ich war vertieft in einen meiner zahllosen Liebesromane und lauschte dem prasselnden Regen, der gegen das Dachfenster über mir trommelte. Meine Finger strichen über die cremefarbenen Seiten, die den subtilen Duft von neuem Papier verbreiteten, kaum wahrnehmbar durch den stärkeren Geruch von Acrylfarbe und Terpentin meiner trocknenden Leinwände.

Diese Harmonie wurde nur unterbrochen vom leisen Geplapper des Fernsehers, den Alice eingeschaltet hatte. Sie saß auf dem Boden, an das Sofa gelehnt, auf dem ich lag. Ungeduldig zappte sie durch die wenigen Free-TV-Sender, die mein uralter Fernseher empfing, bis sie das gesuchte Programm fand.

Alice war, seit ich an die Kunsthochschule gekommen war, meine beste Freundin und ich kannte jede ihrer Lieblingssendungen, als wären es meine eigenen. Wir wohnten zwar nicht zusammen, aber trotzdem war sie der Mensch, den ich jede Woche am meisten sah. Jetzt flackerte ihre derzeit favorisierte Quizshow über die Mattscheibe. Ich wippte mit dem Fuß zum Takt der rockigen Titelmusik, die nur von einem leichten statischen Rauschen durchzogen war. Es war dasselbe Lied, welches auch in einer Waschmittelwerbung verwendet wurde, und mein neues Lieblingslied. Hin und wieder fing ich einen Kommentar von Alice oder dem Moderator auf und sah hoch. Ich konnte nicht widerstehen, dann aus meinem Buch aufzutauchen, um lautlos mitzuraten – Alice hingegen war selten stumm, sie redete wahnsinnig gern mit dem Fernseher, auch wenn sie wusste, dass die Kandidaten sie nicht hören konnten.

Es hielt sie auch keineswegs davon ab, lautstark zu fluchen: »Die Antwort ist A! Du dämliche Kuh!« Typisch, bei Fragen über Bildhauerei machte ihr so leicht keiner was vor. Mein Spezialgebiet war dagegen die Malerei und Kunstgeschichte.

Ich wandte den Blick ab, ließ kopfschüttelnd mein Buch sinken und stöberte durch die Nachrichten auf meinem unendlich langsamen, alten Smartphone. Ein YouTube-Video stach mir ins Auge: *Vampire real? Blutsauger nun offiziell enthüllt?* Es hatte mehrere Millionen Views, obwohl es gerade erst 56 Minuten online war. Neugierig klickte ich darauf und stieß Alice an, die mit ihrem blonden Lockenkopf ebenfalls einen Blick aufs Display warf und den Fernseher ausschaltete, damit wir dem blechernen Ton besser lauschen konnten. Mein Handy zeigte einen neutralen marineblauen Hintergrund mit einem transparenten Globus, der sich langsam drehte. Auf fremdsprachigen Kanälen, die in der Beschreibung verlinkt wurden, war ein übersetztes Äquivalent zu sehen. Zusätzlich flackerten die Worte *Breaking News* über das Display.

Die letzten Male, dass ich etwas Ähnliches erlebt hatte, waren zu der Zeit gewesen, als eine Reihe von Terroranschlägen die USA erschütterte und der Tsunami über Japan hinwegfegte. Jegliche Medien waren voll von grausamen Videos und Bildern gewesen. Ich wappnete mich emotional für eine weitere Katastrophe, während eine freundlich dreinblickende Nachrichtensprecherin erschien. Entgegen meiner Erwartungen hatte sie ein Lächeln aufgesetzt und war von einer Aura der Ruhe umgeben.

»Meine sehr verehrten Damen und Herren, diese Nachrichtenunterbrechung wird nicht nur auf YouTube, sondern ebenfalls länderübergreifend in mehreren Sprachen in einer Stunde auf verschiedenen Fernsehkanälen ausgestrahlt. Des Weiteren werden Radiosender und Zeitungen ebenfalls im Verlaufe des Tages Meldungen herausgeben. Eine Übersicht über die Sprachen finden Sie in der Videobeschreibung oder im Teletext Seite 358 ...«, begann sie.

Alice und ich sahen uns an. Dann riss sie die Fernbedienung mit einem Blick auf die Uhr nach oben, schaltete den Fernseher wieder ein und wir beide starrten verdutzt auf das exakt selbe Bild.

Es klang zumindest nicht nach einer weiteren Katastrophe. Aber es musste eine wichtige Botschaft sein, sonst würde das reguläre Fernsehprogramm nicht unterbrochen werden. Ein YouTube-Video schön und gut, aber sämtliche Medienkanäle? Was konnte so viele Menschen betreffen? Vor allem so plötzlich?

»Hast du irgendeine Idee, was das soll?«, fragte ich.

Sie zuckte mit den Schultern. »Keinen blassen Schimmer, Holly.«

Wir wurden jedoch nicht weiter auf die Folter gespannt, als die blonde Frau nach drei kurzen Pieptönen erneut auf dem Bildschirm erschien.

»Diese Programmunterbrechung ist das Ergebnis eines langen Prozesses, der vor wenigen Minuten abgeschlossen und von Ihrer Regierung abgesegnet wurde. Vor nun mehr einem Jahr ist der Wissenschaft ein medizinischer Durchbruch gelungen: die Kommerzialisierung von geklontem und damit menschenfrei hergestelltem Blut. In Notaufnahmen rund um den Globus ist diese wissenschaftliche Errungenschaft bereits nicht mehr wegzudenken und hat seitdem unzählige Menschenleben gerettet. Die Nahrungsmittelindustrie hat ebenfalls die Vermarktung des geklonten Blutes angekündigt, um die Bedürfnisse eines Kundenstammes zu befriedigen, der bisher dem Reich der Sagen und Legenden zugesprochen wurde – den Vampiren. Durch die finale Markteinführung als Lebensmittel und die damit verbundenen reduzierten Produktionsauflagen wird die Massenproduktion ermöglicht, welche es allen Mitgliedern der Vampirgemeinde erlaubt, sich kostengünstig und effizient zu ernähren.«

Die Nachrichtensprecherin machte eine Pause und holte tief Luft. »Sie haben richtig gehört und ich bitte Sie angesichts dieser Nachrichten Ruhe zu bewahren. Vampire leben seit Jahrhunderten unbemerkt unter den Menschen, als vollwertige Mitglieder der Gesellschaft, ohne negative Folgen für Sie oder Ihre Angehörigen. Möglicherweise kennen Sie sogar einige Vampire und zählen Sie zu Ihren langjährigen Freunden – ohne von ihrem wahren Wesen zu wissen. Mit der Einführung des geklonten Blutes gibt es keinen Grund mehr, unsere Existenz vor den Menschen geheim zu halten.«

Alice und ich verfielen in etwas, das man als Schockstarre beschreiben konnte, und sahen uns an. Vampire waren echt? Und die hübsche blonde Nachrichtensprecherin war eine von ihnen?

Das Handy rutschte aus meiner Hand zu Boden. Ich ertappte mich, wie ich angestrengt auf den Bildschirm starrte und mich bemühte irgendwelche Anzeichen für ihr untotes Dasein zu finden, dabei sah sie eigentlich ganz normal aus. Zartrosa Wangen, keine faulende Haut, keine blutroten Augen, auch keine Fangzähne? Nur ein wenig blass war sie. Mein Gehirn ratterte unermüdlich. Mir lief es eiskalt den Rücken herunter und meine Hände fingen an zu schwitzen.

Vielleicht war mein Postbote ein Vampir. Immerhin brachte er meine Post immer extrem spät oder so früh, dass es noch dunkel war. Meine Nachbarin? Die kam so gut wie nie aus ihrer Wohnung. Oder etwa mein Arzt? Der hatte mir in letzter Zeit verdächtig oft Blut abgenommen. Ich schüttelte den Kopf und wischte mir die schwitzigen Hände an der Hose ab. Nein, das war mir angesichts meiner kleinen Nadelphobie wohl nur so vorgekommen.

Mit großer Mühe versuchte ich meine Gedanken zu sortieren und das zu tun, was mir die Nachrichtensprecherin empfahl: Ruhe bewahren. Wobei ich mir gestehen musste, das Ganze war nur bedingt erfolgreich.

Ich musste das alles erst mal sacken lassen, doch die Nachrichtensprecherin, die als erste öffentlich geoutete Vampirin in die Weltgeschichte eingehen würde, ließ mir keine Pause.

»Wir haben ein Bürgertelefon und Chats eingerichtet, an die Sie sich wenden können. Dort werden wir uns um Ihre Fragen und Bedenken kümmern. Außerdem werden wir die nächste Woche nutzen, um 24 Stunden pro Tag Nachrichten und Wissenswertes über Vampire auf mehreren Fernsehkanälen und YouTube zu senden. Damit diese Enthüllung ohne Zwischenfälle stattfindet, ist es wichtig, dass Sie keine übereilten Schlüsse ziehen oder überstürzt reagieren. Es wird ebenfalls von mehreren Ländern weitere Regierungserklärungen geben …«

Ich bekam nicht mehr mit, was sie noch zu sagen hatte. Mit zitternden Fingern angelte ich wieder nach meinem Handy und wollte schon die Nummer wählen, die eingeblendet wurde, bis ich innehielt. Dabei wusste ich nicht einmal, was ich überhaupt fragen wollte.

Während ich entsetzt war, blieb meine Freundin überraschend ruhig. »Tja, das war's dann wohl mit unserer abendlichen Soap«, meinte sie nur trocken.

Mein Blick landete auf Alice und ich wurde misstrauisch, immerhin kannte ich sie mittlerweile seit ungefähr einem Jahr, aber manchmal war Alice ungewöhnlich blass und eine ziemliche Nachtschwärmerin. Wir studierten zusammen Bildende Kunst und waren seit dem Vorkurs unzertrennlich. Auch wenn wir nicht unterschiedlicher hätten sein können, ich als schüchternes und zurückhaltendes Landei mit amerikanischen Wurzeln und sie als bunter Hund, der keine Party ausließ. Aber hätte sie mir eine so große Sache wie Vampirismus verschweigen können?

Sie sah mich fragend an und prustete laut los. »Mach dir keine Sorgen, Holly. Ich weiß genau, was du denkst, und nein, ich bin keine Vampirin.«

Ein erleichtertes Seufzen entfuhr mir – hatte ich das wirklich auch nur eine Sekunde lang ernsthaft geglaubt? Ich kam mir lächerlich vor.

»Warum bist du eigentlich so verängstigt? Du hast die Dame im Fernsehen gehört, kein Grund zur Panik. Iss erst mal 'nen Happen, auf den Schock brauchst du was im Magen.«

Wie auf Kommando klingelte es an der Tür. Das musste unsere traditionelle Samstag-Abend-Pizza sein.

»Wenn man vom Teufel spricht«, sagte Alice und kramte nach Trinkgeld, während ich bereits aufgestanden war. Sie hob beschwichtigend die Hände. »Beruhige dich, du bist so blass, wenn du jetzt jemandem die Tür öffnest, dann hast du gleich 'nen Pflock im Herzen. Vielleicht ist ja aber auch der Pizzabote ein Vampir, der kommt, um dich zu holen?« Sie kicherte und wuselte zur Tür.

Zu meiner Erleichterung war es jedoch nur derselbe dauerhaft genervte

Lieferant, der jeden Samstag kam, und die Pizza war auch nicht mit Blutwurst, sondern wie üblich mit Salami belegt.

Alice und ich ließen uns noch stundenlang nach der Nachrichtensendung vom angekündigten *Vampirprogramm* berieseln, nur um eines festzustellen: Die Vampire waren zwar da und unter ihnen extrem viele berühmte Persönlichkeiten, aber sie gaben nicht viel von sich preis. Ich hatte das Gefühl, dass ich nach jedem dieser Beiträge, die Titel wie *Die Anatomie einer Sagengestalt, Wahrheit oder Fiktion: 20 Fakten über Vampire* trugen, nicht mehr wusste als vorher.

Alice ging es ähnlich und sie war so etwas wie eine selbsternannte Expertin auf dem Gebiet, schließlich hatte sie nicht umsonst Hunderte Vampir-Romane gelesen.

Außerdem diskutierten wir ausgiebig, bis zum Morgengrauen. Während Alice ihre eigene Fantasy-Romanze vor Augen hatte, jagte mir die ganze Vampir-Sache eher Angst ein. Ich dachte mehr an Dracula oder Nosferatu.

Meine Eltern hatten versucht mich konservativ-religiös zu erziehen. Auch wenn das nur bedingt gefruchtet hatte, waren Vampire, Dämonen und Werwölfe für mich nicht nur Sagengestalten, sondern kamen direkt aus der Hölle. Alles, was mit paranormalen Phänomenen zu tun hatte, beunruhigte mich zutiefst. Nicht dass mir bisher viel Übernatürliches zugestoßen wäre, aber wer wie ich nur ein einziges Mal einen Kirchenexorzismus hatte mit ansehen müssen, war fürs Leben geprägt.

Immerhin hatten sich die Vampire vor dem geklonten Blut von richtigem Blut ernährt und woher das gekommen war, sollte jedem klar sein. Die Tatsache, dass die Vampire sich bei Sonnenaufgang in Leichen verwandelten, die beim geringsten Sonnenstrahl in Flammen aufgingen und nicht anfingen zu glitzern wie die schönsten Edelsteinchen, war ebenfalls kein besonders kuscheliger Gedanke, um ihre Gesellschaft zu suchen.

Letztendlich konnte man es drehen und wenden, wie man wollte: Egal wie unangenehm manche Nachrichten waren, wenn man sie nicht ändern konnte, musste man lernen mit ihnen umzugehen.

So ging es nicht nur mir, sondern vielen Menschen. Das bestätigten zumindest die radikalen Vampirjägergruppen, die sich nach der Enthüllung bildeten; die Ausschreitungen, die in dunklen Seitengassen stattfanden; die Übergriffe auf vermeintliche Vampire; die Demonstrationen, die auf jedem großen, öffentlichen Platz stattfanden; die Geschäfte, die plötzlich rund um die Uhr geöffnet hatten; die Vampir-Restaurants; die zahlreichen Vampirismus-Unterstützer und der rekordverdächtige Absatz von geklontem Blut.

Zwei Jahre nach dem Outing war die Empörung über die jahrhundertelange Geheimniskrämerei vorüber, die Anschuldigungen an die Regierung und die generellen Rechtsfragen geklärt. Die Schulen unterrichteten mittlerweile Vampirkunde und ein Großteil der alten Sagen und Legenden war widerlegt oder zumindest bereinigt worden.

Ein schwedisches Möbelhaus hatte die lebenslange Garantie mit einem vorsichtigen Lächeln widerrufen und auf dreißig Jahre begrenzt und das geklonte Blut war, in verschiedenen Blutgruppen, in so gut wie jedem Kühlregal zu finden.

Die Menschen hatten mehr oder minder mit den Vampiren leben gelernt. Wobei sich für die meisten Menschen nicht viel verändert hatte und sich auch nicht mehr ändern würde. Es sei denn, die nächste Spezies beschloss aus der Versenkung aufzutauchen.

Zwei Jahre nach dem Outing saßen Alice und ich erneut vor meinem nun geradezu antiken Fernseher, schauten die Preisverleihung eines großen Gewinnspiels an und sie sprach die magischen Worte, die mein Leben nachhaltig verändern würden.

»Da kann man die Erfüllung seines Lebenstraums gewinnen! Ich melde uns mal an. Wenn ich Glück hab, gewinne ich endlich die Reise auf die Galapagosinseln und, Holly, du kannst zu den *Atlantis Awards*«, kreischte sie vergnügt und ich seufzte, denn ich wusste: Wenn Alice sich etwas in den Kopf gesetzt hatte, war sie davon nicht mehr abzubringen.

Sie sah mich mit ihren babyblauen Augen erwartungsvoll an. Ich nannte das immer ihren Wunderland-Blick. Beim letzten Mal, als ich diesen bei ihr gesehen hatte, schlug sie vor im angrenzenden See zu baden – nackt, im Dezember. Da ich wusste, wie zwecklos Widerstand war, und die Aktion, im

Gegensatz zum nächtlichen Eisbad, nicht schaden konnte, nickte ich ergeben und sie griff gierig nach meinem alten Laptop, um das Anmeldeformular auszufüllen.

Kapitel 1

Der unerwartete Anfang

Na endlich. Die dröhnenden Bassrhythmen, die ich tief in mir spürte und die mich kräftig durchgeschüttelt hatten, setzten schlagartig aus. Das dumpfe Wummern in meinen Ohren erstarb. Ich sah mich verunsichert um und ließ meine Blicke an den vielen Kabeln und Gerüsten entlangwandern. Mit einer ungeschickten Bewegung schüttelte ich mir die kleinen gelben Stöpsel, welche ich mir vorsichtshalber mitgenommen hatte, aus den Ohren.

Wie war ich nur in dieses Fernsehstudio gekommen? Tja, tatsächlich hatte ich durch Alices Schnapsidee, uns beim Gewinnspiel anzumelden, etwas gewonnen. Sie selbst ging hingegen leer aus, obwohl sie für ihr Glück bekannt war.

Der Hauptgewinn war die Erfüllung eines Lebenstraums, egal was es war – zumindest war das angepriesen worden. Aber ein paar Einschränkungen gab es doch. Sonst hätte ich mir einen großen Sack voll Gold gewünscht, um die Schulden, die durch die Studiengebühren meiner Privatuni entstanden waren, abzubezahlen.

Ich seufzte, es war hart, auf sich allein gestellt zu sein. Meine Eltern hatten meinen Auszug aus dem Familienbauernhof alles andere als begrüßt. Jetzt war ich das schwarze Schaf inmitten meiner konservativen Verwandtschaft. Das Huhn zwischen den Schwänen. Aber wie sagte man so schön? Auch ein blindes Huhn findet mal ein Korn. Oder gewinnt einen Preis.

Das war also mein großes Glück, denn ich wurde zur Liveshow des Gewinnspiels eingeladen, in der die letzten zehn ihre Preise überreicht bekamen, zusammen mit einem vielfältigen Showprogramm. Man hatte mir zuvor mitgeteilt, dass ich den zweiten Preis gewonnen hatte: einen brandneuen Sportwagen.

Ich freute mich wahnsinnig, denn mein kleines Gefährt fiel langsam, aber sicher auseinander und als Studentin konnte ich mir weder die Reparatur noch ein neues Auto leisten. Stirnrunzelnd überlegte ich jedoch, ob die Spritkosten des schnittigen Sportwagens überhaupt in mein Budget passten oder ob ich ihn lieber verkaufen sollte.

Das Einzige, was mein Glück noch trübte, war der kleine Funken Trauer darüber, dass mein eigentlicher Lebenstraum vermutlich nie in Erfüllung gehen würde.

Seit Jahren träumte ich davon, zu den *Atlantis Awards* zu reisen, der größten Gala für internationale Künstler, Schauspieler, Sänger und Stars. Dabei wusste ich nicht mal genau warum. Ich wusste nur, dass ich, seit ich denken konnte, eine unfassbare Sehnsucht entwickelt hatte. Jeder Zeitungsartikel und Fernsehbericht übte eine magische Anziehungskraft auf mich aus.

Dabei würde ich mich nicht als Hardcore-Fan irgendeines Schauspielers oder einer Band bezeichnen, mein Herz schlug eher für die alten Meister wie Da Vinci oder Van Gogh. Außerdem hatte ich panische Angst davor, im Fokus der Öffentlichkeit zu stehen, und doch hatte ich immer eine seltsame Verlockung verspürt, wenn es um die *Atlantis Awards* ging.

Auf normalen Wegen grenzte es an Unmöglichkeit, dorthin zu gelangen, denn jeder handverlesene Gast durfte nur eine einzige Begleitperson mitnehmen und es gab keine regulären Tickets zu kaufen. Da selbst die Presse zu diesem Event nur begrenzt zugelassen war, kauften sich Fernsehsender und Journalisten mit horrenden Summen in die Veranstaltung ein, indem sie den Begleitplatz eines Prominenten für Millionenbeträge ersteigerten. Dagegen war der Eintritt in die Oscarverleihung ein Kinderspiel.

Da ich weder die Millionen noch irgendwelche nennenswerte Talente besaß, fielen die *Atlantis Awards* für mich flach. Ehrlich gesagt: Ich hätte mir nicht mal den Flug nach L. A. leisten können.

Meine Träumereien wurden jäh unterbrochen, als ich ein unangenehmes Geräusch aus der Kandidatengarderobe vernahm. Helena, das junge Mädchen, welches den Hauptpreis gewonnen hatte, würgte und sah unfassbar blass aus.

»Alles in Ordnung?«, fragte ich, doch Helena schüttelte nur den Kopf. »Toilette?« Diesmal nickte sie.

Wir eilten zum nächsten Porzellanthron, der sich gefühlt Hunderte Kilometer entfernt zu befinden schien, und erreichten ihn keine Sekunde zu früh. Helena erbrach sich mit wohltuender Heftigkeit, während ich ihr die Haare aus dem Gesicht hielt.

»Das ist nur das Lampenfieber«, versuchte ich sie zu beruhigen.

Jemand klopfte gegen die Kabine. »Frau Bane? Sind Sie da drinnen? Können Sie bitte kurz rauskommen?«, hörte ich eine energische Frauenstimme fragen.

»Kommst du kurz alleine klar?«, fragte ich Helena, die daraufhin schwach nickte.

»Danke, Holly.«

»Kein Problem.«

Eine Frau mit grauem Bleistiftrock und diffuser Hochsteckfrisur erwartete mich vor der Toilette. »Frau Bane, wir haben da offensichtlich ein kleines Problem«, fing sie an. »Frau Schneider muss sich ja anscheinend ununterbrochen übergeben, sie kann also ihren Preis nicht entgegennehmen.« Die Frau kniff die Lippen ernst zusammen, was ihr das Aussehen eines wütenden Kugelfischs verlieh, und war sichtlich wenig begeistert von der aktuellen Planänderung. »Deswegen werden Sie das tun. Herzlichen Glückwunsch«, schloss sie und trug ein gequältes Lächeln zur Schau.

Mir dagegen fiel die Kinnlade herunter und ich stammelte mit ungläubiger Stimme: »Ich ... *Atlantis Awards*?«

Sie sah mich mit einer Mischung aus Mitleid und Belustigung an. »Zu den *Atlantis Awards*? Machen Sie Witze? Nein, Sie werden natürlich Helenas ersten Preis bekommen: ein Duett mit Ray Sorin von *Bloody Mary*. Wir können den Ablauf so kurzfristig nicht mehr ändern. Ihren Preis bekommt jemand anderes.«

Ich spürte, wie sich ein beklemmendes Gefühl in meiner Brust breitmachte. Kein Auto und dann musste ich auch noch singen? Konnte es noch schlimmer kommen? Mein größter Traum wurde gerade für mich zu meinem größten Albtraum.

»Aber …«, stammelte ich weiter und die Kugelfisch-Lady schaute mich so ungeduldig an, dass ich ein »Aber ich kann nicht singen und … das wäre unfair der armen Helena gegenüber« herausbrachte.

Ich versuchte sie mitleiderregend anzusehen, damit sie es sich noch einmal anders überlegte. Doch ein düsterer, gehässiger Schatten huschte über ihr Gesicht.

»Erinnern Sie sich noch an den Vertrag, den Sie unterschrieben haben?« Ihr Lächeln war boshaft.

Ja, ich erinnerte mich an den verdammten Vertrag. Darin standen neben jeder Menge rechtlicher Floskeln nicht nur, dass ich nichts darüber verraten durfte, was sich hinter den Kulissen abspielte, sondern auch, wie sehr ich mich über meinen Preis zu freuen hatte. Ich schwor bei Gott, nächstes Mal würde ich die fünfzig Seiten durchlesen, auch wenn ich ungeduldig angezickt wurde. Aber jetzt war es zu spät, ich hatte meine Seele bereits an den Teufel verkauft. Wenn ich nicht so geschockt gewesen wäre, hätte ich vermutlich Reißaus genommen.

»Das kann nicht legal sein!«, rief ich empört aus, doch die Frau lächelte nur kalt.

»Klag doch. Keine Rechtsschutzversicherung? Nein? Schätzchen, so läuft das in der Entertainment-Branche. The show must go on! Wir können kein Fiasko gebrauchen. Wenn du nicht singen kannst, ist das egal. Wir kriegen das schon als lustig oder mitleiderregend verkauft«, sagte sie und wackelte auf ihren hohen Absätzen davon, ohne sich noch mal umzudrehen oder mir Zeit zum Protestieren zu geben.

Ich biss mir auf die Lippen und versuchte die in mir aufwallende Panik und ein paar Tränen zu unterdrücken. Ruhig bleiben.

Bloody Mary … Mit gerunzelter Stirn kratzte ich das wenige Wissen, welches ich über die Band besaß, zusammen. Sie war bei Teenies beliebt, machte wohl annehmbare Musik und ich mochte den generellen Wirbel um sie nicht. Die Klatschpresse lobte sie in den Himmel und versuchte die Privatleben der einzelnen Mitglieder so breit wie möglich zu treten. Dabei führten sie anscheinend das übliche Rockstar-Leben mit viel zu vielen Partys, kaputten Hotelzimmern, leichten Mädchen und vermutlich jeder Menge Geschlechtskrankheiten. Ich interessierte mich generell wenig für Klatsch und Tratsch. Eigentlich nur, wenn ich irgendwo im Wartezimmer saß und in den Illustrierten blätterte, um Zeit totzuschlagen.

Mir war immerhin bekannt, dass die Band aus Vampiren bestand, und ich fand den Bandnamen angesichts dieser Tatsache reichlich geschmacklos. *Bloody Mary*? Im Ernst?

Ich hingegen wäre für diese Blutsauger vermutlich keineswegs geschmacklos. Die Vorstellung, als kleiner Snack für zwischendurch betrachtet zu werden, beunruhigte mich zutiefst. Da ich keine Vampire persönlich kannte, hatte aber auch bis gerade eben keine Gefahr dahingehend bestanden. Es war außerdem unwahrscheinlich gewesen, dass ich jemals welche kennengelernt hätte, denn sie bekleideten meist Positionen ganz oben auf der Karriereleiter – da, wo ich nicht war. Kein Wunder, sie hatten, im Gegensatz zu den Menschen, schließlich jahrhundertelang Zeit gehabt, ihre natürlichen Fähigkeiten zu perfektionieren.

Außerdem hatten sie mit ihrer Unsterblichkeit auch eine Reihe an übernatürlichen Fähigkeiten zu bieten: übermenschliche Geschwindigkeit und Stärke, makelloses Aussehen. Vielleicht konnten sie fliegen oder Eier legen? Wer wusste das schon genau.

Vampire gaben nur sehr wenig über ihre Eigenarten preis. Vor allem um ihre Schwächen wurde ein großes Geheimnis gemacht. Bis auf die generellen Informationen und allgemeinen Warnhinweise wie leichte Entflammbarkeit oder die Tatsache, dass sie durch Pfählung getötet werden konnten und schwächer wurden, wenn sie lange nichts getrunken hatten.

Nun sollte ich mit einem Vampir ein Duett singen. Singen war ja schon schlimm genug, aber auch noch mit einem Untoten? Ich konnte mir in diesem Moment nur schwer etwas Schlimmeres vorstellen – außer vielleicht von einem Vampir ausgesaugt zu werden. Wobei die Menschen, die sich dieses gesangliche Desaster anhören mussten, das vermutlich bevorzugen würden.

Ich wünschte mir nichts sehnlicher, als still und heimlich vom Erdboden verschluckt zu werden. Doch diese Gnade wurde mir nicht gewährt, denn in diesem Moment kam ein Praktikant mit dicken Kopfhörern auf den Ohren auf mich zu und schubste mich ungeduldig zum Bühneneingang.

»Erst reden, dann singen!«, brüllte er mir entgegen und ich zuckte zusammen. Seine Kopfhörer waren anscheinend fantastisch schallisoliert. Ob ich mir wohl ein paar davon für meinen Auftritt leihen durfte? Bevor ich ihn jedoch beschwatzen konnte, hatte er mich bereits ein gutes Stück weitergeschoben.

Wir standen nun vor dem Bühneneingang und ich hörte noch das Aufheulen des Motors des Sportwagens, der eigentlich meiner hätte werden sollen. Ich versuchte ein letztes Mal meine Enttäuschung und Nervosität herunterzuschlucken, als die schweren Türen aufschwangen und mich das Scheinwerferlicht blendete.

Was zum Teufel tat ich hier?

Alle Augen waren auf mich gerichtet und ich musste mit Mühe den Reflex unterdrücken, direkt wieder rauszurennen oder mich zu übergeben. Das Gefühl war atemberaubend – nicht auf eine gute, sondern auf eine unangenehme Weise, so wie Asthma.

Meine Augen brauchten eine Weile, um sich an das grelle Licht zu gewöhnen, doch die Moderatorin hatte mich bereits in einen Schraubgriff genommen. Sie bugsierte mich strahlend zu einem himmelblauen, halbmondförmigen Sofa, auf dem vier Personen meines Alters saßen – vermutlich *Bloody Mary.*

Äußerlich zumindest in meinem Alter. Kein Mensch wusste, wie viele Jahre die Jungs schon auf dem Buckel hatten. Verdammt, ich kannte nicht einmal ihre Namen. Wer war jetzt noch mal Ray Sorin?

Ich setzte mich in die einzige Lücke: zwischen zwei große Typen, einer mit schwarzen, verwuschelten Haaren zu meiner Rechten und einer mit langer kupferfarbener Mähne zu meiner Linken. Einer blasser als der andere, aber mit makelloser Haut, perfekt gestylten Frisuren und Augen, die von innen heraus wunderschön zu glühen schienen – irgendwelche Vorteile musste das Bluttrinken ja haben.

Ein weiterer hatte dunkle kinnlange Haare, der Letzte eine kurze blonde Surfer-Frisur und, wie ich schnell feststellen durfte, ein perfektes weißes Lächeln. Er grinste mich breit an und konnte es sich anscheinend nicht verkneifen, seine goldenen Augen über mein Dekolleté wandern zu lassen. Nervös zupfte ich meine Bluse zurecht, was sein Grinsen noch vergrößerte.

Ich lief rot an und sah kurz auf meine Schuhspitzen, ehe ich meinen Blick wieder verstohlen nach oben richtete, da ich mich nur schwerlich vom Starren abhalten konnte. Sie sahen immerhin alle aus wie die perfekt gemeißelten Statuen von Michelangelo.

Der Fremde mit den blonden Haaren fuhr sich mit der Hand durch die gestylte Frisur und wirkte dabei so sexy, dass ich nicht anders konnte, als ihn doch wieder anzustarren. Wie eine Motte, die trotz der Gefahr unbeirrt aufs Licht zuflog, um anschließend mit einem leisen Surren zu verbrutzeln.

Vermutlich erschien in genau diesem Moment eine Bauchbinde, auf der in etwa stand: *Holly Bane (22), Studentin (Bildende Kunst) – schmachtet Bandmitglied an.*

Diese Vorstellung riss mich aus meinen Gedanken und ich schüttelte den Kopf, während die Moderatorin den Zuschauern erklärte, warum ich diesen Preis so wahnsinnig verdient hätte, und Anekdoten aus meinem Leben erzählte, die ich selbst nicht kannte. Ich wusste zum Beispiel noch gar nicht, dass ich einen Kunstpreis an meiner Uni gewonnen hatte und leidenschaftlich gerne Tennis spielte.

Während sie ihren Monolog hielt und wir nicht mehr im Bild waren, sah ich erneut auf meine Füße und schluckte. Unsere Mikrofone waren ausgeschaltet – so würde zumindest niemand meinen unnaturlich schnellen Atem hören. Langsam beugte sich der schwarzhaarige Wuschelkopf, der rechts von mir saß, herüber und hielt mir die Hand hin.

»Ray Sorin«, sagte er knapp und lächelte mich an. Auch hier makellos weiße Zähne, keine Spur von bluttriefenden Fangzähnen. Er sah, genau wie der blonde Surfer, verboten gut aus. Seine Kiefer und Wangenknochen gaben ihm etwas verführerisch Maskulines, was dem Surfer fehlte, der eher wie ein frecher, zu alt geratener Teenager aussah.

»Holly Bane«, erwiderte ich ebenso knapp, nachdem ich meine Gedanken gesammelt hatte, und ergriff zögerlich seine Hand. Sie war wider Erwarten nicht eiskalt, sondern lauwarm.

Gut, einen Namen wusste ich jetzt, blieben nur noch drei übrig.

»Holly?«, wunderte sich Ray und strich sich eine ausgebüxte Strähne aus der Stirn. Wenn es nicht grob nach hinten gegelt worden wäre, würde es ihm bis in die Augen fallen. Diese verblüffend eisblauen Augen ... »Ich hatte eine Helena Schneider erwartet.« Er zog eine Augenbraue hoch, als er bemerkte, wie ich ihn unverwandt anstarrte.

»Ja, das war auch geplant, aber da Helena spontan Würfelhusten entwickelt hat, muss ich nun den ersten Preis entgegennehmen. Ich war eigentlich die Gewinnerin des Autos«, erwiderte ich und zwang mich ruhig zu bleiben.

»Würfelhusten?«, fragte er und grinste belustigt.

»Ihr ist schlecht geworden«, senkte ich verschwörerisch die Stimme. »Sie ist auf der Toilette und muss sich ununterbrochen übergeben.«

Ray lachte leise auf und schüttelte den Kopf. »Und dein größter Traum ist auch, ein Duett mit mir zu singen?«

Angesichts dieser leicht überheblichen Annahme und der Tatsache, dass er darüber lachen konnte, wenn sich ein Fan von ihm in Dauerschleife übergab, war ich nicht gerade wild darauf, mehr Zeit als nötig mit ihm zu verbringen. Musste ich aber auch nicht, mein Untergang war schließlich nur noch zwei Werbepausen entfernt – wenn er mich bis dahin nicht auffraß.

»Nein, ehrlich gesagt nicht. Ich kann kein bisschen singen. Mein eigentlicher Traum ist es, bei der Verleihung der *Atlantis Awards* live dabei zu sein, aber jetzt muss ich gute Miene zum bösen Spiel machen, weil ich diesen bescheuerten Vertrag unterschrieben habe, ohne ihn vorher zu lesen«, entgegnete ich nervös.

Erneut machte sich Panik in mir breit. Sie kroch mir schleichend die Beine hoch und wenn ich jetzt aufstehen müsste, würde ich umfallen. Ich biss mir auf die Lippen – eine schlechte Angewohnheit, die ich schon seit Kindertagen hatte und immer dann zutage kam, wenn ich nervös war oder mich unwohl fühlte.

Für einen Augenblick wirkte er überrascht und öffnete den Mund, um etwas zu erwidern, doch in diesem Moment kam die Moderatorin angerauscht und quetschte sich auf den Platz neben Ray und dem anderen dunkelhaarigen Mann, der auf der anderen Seite von ihm saß. Ich glaubte mich dunkel erinnern zu können, dass sein Name Dennis war. Oder Damon, Daniel oder vielleicht Damian? Die Moderatorin plauderte mit Ray und bestätigte meinen ersten Verdacht: Ray redete gerne – vor allem über sich. Er sprach von irgendeinem neuen Album – sich – einer Tournee – sich – seinem übervollen Terminkalender und davon, all seine kreischenden Fans überglücklich zu machen. So klang es zumindest in meinen Ohren. Ich fing erst wieder an zuzuhören, als die Moderatorin sich den anderen Bandmitgliedern zuwandte.

So erfuhr ich, dass der Mann links von mir, der mit den kupferroten, langen Haaren, James war, der Schlagzeuger. Der mit der blonden Surfer-Frisur, der meinen Ausschnitt ausgiebig beäugt hatte, war der Gitarrist, Taylor, und rechts neben mir saßen die beiden dunkelhaarigen Bandmitglieder – Ray, der schwarzhaarige Sänger, und Damian, der Bassist mit dem dunkelbraunen Haar.

Nachdem ich nun alle Namen zuordnen konnte, schaute ich mich im Studio um und evaluierte eventuelle Fluchtmöglichkeiten, um mich von der bevorstehenden Katastrophe abzulenken. Die Moderatorin wandte sich mir zu und riss mich aus meinen Gedanken, indem sie ihre Stimme kurz anhob und meinen Namen erwähnte.

»Bevor Hollys Lebenstraum in Erfüllung geht, schalten wir live zu Jamie Ciro, dessen Traum es war, die größte Sammlung von Colaflaschen aus verschiedenen Jahrgängen zusammenzutragen und ein offizielles Cola-Museum zu eröffnen. Das war nicht leicht, aber wir konnten ein paar besonders seltene Exemplare für ihn ausfindig machen, die wir ihm im Anschluss an die Sendung zuschicken werden. Vorher dürfen Sie live einen Blick auf diese Schätze werfen.« Sie zog eine Flasche aus einem Kasten unter dem Couchtisch hervor. »Die sehen alle ziemlich gleich aus.« Sie lächelte und stellte die Flasche neben Rays ungeöffnete, damit einer der Kameramänner beide im Vergleich einblenden konnte.

Tja, gelobt war die Produktplatzierung! Ich war mir sicher, dass sie dafür eine stattliche Summe kassierten.

Anschließend wurde die Liveschaltung in irgendein Kuhkaff aktiviert und die Moderatorin verlor schlagartig ihr Dauergrinsen. Ich nutzte die Gelegenheit und versuchte mich weiter zu beruhigen, aber es gelang mir nicht, ich wollte nur noch weg.

Mir war schlecht und wenn es in dem Tempo weiterging, würde ich Helena auf dem Klo schneller Gesellschaft leisten, als mir lieb war.

Ich fing Damians Blick vom Ende der Couch auf, er lächelte mich aufmunternd an. Er wirkte wie ein großer Bruder und besaß eine Aura der Sicherheit. Seine Augen waren von einem strahlenden Grün, welches einen herrlichen Kontrast zu seinen dunkelbraunen Haaren bildete, und er beäugte mich neugierig, aber dennoch höflich.

Ohne es zu merken, rutschte ich weiter in seine Richtung, wobei ich gegen Ray stieß, der zwischen uns saß und mich daraufhin irritiert anlächelte, während ich peinlich berührt wieder einige Zentimeter Luft zwischen uns gewann.

Was war nur los mit mir? Ich schüttelte ungläubig den Kopf. Eine Aura der Sicherheit bei einem Vampir? Ich war wohl ein bisschen zu nervös, um überhaupt noch klar denken zu können.

Ein Team aus Stylisten, Praktikanten, Tonmännern und anderen Gestalten wuselte herein, alle auf dem Sofa wurden mit Puder bearbeitet und Headsets wurden gerichtet, nur mich ließ man Gott sei Dank weitestgehend in Ruhe. Vermutlich angesichts der Miene, die ich zur Schau stellte, oder weil ich schlichtweg nicht wichtig genug war. Ich war froh, dass mich keiner ansprach.

Vor meinem geistigen Auge zog mein vergangenes Leben an mir vorbei, genau wie meine Zukunft, denn die konnte ich genauso begraben, nachdem ich mich gleich live im öffentlichen Fernsehen blamiert hatte. Was soll's, die meisten Künstler wurden ohnehin erst nach ihrem Tod bekannt, es sei denn, man war ein Vampir, dann fiel diese Möglichkeit vermutlich weg.

Ich heftete meinen Blick bitter auf die zwei Colaflaschen, die auf dem

Tisch standen, und sah, wie ein Praktikant eine der beiden zurück in den Kasten stellte und diesen anschließend eilig davontrug. Allerdings hatte er die falsche Flasche zurückgestellt, sodass nun einladend eine fünfzig Jahre alte Cola vor Ray stand und ich offenbar die Einzige war, die den Fehler bemerkt hatte.

Während ich, noch unentschlossen, ob ich etwas sagen sollte oder nicht, weiter auf die Flasche starrte, verkündete die Moderatorin: »So, es geht weiter in drei, zwei ...« Sie setzte wieder ihr falsches Lächeln auf. »Willkommen zurück im Studio ...«

Und erzählte noch eine Weile über Jamie und seine Sammlung, während Ray nach dem Flaschenöffner auf dem Tisch griff und Anstalten machte, die Steinzeit-Cola zu öffnen.

»Was sagst du dazu, Holly?«

Ein Mikrofon tauchte direkt vor meiner Nase auf und ich war völlig überrumpelt. Deswegen war das Erste und Einzige, was ich hervorbrachte: »Also an deiner Stelle würde ich das nicht trinken, das könnte ungesund sein.«

Das wiederum brachte mir einen verwirrten Blick von der Moderatorin und einen ziemlich genervten Blick von Ray ein, der mich jetzt offenkundig für irre hielt oder für einen Ökofreak, denn meine Aussage war, zugegebenermaßen, etwas unglücklich gewählt. Aus dem Publikum waren ein paar Lacher zu hören. Ich wollte im Boden versinken und sackte ein wenig tiefer in die Sofapolster ein.

Ich bereute meine Warnung, weswegen ich nichts mehr sagte, als Ray die Flasche ungerührt weiter zum Mund führte. Wer nicht hören wollte, musste eben fühlen. Eine Sekunde später spuckte er die Cola im hohen Bogen über den gesamten Tisch.

»Ich hab's ja gesagt«, murmelte ich leise zu meinen Füßen.

Kollektives Luftanhalten, die Ruhe vor dem Sturm. Dann hörte ich erschrockenes Gemurmel im Publikum und Backstage. Glücklicherweise reagierte die Moderatorin schnell und versuchte eine flüssige und professionelle Überleitung in die Pause zu arrangieren.

Kurz darauf entschuldigte sie sich unendlich oft bei Ray und schrie den

Praktikanten an, der die Flaschen vertauscht hatte. Noch wirkte Ray überraschenderweise gefasst, er sah mich an und die Zeit schien stillzustehen. Jedoch nicht wie in diesen romantischen Liebesfilmen, sondern eher die Art von Zeitstillstehen, bei der gleich etwas passieren würde, das man nicht mehr aufhalten konnte, egal wie sehr man es sich wünschte.

Wow, das waren Augen, in denen man sich verlieren konnte.

Dann brach der Blickkontakt ab. Ray schnappte sich das Mikrofon der Moderatorin, nachdem diese aus der Werbepause zurückgeführt und sich noch ein Dutzend Mal bei ihm entschuldigt hatte.

Ich sah im Hintergrund, wie der Tonmann wild an irgendwelchen Schaltern drehte, um zu vermeiden, dass Ray doppelt zu hören war: einmal auf seinem Headset und einmal auf dem Mikrofon.

Ray lächelte unterdessen ungerührt in die Kamera und begann zu sprechen: »Na, ich hoffe, die Flasche wird nicht im Museum fehlen.« Das brachte ihm ein paar Lacher im Publikum ein. »Hollys Traum ist es, die *Atlantis Awards* zu besuchen, jedoch kann ihr dies vom Sender leider nicht ermöglicht werden.«

Diesmal vernahm ich ein paar mitleidige Ohs aus den Zuschauerreihen, ebenso wie weiteres Gemurmel. Ich erntete aber auch einen verkniffenen Blick von der Moderatorin, das würde Konsequenzen haben.

Ray blickte mir fest in die Augen und sagte: »Deswegen biete ich, Ray Sorin, hiermit Holly Bane den Platz als meine Begleitung bei den *Atlantis Awards* an.«

Kollektives Aufschreien aller Teenager auf den Zuschauerrängen drang an meine Ohren, aber nicht wirklich in mein Hirn.

Was? Hatte er das gerade wirklich gesagt? Alle Augen im Saal richteten sich auf mich und mein Herzschlag schien auszusetzen. Ich hatte nun die Möglichkeit, von der ich immer geträumt hatte, ich musste sie nur ergreifen!

Ich konnte mein Glück kaum fassen und mein Herz hüpfte in meinem Brustkorb auf und ab. Außerdem würde ich nicht mehr singen müssen! Aber schon einen Augenblick später war meine Begeisterung gedämpft. Ich kannte diesen Mann nicht und auch kein anderes Bandmitglied. Meine Mutter hatte mir schon in Kindertagen eingebläut: Geh nie mit einem Fremden mit. War dieses Angebot wirklich reine Nächstenliebe? Was wäre, wenn sie mich nur aussaugen oder als Betthäschen dabeihaben wollten? Ich sah meine blutleere, geschändete Leiche schon in irgendeinem Straßengraben liegen.

Während sich mein Magen schmerzhaft zusammenzog und der Kopf fieberhaft arbeitete, meldete sich mein Verstand zu Wort. Alles hatte einen Preis, was würde dieser sein?

Ray hielt mir das Mikrofon hin, vermutlich um meine begeisterte Zustimmung einzufangen.

»Wo ist der Haken?«, fragte ich stattdessen unsicher und er grinste, während er sich durch die rabenschwarzen Haare fuhr. Als er sich aufs Sofa zurücklehnte, wurde sein Lächeln wolfsgleich, was ein paar süße Wangengrübchen zutage förderte.

»Keine Angst, es gibt keinen Haken, du musst nur ab sofort bis zu den *Atlantis Awards* mit uns herumreisen, da ich keine Zeit und Lust habe, dich abzuholen.«

Wieder kreischte das Publikum.

Meine Gedanken ebenfalls.

Die meisten Mädchen und Frauen würden dafür morden, die Chance zu bekommen, mehrere Wochen mit *Bloody Mary* zu touren. Meine Euphorie versuchte meine Bedenken zu verdrängen und so lieferten sie sich hinter meiner Stirn einen erbitterten Kampf mit meinem Verstand.

Ich überlegte einerseits, wie ich mir das leisten konnte und ob mein kleiner Koffer, den ich nur dabeihatte, falls ich in dem kleinen, billigen Motel gegenüber vom Studio übernachten musste, eine längere Reise hergeben würde, oder wie ich der Uni meine spontane Abwesenheit erklären sollte. Andererseits wäre ich Ray in diesem Moment am liebsten um den Hals gefallen und hätte ihm auf Knien gedankt – obwohl er ein Vampir war. So sehr freute ich mich.

Dann sprach mein Herz ein Machtwort: Es war mein Traum und Träume sollte man ergreifen, wenn sich die Chance bietet. Es würde schon alles irgendwie hinhauen.

Ich wischte alle Bedenken beiseite und spürte, wie mein Herz einen Schlag aussetzte, als ich den Schritt ins Ungewisse machte. »Einverstanden«, flüsterte ich ins Mikrofon.

In diesem Moment ging das Licht aus.

Kapitel 2

Shopping mit Hindernissen

Ich spürte, wie mich jemand unsanft an der Hand griff und vom Sofa zog. Die ganze Szene wurde nur von den minimalen Lichtern der rebootenden Technik erhellt.

»So, wir müssen los«, sagte Ray und ich hörte das Grinsen in seiner Stimme.

Mit steigender Geschwindigkeit wurde ich unvorsichtig durchs dunkle Studio geführt. Prompt stieß ich gegen irgendeinen Kasten, der mitten im Weg stand. Ein unterdrückter Schmerzenslaut entfuhr mir, aber Ray führte mich erbarmungslos und ohne Pause weiter ins Dunkel. Das Einzige, was ich sehen konnte, waren Rays strahlend blaue Augen, da sie tatsächlich wie Suchscheinwerfer in der Dunkelheit leuchteten.

Alles ging so schnell … zumindest für mich, trotzdem versuchte ich mir Klarheit über Rays Absichten und Pläne zu verschaffen. »Ich will mich bedanken. Ich weiß nicht, warum du das getan hast, aber ich wüsste es zu gerne«, murmelte ich unsicher in die Dunkelheit.

Ray erwiderte nichts und wir setzten unseren Weg fort. Ich war es nicht gewohnt, dass jemand komplett uneigennützig handelte, also versuchte mein Gehirn fieberhaft einen Grund für diese Generosität zu finden. »Ich glaube, gespendete Reisen kann man nicht von der Steuer absetzen.« Ray lachte nur leise.

»Also ich bin kein Groupie von eurer Band, das wollte ich nur noch mal gesagt haben«, fuhr ich fort. Immer noch keine Antwort. »Und ich bin auch kein Betthäschen«, fügte ich zögerlich hinzu, nachdem ich mich zunehmend über sein Schweigen wunderte. Meine Euphorie schwand langsam und machte einer nagenden Unsicherheit Platz. Seine Motivation würde sich hoffentlich noch rechtzeitig offenbaren.

Wir waren in den Katakomben hinter dem Studio, auch hier war überall das Licht weg. Ein paar verwirrte Kabelträger kamen uns entgegen, erkannten uns jedoch nicht und liefen hektisch weiter. Innerlich rollte ich mit den Augen über diesen seltsamen und unnötig dramatisch inszenierten Abgang. Wenn er denn geplant und nicht nur ein dummer Zufall war.

Ich fiel über ein Kabel, keuchte überrascht auf und biss mir anschließend auf die Lippe, als ich mein Schienbein an etwas Hartem stieß, und versuchte einen Schmerzenslaut zu unterdrücken. Was aber zu einem ganz neuen Problem führte, weil ich mir so fest auf die Lippen gebissen hatte, dass es blutete. Ray drückte mich abrupt und hart gegen die Wand. Das Notausgangsschild tauchte sein Gesicht in schwaches Licht.

Jetzt, da sich meine Augen an die Dunkelheit gewöhnt hatten, konnte ich den hungrigen Ausdruck auf seinem Gesicht erkennen. So wie ein Wolf, der seit Tagen nichts zu fressen gehabt hatte und dem jetzt ein Reh direkt vors Maul gesprungen war. Beinahe erwartete ich feine Sabberfäden in seinen Mundwinkeln zu sehen. Er kam mit seinem Gesicht immer näher, ich spürte seinen kühlen Atem, der an meiner Nase kitzelte, und eine Gänsehaut kroch über meine Haut. Er würde doch nicht etwa ...

Ich heftete meinen Blick auf seine engelhaften, vollen Lippen, auf denen nach wie vor ein kleines Lächeln lag. Es wurde immer wahrscheinlicher, dass ebendieser Mund demnächst auf meinem landen würde. Jedoch nicht dank meines zugegebenermaßen ausbaufähigen Sex-Appeals, sondern aufgrund des feinen Blutfilms, der meinen Lippen einen vermutlich frischen roten Farbton gab.

Angst kochte in mir hoch, ich dachte fieberhaft über einen Ausweg nach und leckte dabei das Blut von meinen Lippen, was mir einen noch hungrigeren Blick von Ray einbrachte. Ein kaum hörbares Knurren von ihm ließ die feinen Härchen in meinem Nacken strammstehen und ich tat das Einzige, was mir in den Sinn kam: Ich hob die Hand – und verpasste ihm eine Ohrfeige.

Obwohl er selbst schuld war, nuschelte ich noch ein »Tschuldigung« hinterher.

»Aua«, quittierte er, klang aber eher belustigt statt verletzt.

Meine Hand dagegen tat fürchterlich weh. Ray war im wahrsten Sinne des Wortes ein Dickschädel.

»Ich bin auch kein Getränkeautomat!«, zischte ich ängstlich, als er immer noch nicht von mir abrückte.

»Keine Sorge, du hast Blutgruppe A positiv, nicht gerade mein Favorit. Aber wir müssen dringend über dein Verhalten sprechen, ich bin schließlich so was wie deine gute Fee. Ich erfülle dir deinen Lebenstraum, dafür könntest du definitiv dankbarer sein«, antwortete er spöttisch und aus irgendeinem Grund kränkte mich das.

Es war schließlich nur Selbstverteidigung gewesen und für meine Blutgruppe konnte ich nichts. Eigentlich war es eher ein Vorteil, dass mein Blut für ihn eher Wasser als Whiskey war.

Ray hob die Hand und ließ seinen Daumen über meine blutende Lippe gleiten, ehe ich etwas dagegen tun konnte. Ich zuckte zusammen und plapperte los, bevor ich keinen klaren Gedanken mehr fassen konnte. »Gute Feen haben weder spitze Eckzähne noch trinken sie Blut.«

Ray lachte auf. »Alles klar, die Botschaft ist angekommen. Kein Betthäschen und kein Getränkeautomat.«

Im nächsten Augenblick spürte ich, wie er mich hochhob, wie einen Sack über die Schulter schwang und zügig durch die Dunkelheit eilte. Das musste die berühmt berüchtigte Vampirstärke sein.

Nachdem ich den ersten Schreck überwunden hatte, trommelte ich mit meinen Händen auf seinen eiskalten Rücken. »Halt! Mein Koffer!«, schrie ich.

Ohne anzuhalten, fragte er: »Welcher ist das?«

»Der tomatenrote mit den weißen Punkten in der Kandidatengarderobe, da liegt auch mein grauer Mantel.«

Ich wurde durchgeschüttelt, als er von links nach rechts durch die nun wieder beleuchteten Gänge lief. Dabei rutschte ich langsam, Stück für Stück, Richtung Boden. Ray hielt mich jetzt eher an den Kniegelenken als an meiner Hüfte. Durch meine Position erhaschte ich einen guten Blick auf seinen Hintern, der in seiner engen Jeans fabelhaft aussah, wie der einer griechischen Statue. Allerdings musste ich mich auch unvorteilhaft nur Zentimeter davon abstützen, wenn ich nicht bei jedem Schritt mit dem Gesicht dagegenklatschen wollte. Dabei gab ich vermutlich ein unfreiwillig komisches Bild ab.

Ich spürte die Vibration seiner Stimme, als er fragte: »Ist in dem Mantel etwas Wichtiges drin?«

»Nein, nur in dem Koffer«, sagte ich verwundert. Ich versuchte an seinem gottgleichen Hintern vorbeizuschauen, doch ich schwang zu unkontrolliert vor und zurück.

»Den Mantel nehmen wir nicht mit. Hast du den von deinem Großvater geerbt?«

Zuerst war ich angesichts seiner Aussage perplex, ehe ich anfing lautstark zu protestieren. Schließlich war ich nicht steinreich und konnte mir Louis Karton, Jean-Paul Gürteltier, und wie sie alle hießen, aus dem Stegreif leisten. Außerdem war es viel zu kalt! Immerhin hatten wir Anfang Oktober!

Mein wütender Monolog wurde jäh unterbrochen, als Ray durch eine Tür in die kühle Nacht schritt und an seinem Hintern vorbei die Lichter eines gigantischen Busses sichtbar wurden.

Es wurden leider auch ein paar ganz andere Lichter sichtbar. Reporter und Fotografen stürmten auf Ray zu, bedrängten ihn mit Fragen und schossen Bilder.

Ich hätte alles in der Welt gegeben, im Erdboden zu versinken, anstatt mit dem Kopf nach unten über seiner Schulter zu hängen. Mein Hintern würde die Titelseiten aller Klatschblätter zieren, Rays grinsendes Gesicht direkt daneben. Dagegen wäre das Duett-Singen im Studio ein Kinderspiel gewesen.

Ray stapfte entschlossen und ohne Fragen zu beantworten auf den Bus zu und schob mit der Hand besonders penetrante Reporter sanft beiseite. Das Blitzlicht brachte meine Augen zum Tränen, als er kurz innehielt. Eine einzige Frage beantwortete er doch noch.

»Ray, wer ist das über Ihrer Schulter?!«

»Meine neueste Eroberung«, erwiderte er mit einem belustigten Unterton.

»Hey! Das stimmt nicht!«, versuchte ich zu protestieren, doch meine Worte gingen im Lachen der Reporter unter. Der rothaarige Mann, James, stand in der hochgelegenen Bustür und versperrte den Weg. »Willst du deine Braut jetzt schon über die Schwelle tragen?«

»Geh aus dem Weg, sonst kannst du gleich deine Zähne auf besagter Schwelle aufsammeln«, knurrte Ray zurück.

Nachdem er mich über die schmalen Stufen hinweg in den Bus getragen hatte, wurde ich unsanft auf einem großen roten Ledersofa abgesetzt. Mir blieb keine Zeit zum Durchatmen, der Busfahrer gab Gas und ich rutschte auf dem glatten Leder hin und her, bis ich mich festhielt.

Ich blickte mich unsicher in dem riesigen Bus um und war sogleich vom luxuriösen Innenraum fasziniert: Alles war in akzentuierten Grau- und Rottönen ausgeschmückt und sah sehr edel aus. Wenn ich es nicht besser gewusst hätte, hätte ich es für eine Lounge in einem angesagten Club gehalten. Ein oder zwei Gemälde hätten vielleicht noch gefehlt. Mein Blick schweifte aus dem Fenster; dort wurden die Lichter des unscheinbaren grauen Studiogebäudes immer kleiner.

Nach ein paar Minuten des unangenehmen Schweigens setzten sich die Bandmitglieder zu mir und Ray stellte alle abermals vor: »Damian, Taylor, James.«

Sie nickten mir reihum zu und schauten mich erwartungsvoll an.

»Holly ... Holly Bane«, stotterte ich und lief dunkelrot an.

»Was ist los? Eben hast du noch gezetert wie ein altes Waschweib und jetzt hast du deine Zunge verschluckt?«, fragte mich Ray.

Ich funkelte ihn an. Gedanken strömten zurück in meinen Kopf und ich zögerte nicht diese direkt an meine Umwelt abzugeben. »Ich werde niemandem mehr in die Augen sehen können, nachdem du meinen Hintern so schön in Szene gesetzt hast. Warum habt ihr keine Bodyguards, die die Paparazzi abhalten?! Und außerdem ...«

Mein verwirrter, kleiner Monolog ging noch eine ganze Weile weiter, ehe mir Ray sanft seine Hand auf den Mund drückte. Ich zuckte unter der Berührung unwillkürlich zusammen. »Gott, hätte ich doch nur nichts gesagt!«, fluchte er.

Ich widerstand nur mit Mühe dem plötzlichen Drang, in seine Finger zu beißen. Ray sah mich kritisch an und ließ seine Hand langsam von meinem Mund sinken, nachdem er sich vergewissert hatte, dass ich nicht erneut anfangen würde zu wüten. Ich seufzte. Ich würde an dem peinlichen Auftritt im Nachhinein eh nichts mehr ändern können.

»Was hast du uns da nur eingehandelt, Ray?«, fragte Taylor und schüttelte genervt den Kopf.

»Sorry, das Ganze war so verlockend. Außerdem wisst ihr, was uns die PR-Abteilung aufgetragen hat. Es hat einfach gepasst.«

Taylor streckte die Hand in Richtung Damian aus, der leise murrend sein Portemonnaie aus der Tasche fummelte und ihm einen Fünfzig-Euro-Schein in die bleiche Hand schnippte.

Ray sah Taylor kurz finster an, bis dieser erklärte: »Ich habe gewettet, Twitter bricht zusammen, wenn du sie tatsächlich mitnimmst – Damian hat dagegengehalten.« Er hielt triumphierend sein Handy in die Runde, damit sich alle von seinem Sieg überzeugen konnten.

»Diese neuen Technologien«, stöhnte Damian auf, der immer noch auf Taylors Handy stierte, und schüttelte den Kopf.

»Wo soll es hingehen, verehrte Herren und die Dame?«, rief eine tiefe, männliche Stimme aus der Fahrerkabine zu uns nach hinten.

»Was hast du in deinem Koffer?« Ray sah mich fragend an.

»Ähm, ich nehme an, das reicht für ein bis zwei Tage«, entgegnete ich schüchtern. Die Sorgen über meine prekäre finanzielle Situation kehrten zurück.

»Aber nicht für fünf Wochen, oder?«

Ich schüttelte unsicher den Kopf. Eine Zahnbürste und einen Satz Wechselsachen hatte ich zwar dabei, aber selbst wenn ich jeden Tag meine Klamotten wusch, würde ich auf keinen grünen Zweig kommen.

»Fahr in das nächste Einkaufszentrum, das wir kennen«, rief Ray in die Fahrerkabine und grinste mich an.

Ich blinzelte überrascht, hatte er nicht zwei Minuten zuvor irgendwas von einem PR-Gag gefaselt? Dadurch hatte ich erwartet, dass sie mich bei der nächsten Gelegenheit am Straßenrand absetzen würden.

Meine Gefühle durchliefen ein Wechselbad. Ray schaffte es, mich mit ein paar Worten unsicher und gleichzeitig hibbelig zu machen. Ich hatte keine Ahnung, wie ich eine solche Shoppingtour bezahlen sollte. Mein Mund wurde trocken.

»Ist dir klar, wie ungewöhnlich gut man deine Gefühle in deinem Gesicht ablesen kann?«, fragte er.

Ohne einen weiteren Kommentar überging ich diese Bemerkung. Solange er nicht meinen Kontostand an meinen Augen ablesen konnte, würde ich mit der Sprache rausrücken müssen. Ich beugte mich zu ihm und flüsterte: »Kann ich dich kurz unter vier Augen sprechen?«

Damian und der Rest sahen sich an, dann nickten sie Ray zu, der mich nur anzüglich beäugte, erhoben sich und quetschten sich aus der engen Bankreihe.

»Vampirgehör«, sagte Ray, als ich mich ihm wieder zuwandte.

»Du hättest nicht flüstern müssen, sie hören ohnehin alles, was wir besprechen. Selbst wenn sie dahinten stehen, unsere Sinne sind so geschärft, dass wir kleinste Geräusche bis zu einem Kilometer von der Quelle entfernt wahrnehmen«, fügte er entschuldigend hinzu.

Meine Gesichtszüge entgleisten. Ich war schon wieder in ein Fettnäpfchen getreten, so viel zu meinem Gespräch unter vier Augen. Sie waren nur aus Höflichkeit aufgestanden.

»Hör mal, Ray, erinnerst du dich noch an meinen Mantel, den wir zurückgelassen haben, weil er nicht dem derzeitigen Modestandard entspricht?«, tastete ich mich vorsichtig an das heikle Thema heran.

Ich wollte zu den *Atlantis Awards* und wenn es das Letzte war, was ich tat. Aber ich besaß nicht die finanziellen Mittel, um dorthin zu reisen, und ich wollte mich keinesfalls unnötig weiter verschulden – vor allem nicht für einen Haufen überteuerter Kleidung.

Nun war es an Ray, verständnislos dreinzublicken. Ich wrang die Hände, egal wie wenig ich die Gesellschaft der vier Vampire schätzte, ich wollte nicht rausgeschmissen werden und dafür meinen Traum platzen lassen.

»Das ist der einzige Mantel, den ich besitze … also besaß. Wenn du mir vielleicht ein bisschen Geld vorstrecken könntest für die Sachen, die wir kaufen werden? Ich bin kreditwürdig und habe ein regelmäßiges Einkommen aus meinem Nachtwächterjob im Museum. Es wäre nur eine kleine Leihgabe, falls mein eigenes Konto nicht ausreichend gedeckt sein sollte«, erklärte ich schnell, doch er blickte mich nur weiterhin verwirrt an.

Tyler streckte seinen Kopf zu uns rein. »Ray, sie ist pleite, hat kein Geld, ist arm wie eine Kirchenmaus, kann sich gerade so über Wasser halten.«

Ging das auch taktvoller?

Rays Augen wurden groß und er bekam sich nicht mehr ein vor Lachen, was die Situation für mich noch hundertmal schlimmer machte. Gedanklich ging ich schon mal meinen Heimweg durch. Schade, dass mein Abenteuer zu Ende war, bevor es überhaupt begonnen hatte.

»Du bist mein Gast, also bist du eingeladen. *Alle* Kosten, die durch dich entstehen, gehen natürlich auf mich.« Ray war die personifizierte Selbstgefälligkeit und wedelte mit einer pechschwarzen Kreditkarte vor meiner Nase herum.

»Das kann ich nicht annehmen«, erwiderte ich tonlos. Stimmte allerdings so nicht, ich musste es sogar annehmen, wenn ich meinen Traum erfüllen wollte.

»Doch, kannst du. Sieh es als Entschuldigung für die Kidnapping-Aktion und für den wenig ladyliken Abgang«, entgegnete Ray.

Ich schloss meine zitternden Finger um das kühle Stück Plastik, während ich sorgsam darauf achtete, Rays Hand nicht zu berühren.

Plötzlich entriss er mir jedoch die Kreditkarte und rückte so nah an mich heran, bis sein Gesicht nur noch Zentimeter von meinem entfernt war. Ich schluckte. Was würde das jetzt werden?

»Andererseits … du könntest deine Schulden auch bei mir abarbeiten, wenn dir das lieber ist«, flüsterte er mir mit rauchiger Stimme zu und fixierte mich lustvoll mit seinen klaren blauen Augen, die unter seinen langen Wimpern zu glühen schienen. Ich lehnte mich erschrocken zurück und versuchte so etwas Distanz zwischen uns zu schaffen.

Er hob eine seiner Brauen fragend nach oben und seine Wangengrübchen wurden sichtbar. Flirtete er etwa gerade mit mir?! Ich rückte noch weiter von ihm ab, zumindest so weit, wie es der Platz erlaubte. Warum sah er nur so gut aus? War das nicht illegal?

»Äh«, entfuhr es mir und ich riss die Augen weit auf. Mein Herz schlug verängstigt in meiner Brust. Ich hatte wohl einen Blick aufgesetzt, der einem Kaninchen, das vor einer Schlange hockte, nicht unähnlich war.

Dann begann Ray erneut zu lachen und versicherte mir nur einen kleinen Scherz auf meine Kosten gemacht zu haben. Er schob mir die Kreditkarte erneut hin und diesmal ließ er es zu, dass ich sie mit spitzen Fingern entgegennahm und in die Tasche steckte.

»Wir sollten bald da sein«, tönte wieder die Stimme aus der Fahrerkabine.

***

Bald war ein dehnbarer Begriff, wie sich herausstellte, denn erst nach anderthalb Stunden rollten wir auf einen großen und größtenteils leeren Parkplatz vor einem noch größeren Einkaufszentrum. *Palast-Arkaden* prangte über dem Eingang, in riesigen petrolfarbenen Lettern. Das Gebäude war mehrere Stockwerke hoch. An den Seiten leuchteten Reklametafeln der Geschäfte, die sich im Inneren befanden. Mein Blick verfinsterte sich, da ich nur Schilder von sämtlichen gängigen Edelmarken sah, aber so etwas wie H&M vergeblich suchte.

Die Teile des Gebäudes, welche nicht mit leuchtenden Schildern versehen waren, reflektierten das Licht der Parkplatzbeleuchtung. In regelmäßigen Abständen säumten große Bäume die Glasfassade und bildeten mit ihren orangeroten Blättern einen klaren Kontrast zum Schriftzug des Einkaufszentrums. Ein kühler Wind fuhr durch die Kronen und Nieselregen benetzte die Busfenster. Bei diesem Wetter würde ich meinen Mantel nur noch schmerzlicher vermissen. Wir verließen den Bus und ich war ziemlich verdattert, als die Jungs alle mit dunklen Hoodies, tief ins Gesicht gezogenen Kapuzen und Sonnenbrillen in Richtung Eingang stapften.

Sonnenbrillen bei Nacht?

»Was soll der Aufzug?«, fragte ich.

Taylor antwortete mir mit einem Seufzen. »Das müssen wir wegen der Paparazzi und Fans tragen, es ist schwierig, denen aus dem Weg zu gehen.«

Ich musste kichern. »Meint ihr nicht, dass ihr auffällig unauffällig ausseht? Außerdem, wer geht schon nachts um zwei einkaufen?«

Offensichtlich mehr als gedacht, je näher wir dem Eingang kamen, desto mehr Menschen begegneten wir. Als wir das Einkaufscenter betraten, wurden meine Augen groß und mein Mund klappte auf. Es war groß, hell und so edel! Überall glitzerte und funkelte es von den Marmorböden und Wänden. Prompt stolperte ich über eine kleine Stufe, die einen Weg abgrenzte, und konnte gerade so mein Gleichgewicht bewahren. Während ich noch staunte, studierte Taylor einen Wegweiser und wies uns an dem Weg links zu folgen.

Wir kauften in verschiedenen Läden diverse Klamotten ein. Obwohl die Jungs mich zunehmend anhielten ruhig etwas aufregender Gefärbtes oder Geschnittenes zu nehmen, versuchte ich so schlichte Teile wie möglich auszusuchen.

Taylor war dabei besonders extrem, er hielt mir Kleider hin, die so kurz waren, dass ich sie gerade mal als T-Shirts getragen hätte. Außerdem fand er Kleidungsstücke, von denen ich nicht mal wusste, was sie eigentlich darstellen sollten, außer vielleicht einem Putzlappen, da sie aus so wenig Stoff bestanden.

Alles in diesem Einkaufscenter war teuer, selbst die Waschlappen waren mit Glitzerfäden durchzogen und die Zahnbürsten waren aus Edelstahl, mit speziellen Superborsten, die meine Zähne vermutlich von alleine putzen würden.

»Es fehlt noch die Abendgarderobe«, schloss Damian nach einem prüfenden Blick in die zahlreichen Tüten, die er an jedem Arm trug.

Damian schien die Eigenart zu haben, sich gelegentlich altbacken auszudrücken. Er erschien mir wie ein wahrer Gentleman der alten Schule und dieser Eindruck verstärkte sich mit jeder Sekunde, die ich mit ihm verbrachte. Außerdem brach hin und wieder ein leichter französischer Akzent bei ihm durch. Auf Anhieb hatte ich mich bei ihm am wohlsten gefühlt. Er wirkte nicht, als besäße er eine gehässige Seite wie Ray, und er machte mir auch keine ungenierten Avancen so wie Taylor. Er sprach außerdem mehr als James, der eine gefährliche und unberechenbare Ausstrahlung versprühte. Ich vermutete, dass er möglicherweise schon lange ein Vampir war, auch wenn er nicht so aussah.

»Auf zu Miss Natrisha«, verkündete Ray und steuerte auf einen Laden zu, der nicht aus der Masse herausstach, aber sehr schön in Silber und Schwarz dekoriert war und in dessen Schaufenstern einige der schönsten Kleider hingen, die ich je gesehen hatte.

Miss Natrisha war eine quirlige, kleine Frau, die, sobald wir den Laden betraten, Ray um den Hals fiel und ihn abknutschte. Ich hielt peinlich berührt inne und wusste nicht, wo ich hinschauen sollte, angesichts dieses vertrauten Umgangs der beiden miteinander. Aber dann schritt sie die ganze Reihe ab und begrüßte jeden genauso überschwänglich wie Ray. Als sie bei mir ankam, machte sie keine Ausnahme und drückte mir ihre wunderschön geformten Lippen überall aufs Gesicht. Wobei ich dank ihrer kühlen Körpertemperatur feststellen konnte, dass sie eine Vampirin war. Ich war ziemlich verdattert.

»Ah, was habt ihr mir für eine Schönheit mitgebracht! Ein kleiner Schwan in einem Schwarm Raben. Ich habe euch schon hundertmal gesagt, dass ihr nicht so viel Schwarz tragen sollt!«

Sie schnatterte ununterbrochen weiter. »Zu wem gehört das Schwänchen, damit ich sie passend ausstatten kann? Ihr nehmt eure Kostüme jetzt schon mit, oder? Ich muss sie euch nicht per Kurier nach Amerika schicken, vermute ich mal?«

Moment mal, welche Kostüme? Unwillkürlich sah ich vor meinem inneren Auge einen Bauarbeiter, einen Polizisten, einen Cowboy ... Entgeistert schüttelte ich den Kopf und folgte der Konversation.

»Sie gehört zu mir.« Ray hob die Hand. »Und ja, wir nehmen die Sachen direkt mit.«

Miss Natrisha eilte daraufhin an den langen Reihen der Kleiderständer entlang und tauchte mit einem wunderschönen silberblauen Kleid wieder auf. In langen Bahnen floss es geradezu auf den Boden, zudem war es mit jeder Menge glitzernder Steinen versehen. Es würde perfekt zu Rays außergewöhnlicher Augenfarbe passen und ich verliebte mich auf der Stelle in den schimmernden Stoff. Doch dann hängte sie es zu meiner Enttäuschung wieder weg und zog ein sonnengelbes aus einem anderen Ständer. Sie kam, nach Taylors Empfehlung, außerdem mit ein paar verboten kurzen Cocktailkleidern zurück.

Ich probierte alle an – sie passten zwar wie angegossen, aber ich zupfte kontinuierlich am Saum herum, in der irrwitzigen Hoffnung, sie würden dadurch länger werden.

»Ich weiß, du wünschst es dir länger, aber wenn es nach mir ginge, könnte es nicht kurz genug sein.« Taylor grinste mich über den Rand seiner Sonnenbrille hinweg an.

»Ist die Farbe nicht viel zu gewagt? Ich bin doch eher ein kühler Typ«, fragte ich nervös zurück, während ich mich entsetzt im Spiegel betrachtete. Ich suchte noch mehr Gründe, die gegen dieses fünf Zentimeter zu lang geratene T-Shirt sprachen.

»Was hattest du dir denn vorgestellt?«, fragte er grinsend.

»Wie wäre es denn mit einem frischen Mausgrau?«

Statt einer Antwort machte er nur schnaubend auf dem Absatz kehrt, vermutlich um weitere Kleidungsstücke zu suchen, mit denen er mich piesacken konnte.

Der Berg an Kleidern wuchs. Alle hatten eine Note *Rockstar*, aber auf eine edle und wunderschöne Art. Das silberblaue Kleid jedoch ging mir einfach nicht mehr aus dem Kopf.

Ray fing meinen sehnsüchtigen Blick auf und lächelte. »Natrisha«, sagte er in einem seidenweichen Ton, »was ist mit dem silberblauen Kleid, welches du anfangs weggehangen hast?«

»Nun, ich weiß nicht, es passt nicht zu euch. Es ist viel zu brav, wie für eine Lady, nicht für einen Rockstar«, sagte Miss Natrisha und verschränkte die Arme kritisch vor der Brust.

»Mir würde es an Holly gefallen, außerdem weißt du doch, ich kann ein wahrer Gentleman sein«, säuselte er honigsüß und setzte einen beeindruckenden Dackelblick auf.

»Na gut, sie soll es anprobieren«, schnurrte Miss Natrisha versöhnlich und schob mich mit dem Kleid zusammen in die Umkleidekabine, bevor sie sich wieder an Ray drückte.

Himmel, der Mann wusste, wie man bekam, was man wollte. Ich würde in den fünf Wochen auf der Hut sein müssen, wenn ich nicht genauso um den Finger gewickelt werden wollte.

Ich schlüpfte in das Kleid und versuchte den Reisverschluss am Rücken des Kleides zu erreichen, doch meine Arme waren zu kurz, weshalb ich zögerlich aus der Kabine rief: »Ich bräuchte hier etwas Hilfe.«

Gemurmel von draußen, dann die schrille Stimme von Miss Natrisha: »Nun geh schon! Siehst du nicht, wie beschäftigt ich hier bin?«

Angespannt sah ich im Spiegel, wie Ray hinter mir in die Kabine trat. Er nahm die Sonnenbrille ab, fing meinen Blick im Spiegel auf und ließ seinen langsam über das atemberaubende Kleid wandern.

Ich schluckte, denn ich hatte für einen Moment das Gefühl, dass er mich mit seinen Blicken auszog, anstatt das Kleid zu schließen. Ihm blieb einen Augenblick der Mund offen stehen, dann grinste er kurz und flüsterte: »Du siehst in diesem Kleid wunderschön aus.«

Ich lief rot an und plötzlich wurde es sehr heiß in der kleinen Umkleidekabine. Dabei bildete ich mir ein die Wärme seines Körpers zu spüren, aber er war ja dank seines Vampirerbes eher kühl. Ich fächerte mir unauffällig Luft zu.

»Der Reißverschluss«, sagte ich, nachdem meine Gedanken wieder einigermaßen klar waren. Meine Stimme klang ungewohnt piepsig.

Ich spürte, wie er vorsichtig nach dem Reißverschluss griff und ihn langsam von meinem Steißbein aus nach oben zog. Jedoch nicht, ohne zart mit den übrigen Fingern meinen Rücken entlangzustreichen. Überrascht hielt ich die Luft an und meine Nackenhaare stellten sich auf.

»Und? Sitzt es?«, rief Damian von draußen.

Der Bann war gebrochen. Mist.

Benommen schüttelte ich den Kopf – ärgerte ich mich gerade wirklich darüber, dass nichts geschehen war? Was zur Hölle hatte ich erwartet?

Ray trat aus der Kabine und zog beim Hinausgehen lässig den Vorhang zurück. Ich trat ebenfalls hinaus, drehte mich hin und her und genoss das Glänzen des Stoffes im hellen Licht.

»Zieh es aus, dann tüten wir es ein, und wenn es nach mir geht, musst du dafür nicht einmal mehr in die Umkleidekabine zurück«, entgegnete Taylor nach einem anerkennenden Pfiff durch die Zähne.

Ich verdrehte nur die Augen und verschwand wieder in der Umkleidekabine, nachdem Damian mir den Reisverschluss so weit geöffnet hatte, dass ich den Rest selbst schaffte.

Als ich mich umgezogen hatte und aus der Kabine trat, telefonierte Ray. Er lächelte mir zu, nickte und widmete sich dann abwechselnd dem Handy und Miss Natrisha.

Mein Blick fiel auf das kleine Schild, welches am Rücken des Kleides befestigt war. Ich fischte mit den Fingern danach, drehte es herum und schluckte heftig, als ich den Preis sah. O mein Gott! Es kostete mehr als die Jahresmiete für meine kleine Wohnung.

Ich wollte ihm gerade danken, doch er kam mir zuvor. »Wir müssen uns ein wenig beeilen und noch Unterwäsche für dich holen. Die Nacht ist fast vorbei.«

Meine Dankbarkeit schwand dahin und machte einer nagenden Unsicherheit Platz. Ich war nicht prüde, aber Ray musste trotzdem nicht wissen, was ich jeden Tag drunter trug.

Als ich nichts erwiderte, flüsterte er mir leise zu: »Du kannst auch keine Unterwäsche tragen, wenn dir das lieber ist.« Seine Augenbrauen zuckten anzüglich nach oben und ein leichtes Grinsen umspielte seine Lippen. Als mein Herz schon wieder Salsa tanzte, wurde sein Grinsen noch ein Stückchen breiter.

»Ich geh das schnell alleine einkaufen«, quiekte ich.

»Wir haben nicht mehr viel Zeit bis zum Sonnenaufgang. Mach dir mal keine Sorgen, ich habe in meinem Leben mehr Frauenunterwäsche und was darunter steckt gesehen, als du in deinem kurzen Leben je tragen wirst«, entgegnete Ray und bezahlte die Kleider, die Miss Natrisha für mich rausgesucht hatte.

Da war er wieder, der überhebliche und von sich selbst überzeugte Ray.

»Lass einer Dame ihren Freiraum. Sie hat dich gerade erst kennengelernt und weiß noch nichts von deinen Vorzügen«, schnurrte Miss Natrisha und verschlang Ray geradezu mit ihren Augen.

Sie hätte sicherlich kein Problem damit, mit ihm Unterwäsche einkaufen zu gehen. Sofern sie überhaupt welche trug.

»Ich muss auf die Toilette«, sagte ich, als wir den Laden verließen, in der Hoffnung, Zeit zu gewinnen, um mich entweder daran zu gewöhnen, dass meine Unterwäsche in Zukunft nix Privates mehr war, oder einen Plan auszuhecken, wie mir diese Peinlichkeit erspart blieb.

Als ich hektisch durch die Tür mit der Aufschrift *Damen* schritt, sah ich zwei junge Mädchen an den Waschbecken stehen. Die eine hatte silbern gefärbte Haare und trug auffällig viel Eyeliner, die andere hatte haselnussbraunes Haar und Smokey Eyes. Sie kicherten und tuschelten, während sie ihr Make-up auffrischten und den ohnehin dicken Eyeliner nachzogen, ein Picasso sah schon fast dezent neben den beiden aus. Ich trat an eines der Marmorwaschbecken heran und sprenkelte mir kühles Wasser ins Gesicht, um einen klaren Kopf zu bekommen, wobei ich darauf achtete, mein Make-up nicht komplett zu ruinieren, und fing ein paar Gesprächsfetzen auf.

»Ja, ich habe endlich die Karte für das Konzert gekriegt.«

»Ich muss unbedingt ein Selfie mit Ray machen.«

»Ich find Taylor ja süßer.«

Ich musterte die beiden unauffällig. Dann sah ich aus dem Augenwinkel die schon fast verheilten Bisswunden an ihren Hälsen und es blieb kein Zweifel mehr: Das waren Vampirgroupies. Ich hatte noch nie welche getroffen, aber schon davon gehört, dass manche Menschen eine ungewöhnliche

Obsession mit Vampiren entwickelten, ihre Tagesabläufe für sie umkehrten und sich regelmäßig beißen ließen. Mir wurde allein bei der Vorstellung übel.

Aber etwas Gutes hatte die Sache. So einfach war die Lösung für mein kleines Problem gefunden. Sie war zwar nicht besonders elegant und vermutlich würde sie mir einiges an Ärger einbringen, aber ich war bereit mein Glück auf die Probe zu stellen. Schlimmstenfalls würde ich die Chance, meinen Traum zu leben, oder meinen Stolz verlieren.

»Seid ihr zufällig Fans von *Bloody Mary*?«, fragte ich beiläufig und betete, dass sie das Bild meines Hinterns noch nicht in den Nachrichten gesendet hatten.

»Ja. Was dagegen?«, antwortete die Brünette kurz angebunden und sah mich abschätzig an.

Ich konnte es ihr nicht mal verübeln, mit meinen alten Klamotten passte ich wirklich nicht in ein Edelkaufhaus. »Ihr habt es nicht von mir gehört, aber die stehen alle vier mit dunklen Kapuzenpullovern und Sonnenbrillen draußen im Flur«, entgegnete ich so beiläufig wie möglich, ohne mich aus der Ruhe bringen zu lassen.

Sie starrten mich eine Sekunde lang mit großen Augen an und stürmten dann aus dem Waschraum. Sekunden später vernahm ich lautstarkes Gekreische von draußen und wartete noch ein paar Herzschläge lang ab, dann schlüpfte ich ebenfalls vor die Tür, während ich betete, dass Ray und die anderen mir verzeihen würden.

Die Menschenmenge um die Jungs herum nahm rasch zu. Durch die steigende Lautstärke wurden immer mehr Passanten auf das Geschehen aufmerksam und es tauchten sogar einige Paparazzi auf. Ich huschte an der Menschentraube vorbei und rief laut: »Wir treffen uns beim Bus!«

Dafür erntete ich einen Blick von Ray, der eindeutig aussagte, dass das noch ein Nachspiel haben würde.

Ich schüttelte meine Schuldgefühle ab, eilte zu einem Wegweiser, suchte das nächste Unterwäschegeschäft auf der Karte und lief mit langen Schritten los. Ich war außer Atem und schwitzte leicht, als ich beim Laden ankam, stellte aber freudig fest, dass er bis auf mich komplett leer war. Ich eilte zur gelassen dreinblickenden Verkäuferin, lächelte sie kurz an und erklärte daraufhin gehetzt mein Anliegen.

»Hallo, ich bräuchte Ihre Hilfe. Ich benötige Unterwäsche für etwa fünf bis sechs Wochen, möglichst günstig.«

Sie sah mich ungerührt an. »Herr Sorin schickt Sie, oder?« Dann lächelte sie und griff hinter den Tresen, um drei große lavendelfarbene Tüten zutage zu fördern.

Mein Lächeln schwand und mein Magen rutschte mir in die Kniekehlen. »Sie haben die Tüten bereits gepackt?«

Sie nickte bestätigend: »Es sollte alles drin sein, was Herr Sorin bestellt hat.«

Natürlich, das erklärte das Telefongespräch, welches er in Miss Natrishas Laden geführt hatte.

Die Verkäuferin wirkte leicht verärgert. »Ist irgendwas nicht in Ordnung?«, fragte sie dennoch höflich.

Ich zögerte kurz. »Wäre es vielleicht unter Umständen möglich, dass ich mir eine eigene Tüte mit demselben Wert zusammenstelle?« Ich blickte gehetzt über die Schulter, doch es waren weder Paparazzi noch wütende Vampire in Sicht.

Die Verkäuferin schaute genervt drein und tippte auf der Registerkasse herum. »Ich habe das schon alles abkassiert und in das System eingebucht.«

»Was ist da überhaupt drin?«, fragte ich resigniert, mit einem nervösen Blick auf meine Armbanduhr. Ich wollte der Verkäuferin zwar keinen Ärger machen, um diese Uhrzeit zu arbeiten, war schon Strafe genug, das wusste ich nur zu gut. Allerdings war das trotzdem kein Grund, mich so herablassend zu behandeln. Ich hatte außerdem keine Zeit mehr. Die Band würde sich langsam von ihren Groupies befreit und sich auf den Weg zurück zum Bus gemacht haben.

»Alles, was Frau so braucht, praktisch sollte es sein, aber vor allem schick. Die Größe, die er mir mitgeteilt hat, sollte Ihnen passen.« Sie zuckte unbeeindruckt mit den Schultern.

Ich wunderte mich, dass Ray Rücksicht auf die Funktionalität genommen hatte, aber woher er meine Körbchengröße wusste, war mir ein unangenehmes Rätsel. Mir entfuhr ein Seufzen. »Gut, ich nehme es. Aber wenn Herr Sorin noch mal nachfragen sollte, habe ich mir eigene Taschen gepackt, okay? Schönen Abend Ihnen noch!«

Ich zwinkerte ihr zu, sie verdrehte die Augen und reichte mir die Tüten.

So schnell ich konnte verließ ich den Laden und eilte Richtung Parkplatz, in der Hoffnung sie wären entweder noch nicht da oder würden auf mich warten. Glücklicherweise tönte mir schon das Gezeter meines Gastgebers entgegen.

Als ich in den Bus kletterte, richteten sich vier vorwurfsvolle Augenpaare auf mich.

»Das war nicht witzig!«, zischte Ray mir zu, nickte aber zufrieden, als er die lavendelfarbenen Tüten sah.

»Woher zur Hölle kennst du denn bitte meine Körbchengröße?«, fauchte ich zurück, ohne auf seinen Kommentar einzugehen, war aber gleichzeitig dankbar, dass sie mich nicht einfach zurückgelassen hatten.

»Taylor ist ziemlich gut im Schätzen«, erwiderte er knapp und zuckte mit den Schultern. Der aggressive Blick verblieb jedoch auf seinem Gesicht. »Jetzt hör mir mal zu, du gehörst momentan zu mir, ich bin für dich verantwortlich und fände es wunderbar, wenn du einfach das tun könntest, was ich dir sage. Zumindest für die nächsten Wochen«, stieß er wütend hervor und seine Augen verdunkelten sich so, dass sie statt dem üblichen schönen Eismeerblau fast nachthimmelschwarz wie seine Haare wurden.

»Nun, ehrlich gesagt bin ich nicht der Typ, der sich gerne herumkommandieren lässt«, entgegnete ich kühl und gab mir Mühe, die zitternden Hände hinter meinem Rücken zu verstecken. Es war für mich nicht gerade leicht, einem angepissten Vampir die mittlerweile schweißnasse Stirn zu bieten.

Bevor wir uns allerdings noch weiter angifteten, wurden wir jäh unterbrochen. »Es ist fast Tag«, rief James aus dem hinteren Teil des Busses. »Adam, gib Gas, wir schlafen im Bus. Wir schaffen es nicht mehr rechtzeitig zum Hotel und fahren dann gleich weiter nach Paris.«

Ray seufzte, ohne den Blick von mir zu wenden oder weniger säuerlich zu gucken. Ich fing an mich unbehaglich zu fühlen. Vielleicht hatte ich überreagiert. Trotzdem hatte ich nicht vor mich wochenlang komplett bevormunden zu lassen. Ich reckte mein Kinn ein wenig vor.

Die Jungs schwangen sich in ihre Kojen, die neben dem schmalen Gang zu beiden Seiten übereinander in die Wand eingelassen waren und dadurch alles noch schmaler machten. Ich deutete auf die blutrote Sofabank, auf der ich schon zuvor gesessen hatte. »Ich leg mich auf das Sofa.«

Ich war schon drei Schritte gegangen, als Ray mich aufhielt. »Du schläfst natürlich in meiner Koje, ich würde es mir nie verzeihen, wenn ein Gast nicht den allerhöchsten Komfort erhielte, auch wenn er diesen nicht unbedingt zu schätzen weiß.« Er grinste spöttisch, keine Spur mehr von seiner aggressiven Art.

Was er konnte, das konnte ich schon lange. »Ich würde als Gast doch nie zulassen, so eine Last zu sein, dass mein Gastgeber irgendwelche Unannehmlichkeiten auf sich nehmen müsste oder Umstände hätte«, erwiderte ich mit einem unechten, zuckersüßen Lächeln.

Rays Grinsen wurde breiter, bis James genervt aus seiner Koje rief: »Es ist mir scheißegal, wo ihr beiden schlaft, von mir aus könnt ihr auch miteinander schlafen! Hauptsache, dieser Scheiß hat jetzt ein Ende! Adam muss den Bus verdunkeln und ihr habt nur noch ein paar Minuten.«

Ray sah daraufhin auf seine Armbanduhr und schob mich ohne viel Federlesen in die Koje. Der Protest blieb mir im Halse stecken. Die Diskussion war vorbei. Na gut. Doch dann kletterte Ray mir nach und legte sich neben mich. Perplex rang ich nach Worten. Mein erster Reflex war, nach ihm zu treten, doch ich riss mich zusammen, wandte mich ihm zu und malte mit dem Finger eine unsichtbare Linie auf die Matratze. »Bleib auf deiner Seite«, ermahnte ich ihn.

»Sonst?«

»Sonst … passiert was!« Verärgert drehte ich ihm den Rücken zu und schnaubte.

»Adam, mach den Bus bitte dunkel«, rief Damian matt. Darauf folgte ein leises mechanisches Summen und im Bus wurde es stockfinster.

Ich konnte nicht mal mehr die Hand vor den Augen sehen. Es war, als ob die Schwärze stofflich wäre und ich sie greifen könnte, wenn ich nur die Finger ausstreckte. Unruhe kroch mir die Glieder empor, diese allumfassende Dunkelheit war zu viel für mich, sie wirkte bedrohlich. Ich fing an zu zittern, als ich eine Hand im Rücken spürte.

»Du wirst dich daran gewöhnen«, flüsterte Ray und ich verkrampfte mich noch mehr, nur um zu spüren, wie müde und erschöpft ich wirklich war. »Im Notfall kannst du diese Taschenlampe benutzen«, fügte er hinzu und ich spürte einen metallischen Zylinder gegen meinen Rücken rollen.

Es war beinahe sieben Uhr morgens, das gab mir einen Funken Sicherheit, denn die Vampire würden mich nicht im Schlaf ermorden können, weil sie selber mausetot waren.

Trotzdem zischelte ich noch ein wenig überzeugendes »Fass mich bitte nicht an« über die Schulter hinweg. Ich glaubte noch ein sehr leises, genuscheltes »Tut mir leid wegen eben« zu vernehmen, doch sicher war ich mir nicht.

Kapitel 3

Es werde Licht

Ich konnte mich an keinen Traum erinnern, aber als ich erwachte, lag ich hemmungslos sabbernd auf Rays Brust. Erschrocken und peinlich berührt rappelte ich mich hastig auf und stieß mir prompt den Kopf an der niedrigen Kojendecke. Obwohl mir ein lautes und erschrockenes »Autsch« entfuhr, erwachte weder Ray noch einer der anderen. Ich tastete unbeholfen mit den Händen auf der Matratze herum, um die Taschenlampe zu suchen. Dabei stieß ich erneut gegen den leblosen, harten Körper meines Gastgebers.

Ray war eiskalt und schlief wie tot, es war kein Herzschlag zu spüren. Ich korrigierte mich in Gedanken: Er wirkte nicht nur tot, er war tot! Zumindest so lange, wie die Sonne am Himmel stand. Einen Herzschlag hatte er vermutlich auch im wachen Zustand nicht. Mit einem Schaudern zog ich meine Hand zurück und suchte woanders weiter.

Außer der Reglosigkeit meiner vampirischen Gastgeber hatte ich kein Indiz, wie spät es war. Ich trug keine Armbanduhr und in dieser absoluten Lichtlosigkeit fühlte sich Zeit sowieso relativ an. Endlich bekam ich den kleinen Metallzylinder zu fassen und schaltete die Taschenlampe mit einem Klicken an.

Ich blinzelte energisch, doch meine Augen brauchten einen Moment, um sich an das grelle Licht zu gewöhnen. Als ich den leblosen Körper vor mir erblickte, entfuhr mir ein weiterer Laut. Rays Haut war gräulich und die Adern stachen schwarz hervor. Frisches Mausgrau war das nicht. Er sah eindeutig tot aus und eine Welle des Ekels überrollte mich. Ich hatte neben einer Leiche geschlafen. Besser noch, ich hatte im Schlaf eine Leiche vollgesabbert. Galt das schon als Störung der Totenruhe?

Entsetzt kletterte ich mit geradezu vampirischer Geschwindigkeit über ihn hinweg und tastete mich an der Wand entlang, bis ich mit der Hand auf einen Schalter kam und ihn versehentlich betätigte. Plötzlich fuhr hinter mir zügig eine weitere Wand hoch und trennte mich von dem Gang ab, aus dem ich eben noch gekommen war. Vor mir befand sich jedoch ebenfalls nur eine kühle Metallplatte, die den Businnenraum von der Fahrerkabine abtrennte.

Ich versuchte noch irgendwie über die hochfahrende Abtrennung hinwegzusteigen, doch mangels sportlicher Fähigkeiten gelang es mir nicht. Ich war eindeutig eine Bewegungslegasthenikerin. Entsetzt keuchte ich auf, als ich letztendlich im Zwischenraum zwischen den beiden Wänden gefangen war, und betätigte hektisch den Schalter wieder und wieder – ohne Erfolg. Das Sirren schallte nur noch erbarmungsloser in meinen Ohren und schien mich zu verhöhnen. Ich fuhr mir mit zitternden Händen durchs Haar und schlug noch einmal mit geballten Fäusten gegen beide Wände, während mein Herzschlag unnatürlich laut in meinen Ohren pochte. Es musste doch irgendwo eine Tür in die Freiheit geben?

»Ganz ruhig bleiben, es ist alles in Ordnung. Das ist nur eine Lichtschleuse«, rief eine gedämpfte Stimme von der anderen Seite.

Während diese Information langsam zu mir durchdrang, fuhr nun die andere Wand herunter. Natürlich, es handelte sich um eine Schleuse, um zu verhindern, dass Tageslicht in das Innere des Busses gelang, während die Vampire schliefen. Erleichterung durchflutete mich wie eine Woge und ich blinzelte gegen das Dämmerlicht an, das mir entgegenströmte. Ich befand mich in der Fahrerkabine.

»Guten Morgen«, sagte eine tiefe, freundliche Stimme, die offensichtlich dem Fahrer gehörte. »Setz dich doch ein wenig zu mir.«

Ich klettere unbeholfen auf den leeren Beifahrersitz. Der unbekannte Mann streckte mir eine Hand hin und ich schüttelte sie. Meine kam mir in seiner unendlich verloren vor, so groß und massiv war der Fahrer. Er war vermutlich ebenso breit wie hoch, hatte dunkles, mit gräulichen Strähnen durchzogenes Haar und warm funkelnde braune Augen.

»Ich bin Adam. Wir kennen uns noch nicht«, sagte er mit einem Lächeln, ohne mich anzusehen, denn seine Augen waren gewissenhaft auf die Straße gerichtet.

»Holly Bane«, stellte ich mich schüchtern vor.

Er lächelte weiter und nach einem kurzen Schweigen fragte er: »Gut geschlafen? Ich habe zwar gestern alles nur am Rande mitbekommen, aber wenn ich das richtig verstanden habe, wirst du eine ganze Weile bei uns bleiben. Du solltest schauen, dass du deinen Tag-Nacht-Rhythmus an deine Gastgeber anpasst. In der Tasche hinter meinem Sitz ist Lavendel-Baldrian-Mixtur, wenn du magst, kannst du etwas davon haben. Keine Sorge, alles homöopathisch. Ich nutze das immer gegen den Jetlag.«

Ich musterte ihn genauer. Natürlich, er musste, genau wie ich, ein Mensch sein, sonst wäre er in der lichtgefluteten Fahrerkabine nur noch ein Häufchen Asche gewesen. Sofort entspannte ich mich.

»Danke, das ist vermutlich keine schlechte Idee. Fahren wir schon die ganze Zeit?«, fragte ich und erwiderte sein Lächeln. Er war mir auf Anhieb sympathisch.

»Nein, nein, ich musste zwischendurch Pausen machen. Ehrlich gesagt sind wir erst vor ein paar Stunden losgefahren. Aber wo du es gerade ansprichst, es ist wieder ein Stopp nötig.«

Er nickte in Richtung der Uhr auf seinem Armaturenbrett, welche 17:46 anzeigte. Erschrocken sog ich Luft zwischen den Zähnen ein. Ich hatte den ganzen Tag verschlafen!

Adam lachte. »Das ist ganz normal durch den Melatoninüberschuss im Körper, der durch das lange Wachsein bei Dunkelheit produziert wird. Jeder wird da zum Langschläfer.« Er fuhr von der Autobahn herunter und parkte den Bus vor einer kleinen, nett aussehenden Raststätte. »Hast du Hunger?«, fragte er und wandte sich mir zu.

Ich nickte. Seit dem Beginn der Fernsehshow hatte ich nichts mehr gegessen und war dementsprechend am Verhungern. Mein Magen knurrte zustimmend, und zwar so laut, dass Adam es gehört haben musste. Das Grinsen auf seinem Gesicht wurde breiter, er stieg aus der Fahrerkabine und half mir anschließend, da sie sehr hoch gelegen war. Er packte mich an der

Hüfte und hob mich vorsichtig nach unten, neben einen rostroten Laubhaufen. Fröstelnd schlang ich meine Arme um mich.

»Endlich wer, der was isst, was nicht rot und flüssig ist! Dann sitz ich ausnahmsweise Mal nicht alleine da.«

Er lachte laut auf und gemeinsam machten wir uns auf den Weg Richtung Rasthof. Auch auf mein Gesicht hatte sich ein zartes Lächeln gestohlen.

Nun erst konnte ich das erste Mal den Bus richtig betrachten. Die Sonne schimmerte spärlich über die silberne Karosserie, die Fenster hoben sich pechschwarz ab und bildeten einen starken Kontrast zu den farbigen Blättern der umliegenden Bäume. Für einen unwissenden Betrachter war nicht ersichtlich, dass dies der Tourbus einer weltbekannten Vampirband war.

Adam legte mir den Arm um die Schultern und bugsierte mich Richtung Raststätte, als mein Magen erneut ungeduldig knurrte. Wir betraten das einladend wirkende Gebäude.

Ich bestellte einen frisch gepressten Orangensaft und ein Schnitzel, aber ich hätte vermutlich auch ein halbes Schwein auf Toast verschlungen, wenn man mich nur gelassen hätte. Während ich aß, erzählte mir Adam von seiner Arbeit und dem Leben mit einer vierköpfigen Vampirband.

»Ray und Taylor sind geborene Vampire. Ich glaub, Taylor ist der Cousin von Ray, auf jeden Fall sind die beiden verwandt und irgendwie adelig ... Hm, ich weiß nicht mehr genau, wie das war, Ray spricht nicht gern drüber. Damian und James dagegen sind gebissene Vampire, aber das ist auch schon eine Ewigkeit her. Lange bevor wir geboren wurden. Gegen die vier sind wir beide ziemliche Jungspunde!«

Lachend klopfte er mir auf die Schulter und ich verschluckte mich an meinen Pommes. Ich runzelte prustend die Stirn. »Vampire können geboren werden? Ich dachte immer, dass sich das Ganze nur mit Beißen übertragen lässt. Wie viele ansteckende Krankheiten, Tollwut oder so.«

Adam lachte so herzhaft, dass sich die Vibrationen von seinem Bauch auf den Tisch übertrugen und das Geschirr klapperte. »Ja, Vampire können untereinander Kinder zeugen, so wie Menschen auch«, antwortete er glucksend.

»Aber sie sind doch tot!«, rief ich aus und sah ihn verständnislos an.

»Ich weiß auch nicht genau, wie das geht«, erwiderte er achselzuckend.

»Haben Vampire überhaupt irgendwelche Schwächen?«, murmelte ich mehr zu mir selbst und pikste ein paar Pommes auf meine Gabel.

»Fragst du das für dich selbst oder für einen Freund?« Adam lachte. »Nun, gebissene Vampire sind ziemlich abhängig von ihren Schöpfern. Wenn also James zu unangenehm werden sollte, dann wende dich einfach an Damian, er kann ihn zurückpfeifen.«

»Und was hilft gegen geborene Vampire?«

»Gegen geborene Vampire hilft eine ordentliche Portion Weihwasser. Das Problem ist, es muss von jemandem geweiht sein, der wirklich glaubt, sobald derjenige zweifelt, funktioniert es nicht mehr. Finde heutzutage mal einen gläubigen Priester, das ist schwerer, als man denkt«, entgegnete Adam und lachte erneut. »Aber eine Sache gibt's noch! Vampire können zu Fuß kein fließendes Wasser überqueren, also Fußgängerbrücken sind tabu, aber mit Fahrzeugen geht das schon«, fügte er noch hinzu.

»Das ist alles? Das ist unfair! Sie sind schneller als mit dem bloßen Auge sichtbar, so stark, dass sie ein Auto mühelos anheben können, und ihre Sinne sind bis ins Unermessliche geschärft! Laut deinen Informationen müsste man also nach Venedig oder Holland ziehen, damit man vor etwaigen Angriffen sicher ist!«

»Sie sind eben die perfekten Raubtiere und das Leben ist nicht fair«, entgegnete Adam und musterte mich besorgt. »Du musst aber keine Angst haben, Ray und die anderen würden dir nie ein Haar krümmen«, fügte er im Brustton der Überzeugung hinzu.

»Wie kannst du dir da so sicher sein?«, fragte ich skeptisch und schluckte einen Bissen Schnitzel herunter.

»Als mir niemand Arbeit geben wollte, hat Ray mir diesen Job angeboten. Ohne ihn wäre ich auf der Straße gelandet. Das ist jetzt zwei Jahre her und er hat dafür gesorgt, dass ich wieder auf die Beine komme, nachdem ...«, Adam zögerte und atmete tief durch, »nachdem ich einer gefährlichen Vampirin verfallen war. Ich weiß also, wie bösartige Vampire aussehen. Die Jungs sind weit davon entfernt.«

Überrascht starrte ich ihn an. »Du siehst gar nicht aus wie ein …«

»Ein Vampirgroupie? Nun, das kann man nicht jedem ansehen. In meinem Fall war es aber was anderes. Sagen wir, es war spezieller.« Seine Stimme wurde leise und wirkte plötzlich unpassend für diesen so großen Mann.

Ich stand auf und ging um den Tisch herum. Ich wusste nicht recht, wie ich mich verhalten sollte, klopfte ihm aber aufmunternd auf die Schulter und musterte ihn besorgt.

»Tut gut sich mit jemandem zu unterhalten, so bei Tageslicht, meine ich«, murmelte er mit brüchiger Stimme, ehe er sich räusperte und wieder ein Lächeln hervorbrachte. »Dein Essen wird kalt.«

Ich setzte mich langsam wieder auf den roten Plastikstuhl. Adam fingerte sich eine Serviette aus dem Spender und schnäuzte sich geräuschvoll die Nase.

Ich versuchte mit vollem Mund ein halbwegs hübsches Lächeln zustande zu bringen.

»Ray vergisst immer, dass wir Menschen essen müssen. Apropos Essen, hätte ich doch fast vergessen …«

Er stand auf und schob dabei mit seinem runden Bauch den Tisch nach vorne. Ich widmete mich weiter meinem Schnitzel, konnte aber die Sorge um Adam nicht ganz verdrängen, ließ die Gabel sinken und meinen Blick durch die Gaststätte schweifen. Ein kleines Mädchen starrte mich neugierig an, stieß ihre Schwester, die neben ihr saß, in die Rippen und zeigte auf mich, wobei ihre Augen schmal wurden.

Ich war irritiert, wodurch ich nicht bemerkte, dass Adam zurück war. Er schwenkte eine große Plastiktüte, deren Inhalt leise klirrte, und folgte meinem Blick. Dann verzog er das Gesicht und seufzte. »Wir müssen los, sonst erkennt uns die ganze Raststätte. Sie haben dich vermutlich im Fernsehen gesehen und jetzt eins und eins zusammengezählt. Ich kenn diesen Blick, seit ich mit der Band unterwegs bin.« Er sah sich unruhig um und zog mich vom Stuhl in Richtung Ausgang. »Diese verdammten Paparazzi sind schneller als jeder Notarztwagen mit Blaulicht! Sobald sie da sind, haben wir hier keine ruhige Minute mehr.«

Wir überquerten den Parkplatz und auf dem Weg klärte Adam mich darüber auf, dass ich als mysteriöses Glücksmädchen das Titelbild jeder Zeitung und Hauptthema jeder Klatschnachrichtensendung war.

Ich wollte das alles gar nicht. Der Gedanke an die Aktion, die das Ganze verursacht hatte, sorgte bei mir immer noch für ein mulmiges Gefühl.

Es hatte, wie so oft in diesem Oktober, angefangen zu regnen. Mittlerweile war es außerdem komplett dunkel geworden und im Inneren des Busses waren die lebenden Toten erwacht. Was dramatischer klang, als es eigentlich war. Dennoch würde ich mit Brief und Siegel bestätigen, dass mir diese weniger leblose Variante um einiges besser gefiel.

Ray wartete schon, als Adam und ich den hinteren Teil des Busses betraten. Adam reichte Ray die Tüte, in welche er einen kurzen Blick warf und sie dann an James weiterreichte. »Mach die mal warm«, rief er ihm zu.

»Tut mir leid, ich hatte ganz vergessen, dass du essen musst«, wandte er sich an mich und sah mich besorgt an.

Kümmerte ihn mein Wohlergehen so sehr?

Adam lachte und antwortete an meiner statt. »Die Gute hat eben eine ordentliche Portion Schnitzel mit Pommes verdrückt, ich denke, so schnell kommt erst mal kein Hunger mehr auf.«

»Schuldig im Sinne der Anklage«, fügte ich hinzu. Tatsächlich hatte ich gegessen wie ein Scheunendrescher.

»Hey, nix, wofür man sich schämen müsste, wenigstens hast du ein bisschen Speck auf den Rippen, nicht so wie die Gerippe, die Taylor andauernd anschleppt.«

Adam war sichtlich zu offen und ehrlich. Aber Taylor grinste mich nur an, offenbar war es ihm nicht peinlich zuzugeben, dass er jede Menge *Gerippe* anschleppte.

»Ich fahr dann weiter zum Studio 41«, warf Adam fröhlich in die Runde und quetschte sich zur Fahrerkabine durch. »Wenn dir die Nachtschattengewächse auf die Nerven gehen, kommst du wieder nach vorne«, bot er mir noch lachend an.

Ray lächelte mich an. »Ich hoffe sehr, du wirst unserer Gesellschaft nicht so schnell überdrüssig.« Er sah mich forschend an, als ich mich setzte. »Kannst du nun singen oder nicht? Im Studio ist das nicht ganz klar geworden.«

»Nein, überhaupt nicht, deswegen hatte ich so einen Bammel vor dem Duett, das wir singen sollten. Ich klinge wie eine Katze, die man in einen Mixer gesteckt hat!« Ich musste lachen. Meine große Leidenschaft war zwar Karaoke, aber nur, wenn ich eine größere Menge Alkohol zu mir genommen hatte, und gut klang das Ganze dennoch nicht. Aber das musste Ray ja nicht wissen. Ich rutschte unruhig auf meinem Platz hin und her.

»Dann habe ich jetzt wohl was gut bei dir, weil ich dich gerettet habe. Ich bin anscheinend nicht nur deine gute Fee, sondern auch dein Ritter in schillernder Rüstung«, schlussfolgerte Ray und bestätigte mir damit, dass er wieder ganz der Alte war.

»Was könnte der mutige Ritter denn begehren?«, fragte ich sarkastisch, doch ehe er antworten konnte, wurden wir von James unterbrochen, der mit zwei Gläsern dunkelroter Flüssigkeit zu uns herüberkam. Er drückte Ray eines in die Hand und ging weiter durch den Bus, vermutlich um Taylor das andere Glas zu geben.

Gütiger Gott! War das etwa Blut? Es sah dickflüssig aus. Das Glas war zudem leicht beschlagen, also war der Inhalt zumindest wärmer als Zimmertemperatur.

Ray bemerkte meinen Blick und grinste. »Keine Sorge, ich habe schon verstanden, kein Getränkeautomat und kein Betthäschen.«

Er hob das Glas, als ob er mir zuprosten wollte. Ich spürte, wie mir mein eigenes Blut in die Beine sackte. Er würde doch nicht … Doch, er würde. Er leerte das Glas in einem Zug und sah mich mit einem lüsternen Blick an. Sein Mund war von einem schimmernden rubinroten Film bedeckt und er leckte sich langsam und genussvoll über die Lippen. »Ich könnte allerdings noch einen Nachtisch vertragen, falls du es dir anders überlegen willst«, sagte er und seine Mundwinkel, die ebenfalls rot schimmerten, zuckten noch weiter nach oben.

Das Letzte, was ich spürte, war, wie mein Sichtfeld verschwamm, ehe alles schwarz wurde.

***

Als ich wieder zu mir kam, lag ich in Rays Koje und hörte ihn und die anderen lautstark diskutierten.

»Ich fass es nicht.« James. »Sie ist mit Vampiren unterwegs und kann kein Blut sehen.«

»Warum hast du sie so erschrocken, sie wird sonst was von uns denken«, fauchte Damian.

»Ray hat nichts getan, was eine solche Reaktion rechtfertigen würde.« Wieder James. »Himmelherrgott, wir sind Vampire und kein Streichelzoo. Nur weil wir gerade beschlossen haben friedlich zu sein und dieses elende, geklonte Gesöff aus Flaschen trinken, sind wir dennoch Vampire. Die Menschheit täte gut daran, das nicht andauernd zu vergessen!«

Das Blut rauschte in meinen Ohren. James' Worte drangen nur verzerrt zu mir durch, dennoch verängstigten sie mich mehr als Rays kleiner Scherz. Ich beschloss, es war besser, so zu tun, als hätte ich nichts gehört. Also rappelte ich mich auf und kletterte aus der Koje. Mein Kopf fühlte sich an, als wäre er mit Watte gefüllt.

Mühselig kratzte ich meinen spärlichen Mut zusammen. »Entschuldigt, ich weiß auch nicht, was das gerade war. Eigentlich stört es mich nicht, Blut zu sehen«, erklärte ich und versuchte das Ganze herunterzuspielen, indem ich mich weitestgehend fröhlich klingen ließ und eine entschlossene Miene aufsetzte. Warum kam das jetzt nicht halb so lässig rüber, wie ich es beabsichtigt hatte? Ich biss mir auf die Lippe.

Alle vier wandten sich zu mir um. Plötzlich sah ich jede Menge dunkle Augen aufblitzen und trat unbehaglich von einem Fuß auf den anderen.

Dann schüttelte sich Taylor vor Lachen. Ray gab ihm einen Klaps auf den Hinterkopf und fuhr sich mit der anderen Hand durch die wuscheligen Haare.

»Hör mal, Holly. Es tut mir leid, Blut trinken können wir leider nicht vermeiden. Aber den Spruch mit dem Nachtisch hätte ich mir sparen können.« Er sah mich entschuldigend an.

»Schon okay«, erwiderte ich.

»Hast du immer noch Angst, dass wir dich anzapfen? Dein Gesichtsausdruck spricht Bände«, fragte Ray besorgt und ich antwortete eine Spur zu schnell: »Nein, nein, gar nicht.« Ich zwang mich zu lächeln, was Ray mit einem Seufzen quittierte.

»Wenn wir das ganz rational betrachten, was ist dein Lieblingsessen, Holly?«, fragte er mich.

Darüber musste ich keine Sekunde nachdenken. »Lasagne«, sagte ich wie aus der Pistole geschossen und runzelte dann die Stirn. War das eine Fangfrage gewesen?

»Okay und wie viele Stücke schaffst du mit einer Mahlzeit?«, fragte Ray weiter in einem geduldigen Ton und ich fühlte mich stark an den Matheunterricht meiner Grundschule erinnert.

»Vielleicht ein bis zwei«, antwortete ich zögerlich.

»Aber du würdest keine ganze Lasagne schaffen, oder? Wir schaffen es auch nicht, ohne Weiteres einen kompletten Menschen auszutrinken. Da müssten wir schon verdammt ausgehungert sein.« Er seufzte. »Gott, Holly, gib uns wenigstens die Chance und lerne uns erst mal kennen. Ich mag vielleicht nicht die gute Fee oder der Ritter auf dem weißen Pferd sein, aber der große böse Wolf bin ich auch nicht.« Ray legte den Kopf schräg und sah mich flehentlich an. Auf seiner Stirn erschien eine Sorgenfalte, die ihn nur noch attraktiver wirken ließ.

Ich blickte unbehaglich zurück. »Ich will nicht mal ein kleines Stückchen Lasagne sein«, erwiderte ich die Metapher und kaute nervös auf meiner Unterlippe herum.

»Dann solltest du aufhören so lecker auszusehen, geradezu zum Anbeißen«, gluckste Taylor, um uns anschließend mitzuteilen, dass ich mich anschnallen sollte, da Adam bereit zur Abfahrt war. Mit fahrigen Fingern schaffte ich es gerade so, den Gurt anzulegen.

***

Wir erreichten das Studio gegen Mitternacht und mussten vom Parkplatz aus noch etwas laufen. Glücklicherweise war nirgends auch nur die Nasenspitze eines Paparazzos zu sehen.

Als wir im Studio ankamen, war alles vorbereitet. Die Band ging zu den aufgestellten Instrumenten und stimmte diese kurz. Ray holte unterdessen einen Stuhl aus der Abstellkammer und positionierte ihn vor dem Mikrofon.

»Holly, du wirst als erster Mensch auf der Welt unsere beiden neuen Songs hören, die wir für das neue Album aufnehmen. Ach, und es sollte klar sein, dass du Stillschweigen darüber bewahrst, erinnere mich daran, dich im Bus noch eine Verschwiegenheitserklärung unterzeichnen zu lassen.«

Er funkelte mich herausfordernd an, doch ich blickte ihm nur stur in die Augen und nickte.

»Hast du etwa Angst, ich könnte jemandem eure geheimen Songs vorsingen?«, spottete ich.

Er erwiderte nichts und betätigte mehrere Schalter an den technischen Geräten, die überall verstreut im Raum standen und lagen. Was für mich Pinsel und Farbe waren, waren für sie all diese Knöpfe, Kabel und Instrumente. Allerdings hatte ich keine Ahnung, wofür all diese Dinge gut waren.

Ich hörte, wie James einen langsamen Rhythmus auf dem Schlagzeug anstimmte. Es war unglaublich. Wenn Ray Kirchenlieder gesungen hätte, wäre ich vor ihm mit einem großen Halleluja auf die Knie gefallen. Vor jeglicher Kunst, und Musik zählte für mich dazu, hatte ich schon allein durch mein Kunststudium großen Respekt.

Es fühlte sich an, als ob mein Herz den Takt der Musik annahm. Das Leben brauchte dringend Hintergrundmusik und ich hatte meine hiermit gefunden. Ich musste mich zusammenreißen, damit mir keine Tränchen über die Wangen rannen, als er eine Ballade anstimmte. Ray hatte eine engelsgleiche Stimme, sie war voller Gefühl und so seidenweich, dass man sie mögen musste. Natürlich hatte ich die Musik von *Bloody Mary* schon im Radio gehört, es war beinahe unvermeidbar, aber sie live zu hören war unvergleichlich.

Ich lauschte wie gebannt. Dass in dem Text ein Vampir ein unschuldiges Mädchen in seine Fänge lockte und sich auf jede erdenkliche Weise mit ihr vergnügte, bemerkte ich erst, als Ray mir einen langen, lüsternen Blick schenkte und mir die letzten Töne direkt ins Ohr sang. Ich bekam eine Gänsehaut und mir wurde extrem heiß, sodass ich verzweifelt darüber nachdachte, wie ich meine glühenden Wangen kühlen könnte.

Ob hohe oder tiefe Töne, er traf sie alle perfekt.

Ich war überwältigt, etwas so Schönes am eigenen Leib zu erleben, und konnte nicht anders, als ihn dafür zu bewundern.

Aber warum ausgerechnet ich? Diese Frage hatte ich mir in den letzten vierundzwanzig Stunden immer und immer wieder gestellt. An mir war nichts Herausragendes, ich war, meiner Meinung nach, in vielem absoluter Durchschnitt und ohne nennenswerte Talente. Ray dagegen sah aus wie die römische Statue irgendeines Kriegsgottes, er sang wie ein Engel und Millionen Frauen leckten sich die Finger nach ihm und wenn sie ihn in die Finger bekommen würden, dann würden sie vermutlich auch an ganz anderen Dinge an ihm lecken.

Ich dachte zurück an Taylors Wette, die er noch vor Anfang der Reise mit Damian abgeschlossen hatte. Vielleicht war das alles auch eine Wette, wer mich als Erstes ins Bett bekam oder schaffte, dass ich freiwillig aufgab und floh? Oder war das alles nur Spaß und ich nahm manche Kommentare nur viel zu ernst?

Meine Gedanken wurden jäh unterbrochen, als James sein haselnussbraunes Shirt auszog und hinter sich schleuderte.

Holla die Waldfee, auf einmal wurde es noch viel heißer im Raum. Er war auch nicht von schlechten Eltern. Seine glatten kupferroten Haare fielen ihm bis auf die Schultern. Als er meinen Blick bemerkte, zwinkerte er mir zu und lächelte. Das war das erste Mal, dass ich ihn lächeln sah, und ich war hingerissen.

Seine rote Mähne wurde durch den Rhythmus, der durch seinen Körper ging, wild geschüttelt. Seine Muskeln waren definiert und er hatte ein wundervolles Sixpack. Wenn da nur nicht seine unterkühlte Ausstrahlung gewesen wäre. Denn immer, wenn ich James ansah, fühlte ich mich bedroht, als wäre ich in Gefahr.

Ich sah, wie Ray meinem Blick folgte, und glaubte ein leises Knurren zu hören. Als James' Lächeln erstarb, war ich mir sicher, dass Ray ihn tatsächlich angeknurrt hatte. War er eifersüchtig? Konnte er mir nicht zumindest eine kleine Augenweide gönnen? Was ging es ihn überhaupt an, wen ich wie ansah?

Trotzdem lief ich rot an, weil er mich beim Starren erwischt hatte. Seine Augen schienen regelrecht vor Zorn zu lodern. Doch plötzlich lächelte er wieder und stimmte ein ruhiges Liebeslied an.

Ich verlor mich in seinen klaren blauen Augen. Egal wie sehr ich dagegen ankämpfte, ich konnte meinen Blick nicht von ihm lösen. Egal, ich ließ es geschehen, bevor sie noch ein letztes Lied anstimmten und meine Augen langsam, aber sicher zufielen.

The demons inside try to get the best of you
Just close your eyes and you'll be gone
Rest in the warmth of my open arms
And we will fight these beasts another day

Dream on and escape all the terrors
All the fears are washed apart
And if you fear you'll sleep forever
I will lift your spirit up again

Trust me and get rid of all evil inside of you
Whispers in the dark will sing your lullaby
And if you wake up ready for battle again
I will be by your side to fight another day

»Holly? Holly!«, hörte ich eine tiefe Stimme meinen Namen flüstern, zusammen mit einer kräftigen Hand, die mich sanft an der Schulter rüttelte. Ich war hundemüde und wollte weiterschlafen.

»Vielleicht musst du sie wachküssen, wie Dornröschen«, lauschte ich einer zweiten, belustigten Stimme und hastig schlug ich die Augen auf. Ich vernahm Taylors herzhaftes Lachen und Rays belustigtes Gesicht schwebte direkt über meinem.

»Du bist bei *Lullaby for a Demon* eingeschlafen. Hoffentlich gewöhnst du dich bald an unsere Wachzeiten. Oder war das Lied so einschläfernd?«

Er half mir auf und ich rieb mir den Nacken. Auf dem Stuhl einzuschlafen war definitiv keine gute Idee gewesen. Hoffentlich hatte ich nicht geschnarcht. Nun, zumindest hatte ich diesmal niemanden vollgesabbert.

Schweigend machte sich unser kleines Grüppchen auf den Weg zurück zum Bus, die Augen der Vampire glühten in der Dunkelheit. Ich wusste immer noch nicht genau warum. Was ich aber wusste, war, dass sie deutlich besser als ich sehen konnten. Ich stolperte zielsicher über jeden Stein, der auf dem Weg lag. Hatten die auf dem Hinweg auch schon da gelegen? Ich geriet abermals ins Straucheln und spürte, wie starke Hände mich nur Zentimeter vor dem Aufprall auffingen, und sah Rays leuchtende blaue Augen direkt vor mir, als er mich langsam wieder aufrichtete und fest an sich presste. Sein Körper war kühl und ich spürte seine beachtlichen Muskeln durch das dünne Shirt.

»Hoppla«, flüsterte er. »Da habe ich wohl eine holde Maid gerettet.«

Ich spürte seinen Atem auf meinem Gesicht und musste mich zwingen mich nicht an ihn zu schmiegen. Er war immer noch ein Vampir! Egal wie sexy er das Wort »Hoppla« klingen lassen konnte.

»Alles in Ordnung?«, fragte er und hielt mich eine Armlänge von sich weg, als ich nicht reagierte.

So ein Verhalten war gänzlich untypisch für mich. Hätte ich mich etwa gerade beinahe einem Blutsauger an den Hals geworfen? Ich konnte das Grinsen in seiner Stimme hören und hoffte inständig, dass ihm seine verführerische Wirkung auf mich entgangen war. Kopfschüttelnd zwang ich mich an das Bild seines toten Körpers zu denken und um meine Verlegenheit zu überspielen, versuchte ich ihn freundschaftlich gegen die Schulter zu boxen. Doch ich erwischte nur die kühle Nachtluft und drohte schon wieder zu stolpern. Im nächsten Moment verlor ich tatsächlich den Boden unter den Füßen – Ray hatte mich wieder über seine Schulter geworfen.

»Hey, lass mich runter!«, forderte ich und trommelte gegen den Rücken meines Trägers.

»Ich rette dich nur vor deinen zwei linken Füßen, du solltest dankbar sein, Prinzessin«, presste er zwischen zwei Lachsalven hervor.

Ich strampelte und trommelte noch eine Weile weiter, doch Ray hielt mich locker mit einer Hand fest, als wäre er ein Schraubstock und ich nur eine Feder.

»Lass das nicht zur Gewohnheit werden! Das bringt dir garantiert keine Pluspunkte bei mir ein«, knurrte ich.

Er lachte noch lauter. »Wie kommst du auf die Idee, ich würde überhaupt Pluspunkte bei dir sammeln wollen?«

»Na, du hast doch verlangt, dass ich dich kennenlerne!« Ach, was regte ich mich überhaupt auf …

Als wir endlich den Bus erreichten, ließ er mich direkt in die Koje fallen und da mir die Müdigkeit noch tief in den Gliedern steckte, entfuhr mir ein herzhaftes Gähnen. Ich rollte mich zusammen und schlief bald darauf ein, nachdem ich mich gezwungen hatte nicht an die Leiche neben mir zu denken.

Vielleicht waren Vampire doch gar nicht so übel.

Kapitel 4

Fesselnde Ereignisse

»Nein, nein und nochmals nein!«, schrie ich Ray einige Tage später entgegen und wünschte, ich hätte eine Tür zum Zuschlagen gehabt. Einerseits war ich stocksauer, andererseits wollte ich einen Vampir auch nicht zu stark reizen. Weshalb ich nur halb so hitzig stritt, wie ich eigentlich wollte.

Diskutiert mal mit jemandem, bei dem ihr das Gefühl habt, er könnte euch direkt auffressen, wenn ihm danach ist. Als würde man einen Hai so lange piksen, bis er zubiss. Dummerweise hatte ich diesen Punkt so langsam bei Ray erreicht. Seine Augen wurden zumindest immer dunkler und das war, so viel wusste ich, ein eindeutiges Warnsignal.

Grund für diesen Streit war ein Fotoshooting, die Band brauchte neue Autogrammkarten und von mir sollten in diesem Zuge auch welche gemacht werden. Da ich aber auf Fotos dämlich aussah und zudem nur ungefähr fünf Wochen mit den Jungs verbringen sollte, hielt ich das Ganze für absolut überflüssig. Mehr noch: Ich wollte einfach nicht im Fokus der Öffentlichkeit stehen.

Das letzte Mal, dass Fotos von mir gemacht wurden, während einer meiner betrunkenen Karaoke-Sessions, verfolgte mich bis heute – im negativen Sinne. Daraufhin hatte ich beschlossen, es würde keine weiteren Bilder, abgesehen von Passfotos, von mir geben. Vor allem keine, die veröffentlicht wurden. Doch Adam hatte Ray und den anderen von unserem überstürzten Aufbruch aus der Raststätte erzählt, woraufhin sie beschlossen, ich hätte einen Stapel Autogrammkarten dringend nötig. Sie hatten mir ihre Entscheidung allerdings erst mitgeteilt, als wir bereits kurz nach Sonnenuntergang in der Garderobe des Fotostudios standen.

»Warum ist das so ein großes Problem für dich? Wir müssen dich über die kommenden Wochen mit einbinden und immer wenn wir es versuchen, spielst du den sturen Esel und stellst dich quer. Du willst nicht singen – von mir aus. Du willst nicht, dass ich weiß, was für Unterwäsche du trägst – also hetzt du uns das halbe Kaufhaus auf den Hals! Du tust so, als würde ich Unmenschliches verlangen, dabei geht es nur um ein paar harmlose Fotos!« Ray funkelte mich wütend an und ich konnte nur mit Mühe ein Zittern unterdrücken.

»Du bist doch keinen Deut besser! Du erwartest, dass ich all meine Prinzipien über Bord werfe und nach deiner Pfeife tanze. Für was hältst du mich, einen Dschinn aus der Flasche, oder was?«

Ich reckte mein Kinn nach oben und sah ihn trotzig an. Er trat einen Schritt auf mich zu und war damit nur wenige Zentimeter von meinem Gesicht entfernt. Reflexartig wich ich zurück, doch da spürte ich die Wand in meinem Rücken. Mir schoss nur noch ein Gedanke durch den Kopf, als ich die Augen schloss: *Bitte töte mich nicht!* Ich erwartete jeden Moment seine Zähne in meinem Hals zu spüren und das Leben an mir vorbeiziehen zu sehen. Das Maß war voll und ich hatte das Fass zum Überlaufen gebracht.

Als ich spürte, dass er noch näher an mich herantrat, kniff ich meine Augenlider fest zusammen. Doch anstatt mich anzubrüllen, flüsterte er: »Ich versuche dir einen Gefallen zu tun und deinen Lebenstraum zu erfüllen. Aus reiner Herzensgüte, freiwillig! Aber wenn du mich so anzickst, dann weiß ich nicht mehr, warum ich da überhaupt scharf drauf war. Außerdem erfüllen Dschinns nur drei Wünsche, aber selbst mit einem wäre ich bei dir schon zufrieden.«

Ich riss die Augen weit auf, legte meine zitternden Hände auf seine Brust, um ein wenig Abstand zwischen uns zu generieren, und versuchte ihn wegzuschieben. Ohne Erfolg. Nicht mal sein Herz schien sich zu bewegen, zumindest war kein Puls zu spüren.

»Wie wäre es, wenn du einfach mal ein Nein akzeptierst? Oder kann man das als Rockstar nicht, weil man es nicht mehr gewohnt ist?« Kämpferisch blickte ich in seine eisblauen Augen.

Er schloss sanft seine Hand um meine. Wieder zuckte ich zusammen, biss mir auf die Lippe und dann raunte er auch schon mit seiner tiefen, verführerischen Stimme: »Du bist ziemlich sexy, wenn du wütend bist, weißt du das eigentlich?«

Mir verschlug es erst mal die Sprache. Just in dem Moment, in dem ich sie wiederfand und etwas erwidern wollte – schließlich zogen solche Tricks bei mir nicht –, spürte ich etwas Kaltes an meinem Handgelenk und hörte ein leises, metallisches Klicken. Ray und ich sahen gleichzeitig auf unsere Handgelenke. Ein silbernes Paar Handschellen war darum geschlossen.

»Überraschung!« Plötzlich fing Taylor an zu lachen.

Er hielt einen kleinen silbernen Schlüssel in die Höhe. Ray knurrte, versuchte danach zu schnappen und zog mich dabei mit sich, sodass ich ins Straucheln geriet. Er hielt einen Moment inne, als Taylor sich den Schlüssel auf die Zunge legte, die er uns demonstrativ entgegenstreckte.

»Taylor! Wenn du so einen Scheiß abziehst, denkt man, du wärst acht statt acht Jahrhunderte alt! Gib den Schlüssel sofort wieder her«, fauchte Ray.

»Gönn mir etwas Spaß. Holly darf sich gerne den Schlüssel von mir holen«, säuselte Taylor und zuckte anzüglich mit seinen perfekt geschwungenen Augenbrauen in meine Richtung. Er ließ den Schlüssel auf seiner Zunge tanzen.

»Oje, definitiv kein guter Zeitpunkt, Taylor«, nuschelte ich noch, als Ray nach vorne schoss.

Er stieß ein unmenschliches Knurren aus und legte seine Hände um Taylors Hals, wobei ich durch die Wucht einfach hinterherflog, als wäre ich ein Federkissen. Ein Schmerz durchzuckte mein Handgelenk und ich keuchte auf. Wenn das so weiterging, würde ich früher oder später dauerhaft auf meine Hand verzichten müssen. Ich rieb mir mit der anderen die Stellen, die ich unter den Handschellen erreichen konnte.

Taylor stieß ein Gurgeln aus und fing mit einer dramatischen Geste an zu husten, wobei er Ray von sich stieß und ich gegen eine harte Kante knallte. Der Aufprall meines Musikantenknochens trieb mir Tränen in die Augen, doch niemand achtete auf mich.

»Scheiße, Mann. Durch deine Aktion habe ich das Ding verschluckt«, stieß Taylor hervor.

Mir wurde mal wieder schlecht und mein Herzschlag raste. Zusammengekettet mit Ray, einem wütenden, besitzergreifenden Vampir. Wie zur Hölle sollte ich so lange, bis der Schlüssel auf natürlichem Wege – sofern so etwas wie Verdauung bei Vampiren überhaupt stattfand – wiederauftauchte, unbeschadet überleben? Wenn Ray beschloss loszulaufen, würde ich wie ein ungezogener Hund einfach hinterhergezerrt werden oder, schlimmer noch: zerteilt werden. Vampirgeschwindigkeit gepaart mit Vampirstärke – eine falsche Bewegung seinerseits und meine Hand wäre Geschichte.

Aber selbst wenn ich aus der Sache unbeschadet herauskäme, da sich die seltsamen Anwandlungen nach den Studioaufnahmen nicht wiederholt hatten – einem Vampir so nahe zu sein war mir immer noch unangenehm. Korrigiere: Generell jemandem für lange Zeit nahe zu sein war mir unangenehm. Wie sollte ich so auf Toilette gehen? Oder mich umziehen?

»Ist das dein Ernst? Du hast doch garantiert einen Ersatzschlüssel! Wofür habt ihr überhaupt Handschellen dabei?« Ich geriet erst so richtig in Fahrt. Ray funkelte Taylor ebenso düster an wie ich, wobei sein Blick um einiges beeindruckender war als meiner.

»Ich dachte, es wäre ein interessantes Foto-Requisit, wenn wir sie eh schon dabeihaben. Neun von zehn Frauen stehen auf Fesselspiele. Aber so wie ich deinen Gesichtsausdruck deute, bist du wohl Nummer zehn.« Taylor fuhr sich mit der Hand durch die goldblonden Haare.

Als Ray schon wieder so aussah, als wolle er sich auf ihn stürzen, hob Taylor abwehrend die Hände. »Sorry, Mann, ich wollte nur einen Scherz machen, um sie so zum Fotografen zu kriegen. Ich wollte dir nur helfen. Aber wenn du jetzt auf mich losgehst, verletzt du sie noch und das willst du doch nicht, oder, Ray?«, brummte er mit einem seltsamen Unterton und wich noch ein paar Schritte zurück, außerhalb von Rays Reichweite. »Ich werde mich darum kümmern, nachher, versprochen.«

»Kannst du es nicht einfach zerreißen?! Wofür seid ihr Vampire so stark, wenn ihr nicht mal das hinbekommt?!«, fauchte ich ihn an.

»Es besteht aus einer Silberlegierung«, sagte Taylor, »das einzige Material, um einen Vampir zu halten.«

»Okay, ich verstehe. Die sind aus irgend so einem Silberkram, aber können wir nicht einfach das Schloss knacken? Braucht man dafür überhaupt einen Schlüsseldienst? Im Film geht das doch auch immer mit einer Büroklammer«, schlug ich vor.

Doch er schüttelte den Kopf. »Das sind Handschellen, wie sie auch in der Strafverfolgung bei Vampiren verwendet werden – die kriegt nichts auf außer der Schlüssel oder ein Spezialwerkzeug.«

»Wieso zur Hölle habt ihr so etwas dabei!«

»Der Nervenkitzel ist einfach größer«, erklärte Taylor mit einem verführerischen Ausdruck, doch ich ließ einfach nur noch entnervt die Schultern hängen.

***

»Tja«, seufzte Ray eine halbe Stunde später, nachdem ich mich ein wenig beruhigt hatte. Ich hatte zwanzig Minuten lang mit aller Kraft, die meine freie Hand aufbieten konnte, auf Taylors Brust rumgetrommelt. Er hatte nur müde gelächelt, bis Ray mich schließlich genervt von ihm weggezogen hatte. Wenigstens fühlte ich mich jetzt etwas besser.

»Wir müssen dir noch etwas anderes als das anziehen, wenn wir die Garderobe heute noch verlassen wollen.«

Er lächelte mich an, ehe er zweifelnd an mir heruntersah, und zog mich zu unserem mitgebrachten Gepäck. Ich trug ein relativ bequemes Shirt und schwarze Leggins mit seitlichen Cut-Outs und fand, dass damit absolut nichts verkehrt war – zumindest solange man keine Fotos von mir machen würde.

»Keine Ärmel – keine Probleme«, rief er aus und drückte mir eine Korsage in die Hand. Danach wühlte er in seinem eigenen Koffer. Er fingerte ein Oberteil heraus, was seine Oberarme hervorragend zur Geltung brachte und keine Ärmel, sondern nur schmale Träger hatte. Er riss mit beiden Händen einen der Träger kaputt und ich sah ihn vorwurfsvoll an.

»Was? Ich muss mich auch umziehen. Wie hast du dir das vorgestellt, wie ich das ohne große Umstände machen soll mit nur einer Hand?«, fragte er mit hochgezogenen Augenbrauen, doch ich schüttelte nur den Kopf. Völlig intakte Klamotten zu zerreißen hielt ich für absolut verschwenderisch, aber ich hatte leider auch keine bessere Idee.

»Wie kommen wir aus unseren Klamotten raus?«, fragte ich ihn unsicher, doch eigentlich kannte ich die Antwort bereits.

Er grinste und riss sich mit einer fließenden Bewegung das Shirt vom Leib. Darunter kam eine Figur zum Vorschein, die der von James in nichts nachstand. Tatsächlich war sein Körper noch beeindruckender: makellose weiße Haut, die sich über diese perfekt definierten Muskeln spannte. Ich musste meine Hand zu einer Faust ballen, weil ich ihn unbedingt berühren wollte. Ich wollte spüren, wie samtig sich seine Haut anfühlte und ob seine Muskeln so stählern waren, wie sie aussahen.

Er bemerkte, dass meine Augen geradezu an ihm zu kleben schienen, und ließ seine Hände langsam tiefer wandern. Ich schloss peinlich berührt die Augen. Seine Hose musste er natürlich auch wechseln, um sich in eine dieser knallengen Dinger zu zwängen. Er machte kurzen Prozess mit seiner Jeans und zog dann am Bund seiner Boxershorts.

Was war nur in mich gefahren? Er war immer noch ein Vampir! Ein verboten gut aussehender Vampir zwar, aber immer noch ein Geschöpf, welches Menschen als Beute sah und deren einzige Nahrung aus Blut bestand!

Meine Hand in der Handschelle streifte seine Haut. *O mein Gott, bitte lass das nicht seinen Penis gewesen sein!*

Er schlüpfte in das enge Ding von Hose und ließ sich beim Schließen des Reißverschlusses besonders viel Zeit. Zumindest kam es mir so vor, als ob mehrere Minuten vergingen, während er an dem kleinen Metallteil herumnestelte. Ich krallte meine freie Hand wieder zu einer Faust und kniff meine Augen so fest es ging zusammen. Die Anspannung übertrug sich auf meinen ganzen Körper. Als ich spürte, dass er mit seinem Unterteil endlich fertig war, öffnete ich wieder die Augen.

»Du hättest ruhig hinschauen können, vielleicht ist dir so ein überzeugendes Argument entgangen.« Er zwinkerte mir anzüglich zu.

»Argument wofür? Penisverlängerungen?«, spottete ich, doch ich konnte meine Nervosität nur teilweise verbergen.

Mit seiner Reaktion, mich erneut gegen die Wand zu drücken und seinen immer noch halbnackten Körper an mich zu pressen, hatte ich nicht gerechnet. Während seine Lippen nur Zentimeter von meinen entfernt waren, knurrte er und flüsterte mit rauer Stimme: »Ein Argument, das anzufangen, woran du vermutlich gerade denkst. Lass dir gesagt sein, eine Vergrößerung ist definitiv nicht nötig.«

Ich lief wieder rot an. Ich wollte mich cool geben und irgendwas erwidern, doch es hatte mir einfach die Sprache verschlagen. Sein anziehender Geruch nach Honig, gemischt mit etwas sehr Männlichem, das ich nicht genau deuten konnte, und mein Blick, der an seine geschwungenen Lippen geheftet war, wollten nur, dass ich diese letzten paar Zentimeter überbrückte und diesen überirdisch schönen Mund küsste, obwohl Ray mir genug Raum gab, um zu entkommen. Ich würde nur den Kopf drehen müssen. Ein Kuss, mehr nicht. Nur mal probieren, wie seine Lippen auf meine passten und wie sie wohl schmecken würden.

Gerade als ich nachgeben wollte, schoss mir das Bild durch den Kopf, wie Ray sich das Blut von den Lippen geleckt hatte, und ich schauderte.

Plötzlich erklang ein Räuspern, Ray schloss die Augen und schlug mit seiner freien Hand hart neben mich gegen die Wand, sodass ich zusammenzuckte. »Was?«, fauchte er und sah sich nach dem Störenfried um.

Es war James, der, ohne eine Miene zu verziehen, verkündete, dass das Shooting losging.

Der Bann war gebrochen und ich rückte von Ray ab. Hatte ich ihn wirklich gerade fast geküsst?! Um meine Verwirrung zu überspielen, sah ich hilflos auf mein Schlabbershirt, was ich immer noch trug.

»Kannst du mir helfen?«, fragte ich Ray.

»Dir die Klamotten vom Leib zu reißen? Nichts lieber als das. Die Leggins kannst du, denke ich, so lassen.« Sein Lächeln und der süffisante Unterton taten ihr Übriges.

»Mach die Augen zu dabei«, verlangte ich, als seine Hände den Saum meines Shirts fanden.

Mit einer einzigen Bewegung riss er es entzwei. Sogleich versuchte ich hektisch die Korsage anzuziehen, was sich als schwieriger herausstellte als gedacht. Zwar gelang es mir, diese blöden Knöpfe an der Vorderseite einzuhaken, aber die Schnürung hinten stellte sich als unüberwindbares Hindernis heraus. Ich drehte das Rückenteil nach vorne, band es so gut es ging und schob es ächzend an seinen vorgesehenen Platz. »Kannst wieder«, sagte ich knapp und warf mein zerstörtes Shirt in den Müll.

Ray prustete los und bedeutete mir mich umzudrehen. »Wie siehst du denn aus? Wissen Frauen heutzutage nicht mehr, wie man Korsagen anzieht?«, fragte er und zog an den Schnüren, wobei mein Arm in der Handschelle unangenehm verdreht wurde.

»Fester«, verlangte ich bockig und biss die Zähne aufeinander, als er noch einmal kräftig zog.

»Nichts lieber als das«, sagte er grinsend und ich verdrehte die Augen.

Die anderen warteten bereits vor der Garderobe auf uns, damit wir den Weg vom Nebengebäude zum eigentlichen Studio hinter uns bringen konnten.

Damian bedachte mich mit einem besorgten Blick. »Holly, wenn einer von uns«, er warf einen kritischen Blick in Richtung Taylor, »kurzfristig seinen Anstand vergessen sollte, kannst du gerne zu mir kommen, damit ich denjenigen wieder auf die richtige Spur bringen kann«, bot er an, nachdem er von den Handschellen Wind bekommen hatte.

»Ach, und wie willst du das schaffen? Du bist nicht mal halb so alt wie ich!«, feixte Taylor.

»Indem er an dein anscheinend nicht vorhandenes Ehrgefühl appelliert – falls mehr nötig sein sollte, werde ich das an seiner statt durchsetzen müssen«, erwiderte Ray mit einem teuflischen Lächeln.

»Ich will nur nicht, dass Holly als Spielball eurer Kindereien herhalten muss«, fügte Damian noch hinzu.

Ich war ihm dankbar. Er war definitiv die gute Seele und Anstandsdame der Gruppe. Ich hätte ihn am liebsten umarmt, wenn da nicht die blöden Handschellen und mein unfreiwilliger Mitgefangener gewesen wären.

Wir setzen uns langsam in Bewegung. Ray und ich gingen in der Mitte, um unsere verbundenen Handgelenke so gut wie möglich zu verdecken. Ich konnte mir kaum vorstellen, was los gewesen wäre, wenn die Presse das mitbekommen hätte. Das Ganze war unendlich peinlich und ich war immer noch sauer, weil ich gezwungenermaßen zum Fotografen mitgeschleift wurde. Selbst wenn ich mit aller Kraft in die entgegengesetzte Richtung gelaufen wäre, hätte Ray mich mühelos mit sich ziehen können. Ich sah schon die Schlagzeile vor meinem inneren Auge: *Fesselspielchen schiefgegangen!*

Ray musterte meine besorgte Miene und griff nach meiner Hand. Für einen Augenblick wollte ich sie ihm entziehen, entschied mich aber doch dagegen. Ich wünschte, ich hätte meine Reserviertheit ihm und den anderen gegenüber aufrechterhalten können, aber ich hatte mich getäuscht. Obwohl er sich meistens unmöglich benahm, wurde ich immer wieder durch seine warmen und netten Gesten überrascht.

Ich fühlte mich sogar irgendwie mit der Band verbunden. Trotz meiner andauernden Angst. Litt ich am Stockholmsyndrom? Ich verwarf den Gedanken, ich war schließlich mehr oder minder freiwillig hier und konnte gehen, wann immer ich wollte. Vorausgesetzt, wir bekamen diese dämlichen Handschellen wieder auf. Schlurfenden Schrittes erreichten wir den Eingang des Fotostudios, welches in einem geräumigen Loft lag.

Durch die hohen Fenster schien der Mond herein und malte lange Schatten an die Stellen, wo keine künstliche Beleuchtung eingeschaltet war. Überall hingen Schirme oder standen Lampen auf Stativen, die in dem gebohnerten Dielenboden verankert waren. Es roch nach Metall und Desinfektionsmittel. Lange Hintergrundrollen lagen herum oder lehnten an der Backsteinwand.

Taylor telefonierte bereits mit dem Schlüsseldienst. Er wurde zunehmend lauter und ungehaltener, ehe er auflegte und mit theatralischer Miene verkündete: »Sie können erst morgen früh ins Hotel kommen, so lange müsst ihr durchhalten.« Ray sah alles andere als begeistert aus und ich schwor mir Taylor das dreifach heimzuzahlen.

Der Fotograf schien, entgegen seines sauberen und offenen Ateliers, ein schmieriger Typ zu sein. Er schüttelte allen nacheinander die Hand und stellte sich mir als Maurice vor. Als er bei Ray und mir ankam und die Handschellen erblickte, huschte ein verwirrter Ausdruck über sein Gesicht, ehe Ray damit begann, die Geschichte kurz und knapp wieder aufzurollen.

Maurice nickte und schloss mit einem Stirnrunzeln: »Dann müssen wir die wohl wegretuschieren.« Er sah mich geringschätzig an. »Und wenn ich schon mal dabei bin ...«

Empört schnappte ich nach Luft. Was fiel diesem schleimigen Typen ein? Ich lehnte mich zu Ray und flüsterte: »Ist dieser Maurice ein Verwandter von euch? Er verhält sich genauso grantig wie du oder Taylor manchmal. Ich kann diesen Typen nicht ausstehen! Wie könnt ihr mit so einem zusammenarbeiten?«

»Er ist ein Arschloch, aber er ist brillant, und nein, wir sind nicht verwandt. Mal ehrlich, wenn du wirklich denkst, dass ich so unhöflich bin, warum hast du mich dann vorhin fast geküsst?«, raunte Ray zurück und Taylor kicherte im Hintergrund.

Ich blieb ihm glücklicherweise eine Antwort schuldig, denn Maurice schoss auf Ray zu und redete eindringlich auf ihn ein, damit er wusste, wie er zu posieren hatte.

Ich musste letztendlich murrend zugeben, dass er ein hervorragender Künstler war, doch er blieb weiterhin ein Ekelpaket. Zwar war das Posen, mitsamt Handschellen und vampirischem Anhängsel, mehr als schwierig, aber ich gab mein Bestes und Maurice fotografisches Talent produzierte mehr als annehmbare Ergebnisse.

Das war jedoch nichts gegen die Bilder, die er von der Band schoss. Die Fotos der Vampire waren umwerfend. Beinahe war ich davon überzeugt, man könne ihr Lachen hören, sobald man ein Ohr an das Bild drückte. Ich glaubte ihm aufs Wort, als er sich damit brüstete, ein Starfotograf zu sein, auch wenn mir seine Attitüde nicht passte.

Am Schluss wurden noch ein paar Gruppenfotos gemacht, auf denen ich gezwungenermaßen mit drauf war.

Taylors Lieblingsfoto war eines, auf dem sowohl Ray als auch ich eine Miene zur Schau stellten, die man am besten mit *Wenn Blicke töten könnten* beschrieb.

Ich klickte mich mit einer Hand auf dem bereitgestellten Laptop durch die Bilder durch. Ray, der neben mir stand, lehnte sich an meine Schulter und ich spürte seinen Atem in meinem Nacken. Abermals überkam mich Gänsehaut und mir wurde abwechselnd heiß und kalt. Da nun auch noch sein Honigduft zu mir herüberwehte, fiel es mir nicht gerade leicht, mich zu konzentrieren.

Als wir bei Taylors Fotos angekommen waren, fiel mir auf, dass all seine Zähne makellos gerade waren und nur an der Stelle ein wenig spitz zuliefen, an der ich richtige Reißzähne erwartet hatte. Ohne mir darüber Gedanken zu machen, ob die Frage möglicherweise indiskret war, platzte es aus mir heraus: »Warum hat Taylor keine Reißzähne?«

Doch ehe Ray mir antworten konnte, mischte Taylor sich ein. »Wie hast du dir das denn vorgestellt? Wenn die drei Zentimeter lang wären, würde ich nicht deine Pulsader anzapfen, sondern dir den Kopf vom Hals trennen. Die kleinen Zähne reichen vollkommen aus, sie sind eben besonders scharf. Es kommt nicht immer auf die Größe an«, antwortete er knapp und schüttelte verständnislos den Kopf.

Ich hoffte inständig niemals diese Zähne zu spüren.

»Danke, Taylor, für diese überhaupt nicht verstörenden Worte!«, fauchte Ray ihn sarkastisch an, schnappte sich den Laptop und zog mich in eine andere Ecke des Ateliers.

Maurice seufzte nur, als wir zu meinen Bildern kamen.

»Was haben Sie eigentlich gegen mich?«, grummelte es aus mir heraus.

Er sah mich verdutzt an und erklärte dann, als ob es offensichtlich wäre. »Ich fotografiere nur Vampire. Menschen kommen einfach nicht an die Perfektion heran. Außerdem lebst du den Traum von wahnsinnig vielen Menschen! Du darfst dich mit diesen engelsgleichen Wesen umgeben! Ich finde, du verhältst dich nicht angemessen dankbar. Du solltest Ray und den anderen die Füße küssen! Stattdessen benimmst du dich wie die Axt im Walde.« Er klang unfassbar verächtlich und senkte den Blick wieder auf die Bilder.

»Von mir aus kann sie mir auch gerne was anderes küssen«, kommentierte Taylor, gefolgt von einem Zerren an meinem Handgelenk, als Ray ihm einen Stoß versetzte.

Also eines stand fest: Maurice lebte, so wie viele Künstler, in seiner ganz eigenen Welt und in dieser Welt schien er Vampire allen Ernstes als engelhafte Wesen zu verbuchen. Er war völlig geistesgestört. Vielleicht hatte er Ähnliches erlebt wie Adam oder Vampire waren schlichtweg durch ihre Perfektion seine idealen Musen geworden.

Aber die eigentliche Frage, die ich mir stellte, war: War ich wirklich undankbar? Nur weil ich etwas nicht wollte? Weil ich manchmal meine Meinung vertrat? Oder weil ich niemandem die Füße küsste? Die Zweifel ließen mich den Rest der Fotosession nicht los und kehrten heimlich, still und leise immer wieder zu mir zurück.

Als wir zurück im Bus waren, hielt Ray mich an der Schulter fest und kam noch mal auf ein anderes Thema.

»Du weißt nicht viel über Vampire, oder?«, fragte er geradeheraus und sah mich erwartungsvoll an.

»Na ja, ich weiß nur, was ich mal aufgeschnappt habe, viel ist das sicherlich nicht, ihr Vampire macht auch andauernd einen auf geheimnisvoll«, gab ich ihm zur Antwort und versuchte meine Unwissenheit zumindest ein bisschen zu überspielen.

Er fing an zu lachen. »Du bist mit vier Vampiren unterwegs und weißt eigentlich nichts über sie?«, hakte er nach und guckte mich ungläubig mit seinen blauen Augen an.

Ich wand mich wie ein Aal unter seinem Blick. Langsam wurde ich wütend. Glaubte er ernsthaft, ich hätte nichts Besseres zu tun, als mich in meiner Freizeit damit zu beschäftigen, alles über Blutsauger rauszufinden? Außerdem war dieser Ausflug nicht geplant gewesen, ich hatte mich nicht vorbereiten können. Wo suchte man solche Informationen überhaupt? Beim Auswärtigen Amt? Reisehinweise und Warnungen zum Urlaub mit Vampiren? Google?

Ich funkelte ihn an und wollte auf dem Absatz kehrtmachen, kam aber ins Straucheln – da war ja was. Die Handschellen kassierten einen weiteren bösen Blick von mir. »Wird Zeit, dass wir im Hotel ankommen, damit der Schlüsseldienst uns befreit.«

Rays Blick wurde auf einen Schlag sanfter. »Was hältst du davon, wenn jeder von uns dir mal seine Geschichte erzählt? Wissen über Vampire wirst du dabei automatisch aufschnappen. James, Damian, Taylor und zum Schluss ich. Und wenn ich dir meine erzählt habe, dann kannst du mich noch alles fragen, was du noch wissen willst … auch die intimsten Geheimnisse«, fügte er neckisch hinzu und schenkte mir dieses schiefe Lächeln, bei dem die Mädchen vermutlich reihenweise in Ohnmacht fielen.

»Wenn die anderen damit einverstanden sind?«, fragte ich und spielte mit dem Saum meiner Korsage herum und versteckte mein Gesicht hinter meinen Haaren.

Ray strich mir eine Strähne, die sich in meinen Wimpern verfangen hatte, hinters Ohr. »Das werden sie sein, wenn ich es ihnen befehle. Ach, und wenn ich dir meine Geschichte erzählt habe, würde ich mir wünschen, dass du mir deine erzählst.«

Ich schaute verwundert zu ihm auf, damit hatte ich nicht gerechnet. Was für eine Macht hatte dieser Kerl, dass er den anderen Vampiren so etwas befehlen konnte.

»Wir haben noch ein paar Stunden Fahrt vor uns, da könnten wir schon mal mit James anfangen.«

»Okay, aber zuerst brauche ich einen Happen zu essen. Ich bin am Verhungern und eure Flüssigdiät mache ich garantiert nicht mit.«

Kapitel 5

Kaffeekränzchen mit Mördern

Kurze Zeit später saß James mir gegenüber. Ray dagegen, immer noch an mich gekettet, gezwungenermaßen neben mir. James hatte eine finstere Miene aufgesetzt und sah auf seine Armbanduhr. Dann seufzte er und begann emotionslos zu erzählen.

»Geboren wurde ich als James Jacquard 1892 in Großbritannien, mein Vater arbeitete in einem Bergwerk. Meine Mutter war Näherin und besserte Kleidung aus. Wir konnten uns mehr schlecht als recht über Wasser halten, lebten wir doch in einem kleinen Ort in Südwales. Ich hatte auch eine kleine Schwester.«

Er hielt kurz inne und seine Mundwinkel zuckten. Ich versuchte einen Blick in seine Augen zu erhaschen, doch er wandte sich ab, als er fortfuhr: »Ich kann mich nicht mehr genau an sie erinnern. Sie starb, als ich noch klein war. Ich bin bis zu meinem zwölften Lebensjahr zur Schule gegangen, anschließend folgte ich meinem Vater ins Bergwerk. Bis der Tag kam, an dem ein alter Minenschacht einstürzte und ihn unter sich begrub. Man hat seine und die Leichen der anderen Arbeiter nie gefunden. Nicht dass man großartig danach gesucht hätte, sie waren ja praktischerweise schon begraben, unter all dem Geröll und Kohlenstaub.« Er rieb sich die Stirn, als ob er versuchte sich an ebenso verschüttete Gedanken zu erinnern.

»Von da an ging ich jeden Tag alleine ins Bergwerk. Meine Mutter, obwohl sie noch nicht mal 35 war, erkrankte schwer. Sie zitterte, Sprechen und Gehen fielen ihr immer schwerer. Heute bin ich sicher, dass sie eine früh auftretende Form von Parkinson hatte. Sie musste das Nähen schließlich aufgeben und ich war plötzlich alleine für den Unterhalt zuständig.«

Er rutschte aus der Bank. »Ich brauch einen Drink«, brummte er knapp, hielt dann aber inne und fragte Ray, ob er auch etwas wolle.

Jener sah mich kurz an. Mir wurde schon wieder ganz flau, woraufhin er den Kopf schüttelte. Als James im hinteren Teil des Busses verschwunden war, flüsterte ich Ray zu: »Er ist über hundert Jahre alt! Er wirkt so modern! Ich hätte gedacht, er wäre gerade mal 25. Dabei könnte er mein Uropa sein und das, obwohl er weniger Falten als ich hat!«

Doch bevor Ray etwas erwidern konnte, antwortete James, der zurück war, für ihn. »Ich bin sogar der Jüngste von uns allen, deswegen muss ich auch am meisten trinken und habe mehr Mühe, mich unter Kontrolle zu halten. Ich bin das Küken, der wahre Opa sitzt neben dir.«

Ich schaute verdutzt drein, er war der Jüngste?!

Seine Wangen leuchteten zartrosa, als er sich hinsetzte. »Wo war ich stehen geblieben? Ach ja ...«

Er sah wenig begeistert aus. So wie er seine Geschichte erzählte, konnte man meinen, er wäre nur ein zufälliger Zuschauer gewesen. Selbst den Tod seines Vaters hatte er spöttisch kommentiert. Nur bei der Erwähnung seiner Schwester hatte sich eine Regung auf seinem Gesicht abgezeichnet. Er wirkte distanziert, trotzdem wollte ich hören, wie es weiterging. Ich war alles andere als geschichtsbegeistert, aber James war ein Stück lebende Geschichte, direkt vor mir, und ich hing geradezu an seinen Lippen und blendete alles um mich herum aus.

»Und dann kam der erste Weltkrieg. Als junger Mann, der keine eigene Familie hatte und durch den Bergbau gestählt war, wurde ich unverzüglich einberufen. Ich verkaufte mich also an die britische Armee und gab das Geld meiner Mutter, der es immer schlechter ging. Dabei wusste ich nicht mal, ob ich aus dem Krieg zurückkehren würde. Ich wurde zunächst ausgebildet und dann direkt an die Front geschickt. Im U-Boot-Krieg 1917 diente ich der MS Anne. Ich erinnere mich nicht mehr an viel aus dieser Zeit. Die Erinnerungen, die am nächsten vor der Wandlung sind, sind die undeutlichsten, hat man mir gesagt.«

Er verzog das Gesicht, bevor er fortfuhr. »Damian erzählte mir später, dass das U-Boot versenkt worden war und ich panisch an Land geschwommen bin. In meinem Bein steckten Splitter von Metallteilen und alles um mich herum war in die Luft geflogen. Ich erreichte das Ufer, das Wasser war eiskalt. Als ich an Land gestrandet und am Verbluten war, fand Damian mich. Er war damals im amerikanischen *Nightshade Program* und sollte den U-Boot-Krieg zwischen Großbritannien und Deutschland überwachen. Als er mich fand, wollte er mir eigentlich nur Leid ersparen, indem er mich schnell und halbwegs schmerzlos tötete. Außerdem hatte er vermutlich eine ganze Weile nichts gegessen.«

James schmunzelte. »Zuerst dachte ich noch, er wolle mir helfen, bis er seine Zähne in meinem Hals versenkte. Er hatte jedenfalls nicht damit gerechnet, dass ich mich nach Leibeskräften wehrte, andernfalls hätte ich ihn nicht mal umschubsen können. Ich schaffte es, ihn in diesem winzigen Moment der Überraschung zu überwältigen, und hielt ihm mein lächerlich kleines Taschenmesser an die Kehle. Er lachte nur und ich brachte es nicht über mich, ihm die Kehle durchzuschneiden – hätte auch nicht viel genützt, aber das wusste ich damals nicht. Also drückte ich eine Hand auf meine Wunde und rappelte mich auf. Ich zischte ihm zu, dass er sich zum Teufel scheren sollte.«

Er runzelte die Stirn. »Ich lief weg. Panisch und schwer verwundet schleppte ich mich noch eine Weile am Ufer entlang, bevor ich bewusstlos zusammenbrach. Damian hatte mich verfolgt und wandelte mich, als ich in meinem Delirium lag. Er meinte, er hätte wahren Kämpfergeist in mir gesehen und viel von sich selbst – deswegen hat er es getan.« James hielt in der Erzählung inne und lachte bitter auf.

»Als ich erwachte, hatte ich schrecklichen Durst. Damian war da und es war stockdunkel. Ich brauchte fünf Jahre, um mich halbwegs anzupassen. Der Krieg ging vorüber und die goldenen Zwanziger brachen an. Es war 1922, um genau zu sein. Damian hatte mich nach Amerika mitgenommen. Dadurch dass der Krieg vorbei war und er einen neugeborenen Vampir an der Backe hatte, war es auch für ihn erst mal eine raue Zeit. Ein neugeborener Vampir kann die ersten paar Jahre lang nur überleben, wenn er regelmäßig das Blut seines Schöpfers trinkt, und auch darüber hinaus besteht zwischen Schöpfer und Jungvampir ein Leben lang eine besondere Beziehung.«

Er hielt kurz inne. »Jedenfalls verlor Damian seine Stelle bei den *Nightshades*, was aber zu der Zeit nicht weiter schlimm war. Amerika befand sich im wirtschaftlichen Wachstum und so fanden wir zwei Jobs in der Automobilbranche, Nachtschicht. Durch mehrere Verstrickungen und zwielichtige Geschäfte nebenher kamen wir zu einem beträchtlichen Vermögen. Später gingen wir durch einen Mittelsmann an die Börse und spekulierten mit dem Geld – mit sehr viel Geld. Wir hatten sogenannte Daymänner, die wir anwiesen, wo und wie viel sie auf diverse Aktien setzen sollten. Es gab Tage, da gewann ich ein Vermögen, und es gab Tage, da verlor ich doppelt so viel, nur um am Tag darauf alles wieder wettzumachen.« Sein Blick wurde glasig, als er in Erinnerungen schwelgte.

»Jeder Tag endete in einer Feier und begann mit einer neuen. Letztendlich war unser Leben eine endlose Party. Wir konnten uns an jedem in jeder erdenklichen Weise laben – manchmal sehne ich mir diese Zeit zurück. Dort fand ich auch meine Liebe zur Musik, die sich durch alle Jahrzehnte danach durchzieht. Angefangen habe ich mit Klavier und Gitarre, habe aber später auch Geige, Schlagzeug und Trompete gelernt. Die Musik half mir meine Blutgier, die immer mehr zum Problem wurde, unter Kontrolle zu halten.«

Er lächelte ein gefährliches Lächeln und mir lief es eiskalt den Rücken runter. Blutgier?

»Damian meinte trotzdem, ich wäre so weit, um alleine klarzukommen, und ich kaufte mir ein Haus in New York, während er irgendwo anders auf der Welt Geschäfte erledigte. Aber er hatte sich geirrt, ich beging ein paar schlimme Fehler. Ein paar Exzesse zu viel, könnte man sagen. Dann kam der Börsencrash 1929 und ich verlor alles. Ich besaß auf einen Schlag nur noch das, was ich am Leib trug. Kein Haus mehr, keine Partys und meine geliebten Instrumente waren ebenfalls weg. Ich war ganz unten angekommen. Ich lebte ein paar Jahre auf der Straße und wurde halb wahnsinnig, ich mordete wahllos, um meinen Hunger zu stillen. Männer, Frauen, Kinder, das machte keinen Unterschied mehr für mich. Ich bekam irgendwie noch mit, dass der Zweite Weltkrieg ausgebrochen war, vermutlich aus den bruchstückhaften Informationen, die ich von meinen Opfern aufschnappte, bevor ich sie tötete.«

Ich schluckte nervös.

»Ich hätte mich wieder an die Armee verkaufen können, aber ich hatte genug vom Krieg – warum sollte ich für irgendjemand anderen als mich selbst morden? Das war die Zeit, in der mir die Unendlichkeit meines Seins zu Kopf stieg, ich verlor den Bezug zur Realität. Es kam mir so vor, als wäre es ohnehin egal, was auf der ganzen Welt passierte. Ich wollte einfach nur Blut. Ich bekam nicht genug von diesem roten Lebenssaft. Die Erde würde sich weiterdrehen und ich würde alle überleben, was kümmerte da schon ein Krieg mehr oder weniger? Es war mir egal, wer gewann und was sich änderte, ich würde mich nicht verändern, niemals wieder.«

Als ich ihn entsetzt ansah und mir sein Größenwahnsinn klar wurde, erklärte er sich.

»Ich glaube, fast jeder gebissene Vampir hat so eine Phase in seinem Leben, wobei meine außerordentlich früh zutage trat. Ausgelöst durch die rasanten Lebenswandel, die Freigabe durch meinen Schöpfer und den plötzlichen Verlust. Ich habe mir in der Zeit viele Feinde in der Vampirgemeinde gemacht. Aufgewacht bin ich erst, als meine Spur aus Leichen Vampirjäger anlockte. Sie hatten es nicht schwer, mir auf die Schliche zu kommen. Ich habe mich quasi selbst auf den Präsentierteller befördert. Ich hatte zu diesem Zeitpunkt noch nie mit einem Vampirjäger gekämpft und als er mich erst mal verwundet hatte, wurde mir schlagartig klar, dass ich mich ändern musste. So wie die Welt sich anpasste, musste ich es auch tun. Als ich den Jäger getötet hatte, tauchte ich unter. Ich trank nur, wenn ich musste, und ließ meine Opfer am Leben. Ich manipulierte sie, damit sie vergaßen, was ich ihnen genommen hatte. Ich verschwand vom Radar.«

Seine Miene entspannte sich, bevor er fortfuhr. »Der Krieg war vorüber und ich siedelte zurück nach Europa, ein Ortswechsel für einen frischen Start. Die fünfziger Jahre waren wunderbar, Europa war anfangs noch gebeutelt vom Krieg und befand sich im Aufbau. Überall wurden Leute gebraucht, vor allem in der Bauindustrie. Damit kannte ich mich aus, ehrliche Handarbeit hatte mir schon zu Lebzeiten gutgetan. Erfreulicherweise beachtete niemand meine seltsamen Arbeitszeiten. Sie waren dankbar Leute zu finden, die auch bereit waren nachts zu arbeiten und ich übernahm jede Nachtschicht, die mir angeboten wurde. Ich liebte den Rock 'n' Roll, bis heute vermisse ich die alte Musik und die Tänze. Glaub mir, die 50s-Bewegungen heutzutage waren nichts im Vergleich zu dem, was damals abging.«

Während seines Vortrags hatte James auf seine Hände geschaut. Seine Stimme klang ruhig und gelassen, auch als er von den vielen Morden erzählte, die er begangen hatte. Nun hob er den Kopf und erblickte mein entsetztes Gesicht.

Er war ein Mörder, sogar ein Massenmörder, und er war der Jüngste der vier. Vermutlich hatte jeder von ihnen Blut an seinen Händen, im wahrsten Sinne des Wortes. Es jagte mir einen Schauer den Rücken runter und die Härchen in meinem Nacken stellten sich auf. Meine Atmung beschleunigte sich. Die Wände des Busses schienen immer näher zu rücken und ich kam mir plötzlich vor wie in einem Käfig.

Ich war so dumm gewesen! All der Glamour und das Rockstar-Leben hatten mich geblendet. Beinahe hätte ich gedacht, ich könnte mich mit ihnen anfreunden. Ich hatte mich sogar wohlgefühlt in ihrer Gegenwart. Jetzt wollte ich mich am liebsten selbst ohrfeigen beim Gedanken an meine Naivität. Allerdings wurde mir auch klar, dass ich Glück hatte, weil Ray nur ein bisschen gemein zu mir war und mir nicht beim ersten Zeichen des Widerstandes die Kehle durchgebissen hatte.

Ich sah, wie James mich musterte, er sah den stummen Vorwurf in meinen Augen. Er sah meine Angst und ich bemerkte so etwas wie Reue in seinem Blick. Er knetete seine Hände unruhig und musterte mich kritisch.

»Ich wusste, dass das keine gute Idee ist. Soll ich fortfahren?«, fragte er mich und ich brachte keinen Ton raus, nickte aber. Ich wollte die ganze Geschichte hören. Egal wie schrecklich sie vielleicht noch werden würde.

Ray neben mir sagte nichts und ich konnte aus seinem Gesicht nicht herauslesen, was er wohl dachte.

»In den 1960ern arbeitete ich vor allem als Kurier, ich überbrachte Nachrichten in alle Teile der Welt – persönlich, versteht sich. Ich wurde von vielen reichen Leuten beauftragt. Zwar gab es die reguläre Post, aber es verschwanden immer mal wieder Briefe oder Pakete, die gezielt aus dem Verkehr gezogen wurden, und manche Briefe sollten nicht in falsche Hände gelangen. Viele ehemalige Kolonien wurden unabhängig und ich übermittelte geheime Nachrichten dorthin. So sah ich weite Teile Afrikas, ein wirklich schönes Land. Ein bisschen zu warm für meinen Geschmack. Die Stämme in Afrika nannten mich Totenwanderer und fürchteten mich, doch der Teil der Bevölkerung, der nicht urafrikanisch war, nahm sie nicht ernst, also wurde ich glücklicherweise nicht entdeckt. Ich reiste vom Norden in den Süden und von West nach Ost. Ich verdiente gut – letztendlich landete ich aber wieder in Amerika. Gerade rechtzeitig zu Woodstock, eine gute Zeit, ich vermisse die Hippies und das alles. Während auf der anderen Seite der Welt noch der Vietnamkrieg tobte. Aber der war dann in den Siebzigern irgendwann vorbei.« Er machte eine wegwerfende Handbewegung, der Krieg hatte ihm offensichtlich nichts bedeutet.

»Ab da führte ich ein ruhiges Leben. Ich kehrte in einen Job als Automobilbauer zurück und dann fand mich Damian Ende der Achtziger wieder. Er lud mich ein mit ihm nach Europa zu kommen, er hätte dort ein altes Gemäuer für sich und ihm war so schrecklich langweilig alleine – zumindest hat er es so dargestellt. Ich musste ihm erzählen, was ich damals, nachdem sich unsere Wege getrennt hatten, getan habe. Er war nicht stolz auf mich, als er von den vielen Morden erfuhr, aber er gab mir noch eine Chance, nachdem ich ihm beteuerte, dass ich seitdem keiner Seele mehr etwas zuleide getan hatte und nur nahm, was ich zum Überleben brauchte. Ich zog bei ihm ein und wir führten wieder ein Leben in Saus und Braus, da Damian ein beachtliches Vermögen angehäuft hatte. Der Vogel hat es geschafft, nach den Zwanzigern nicht alles zu verlieren. Irgendwann dann erhielten wir eine Einladung zu Rays 1.000. Geburtstag.«

Er ließ diese Worte kurz sacken und grinste mich dabei herausfordernd an.

Ich brauchte einen Moment, bevor diese Information zu mir durchdrang. Mein Blick wanderte zu Ray, mir fiel die Kinnlade runter und ich war fassungslos. Ray war 1.000 Jahre alt ... Moment, nein, er war in den Neunzigern circa 1.000 Jahre alt gewesen, also war er jetzt etwa 1.020. Meine Augen weiteten sich und ich musste heftig blinzeln.

Ray fing meinen entsetzten Blick auf, sah mich aber nur gleichgültig an. Er hob die Hand, als ob er mir auf die Schulter klopfen oder mich umarmen wollte, ließ sie dann aber wieder sinken.

James verzog keine Miene und fuhr ungerührt fort. »Auf Rays Geburtstag haben wir uns dann angefreundet, Damian und ich zogen in seine Nähe, in eine Vampirstadt – hier mussten wir uns nicht in der Nacht verstecken oder uns verstellen und verbiegen, um den Menschen nicht weiter aufzufallen. Wir hatten sogar eine Lieferroute für Bluttransfusionsbeutel und mussten niemanden mehr beißen, um zu überleben. Wenn ich gewusst hätte, dass es Vistren schon seit Jahrhunderten gab, wäre ich früher dorthin gekommen. Vielleicht wäre ich dann nicht abgestürzt. Als dann das erste Klonen von Blut begann, investierten Ray und seine Familie Millionen, um das Ganze zu kommerzialisieren, damit wir überhaupt kein menschliches Blut mehr benötigten. Tja und als Nächstes haben wir uns als Vampire enthüllt. Was in Vistren als Hobby begann, haben wir fortgeführt und sind als Band bekannt geworden.«

Er musterte mich. Vermutlich erwartete er, dass ich irgendwas sagte. Doch ich konnte ihn nur anstarren.

»Das muss erst mal sacken«, meinte James schließlich und begab sich in den vorderen Teil des Busses zu Adam.

Ray saß stumm neben mir. »Das habe ich befürchtet. Ich wollte nicht, dass du noch mehr Angst vor Vampiren bekommst, aber so sind wir nun mal. Es hat also keinen Sinn, die Wahrheit zu beschönigen oder zu verschweigen.«

Ein Königreich für seine Gedanken – wobei ich mit meinen eigenen schon genug zu tun hatte. Tausend Fragen schwirrten in meinem Kopf herum und ich hatte keine Antworten – ich war mir nicht mal sicher, ob ich überhaupt Antworten wollte.

Wie konnten Damian und die Band James das alles verzeihen? Wie kam es, dass James niemals Buße tun musste für all die Morde? Wie viele Morde hatten alle zusammen begangen? Wie konnte es sein, dass Ray über 1.000 Jahre alt war? Wo und wie war Vistren?

Nervös fuhr ich mir mit meiner schweißnassen Hand durchs Haar und zwang meinen Atem sich wieder zu beruhigen. Mein Mund klappte auf und zu und ich sah vermutlich aus wie ein Silvesterkarpfen auf dem Küchenbrett kurz vorm Schlachten.

Es nutzte nichts, sich den Kopf zu zerbrechen. Die wichtigste Frage von allen war: Würde ich in diesem Bus voller Verbrecher bleiben und meinen Lebenstraum von den *Atlantis Awards* erfüllen? Oder würde ich sie bitten mich aussteigen zu lassen?

Ich atmete tief durch. Sie hätten mich vermutlich längst umgebracht, wenn sie das wollten. Ich würde erst mal bleiben, dann hatte ich noch genug Zeit, mir Gedanken zu machen. Vielleicht sollte ich mich in Zukunft aber etwas zurückhalten, damit keiner beschloss mir doch noch an die Gurgel zu gehen.

Ein unangenehmes Schweigen hatte sich ausgebreitet. Schließlich meinte Ray: »Das klingt ziemlich erschreckend, ich verstehe das, für einen Vampir ist das alles jedoch ein wenig anders. Das soll jetzt nicht unbedingt eine Entschuldigung für James' Verhalten sein, aber alles, was man fühlt, ist ungefähr hundertmal verstärkt. Außerdem besteht die Welt aus unserer Perspektive aus Hasen und wir sind Wölfe. Selbst wenn wir vorsichtig sein wollen, ist es schwierig, weil wir Raubtiere sind und ihr so zerbrechlich seid. Klar haben auch wir unsere Schwächen, aber ihr Menschen habt eben deutlich mehr.«

»Falls mich das jetzt beruhigen soll, tut es das nicht«, sagte ich trocken.

»Ich weiß. Gibt es denn irgendetwas, das dich beruhigen würde?«, fragte er und sah mich mit seinem schönsten Hundeblick an.

Ich funkelte ihn ernst an. »Kannst du für meine Sicherheit hier garantieren?«

»Ich garantiere dir, solange du mit mir unterwegs bist, wird dir nichts geschehen. Sollte jemand dir zu nahe kommen oder dich nur schief angucken, dann gnade ihm Gott. Außerdem bringt es mir nichts, dich umzubringen, außer vielleicht einen kleinen Snack, und du weißt ja, dass Blutgruppe A positiv nicht grad meine Leibspeise ist.« Ray versuchte ein Lächeln. Nachdem ich nichts erwiderte, fügte er hinzu: »Sieh es ganz rational. Wenn wir dir was zuleide täten, würde die Presse sich überschlagen.«

»Ihr hättet genug Geld und Einfluss, um so etwas zu vertuschen. Das Ganze wäre schneller unter den Teppich gekehrt, als der Mord vermutlich dauern würde«, entgegnete ich und verschränkte kritisch die Arme vor der Brust. Ich vergaß, dass Ray immer noch an mich gekettet war, und so streifte er einen Moment meinen Busen, bevor ich erschrocken zurückzuckte.

»Bei dir? Vergiss es! Du bist momentan ebenfalls im Fokus der Öffentlichkeit. Wenn wir dir was tun würden, wäre das in etwa so, als würde der Papst die Queen ermorden. Sag bloß, das hast du noch nicht mitbekommen? Hast du die wunderbaren Hintern-Fotos schon vergessen?«

Er wühlte breit grinsend in einer Schublade und beförderte zwei Illustrierte zutage, auf denen ich zu sehen war. Na ja, zumindest Teile von mir. Glücklicherweise war ich nicht das Covergirl, aber leider auch nur knapp davon entfernt. Mein Hintern prangte neben Rays strahlend schönem Gesicht, mit der Bildunterschrift: *Wer ist dieses Mädchen? Eine neue Affäre?*

Mir fuhr es eiskalt den Rücken runter, dann kochte die Wut in mir hoch, das war mehr als peinlich! Die ganze Welt fragte sich, wer ich war, warum ich über der Schulter von Ray hing, anstatt wie ein normaler Mensch neben ihm zu laufen, und was er mit mir vorhatte.

»Dein Handy müsste vor Interviewanfragen am Explodieren sein«, meinte Ray stirnrunzelnd.

Ich atmete scharf ein. Scheiße, mein Handy! Ich hatte es, seit Ray mich gekidnappt hatte, nicht mehr in der Hand gehabt. Ich zog Ray mit zu meiner Tasche und wühlte darin herum, bis ich es zu fassen bekam. Natürlich hatte es keinen Saft mehr.

Ray nahm es mir wortlos aus der Hand und steckte es an ein Ladegerät. Er rümpfte die Nase. »Da hätten wir dir gleich ein Neues kaufen können.«

Ich schürzte die Lippen. »Nicht jeder kann sich andauernd was Neues leisten. Außerdem komme ich mit dem Handy klar, ich brauche kein neues. Solltest du nicht ohnehin eher ein Verfechter der *Früher-war-alles-Besser*-Fraktion sein?«

Ray blieb mir die Antwort schuldig, aber nach einigen Minuten war der Akku so weit geladen, dass ich das Handy wieder nutzen konnte. Ich riss die Augen auf. Wer hätte gedacht, dass man 153 Anrufe in Abwesenheit haben konnte? Außerdem noch mal doppelt so viele SMS und zahllose Mails. Ich sah sie oberflächlich durch. Ein Großteil war Anfragen für Fotoshootings und Interviews – woher hatten die nur meine Kontaktdaten bekommen?

Ein winziger Teil war von Freunden, Bekannten und sogar eine kurze Nachricht von meiner Mutter. Ich antwortete ihr knapp, versicherte ihr, dass es mir gut ging, und verschickte noch eine SMS an meine beste Freundin Alice. Danach schaltete ich das Gerät aus und schluckte.

»Glaubst du mir jetzt? Selbst wenn wir wollten, wir könnten dich nicht aussaugen und in den nächsten Fluss werfen.« Ray hatte sich lässig zurückgelehnt.

Ich nickte stumm.

Der Rest der Fahrt verlief ruhig, langsam sackte James' Geschichte in mein Bewusstsein. Ich versuchte mir einzureden, dass ich die Umstände, die ihn dazu bewegt hatten, nicht kannte und die Vampire sich doch stärker von Menschen unterschieden, als ich gedacht hatte. Ray hatte recht, ich war momentan allein durch das öffentliche Interesse unverwundbar. Auch wenn mich das nur wenig beruhigte und ich James und den anderen noch weniger vertraute als vorher.

Wir erreichten das Hotel nur eine Stunde vor Morgengrauen. Als wir ausstiegen, war ich nicht nur geblendet von all den Lichtern, die von dem riesigen Kronleuchter, der in der Eingangshalle hing, zurückgeworfen wurden, sondern kniff auch erschrocken die Augen zusammen angesichts des Blitzlichtgewitters, welches schon auf uns wartete.

Taylor teilte mühelos die Menge der Fotografen und eilte tiefer in das Gebäude hinein, während Damian und James herumgingen und Fragen beantworteten. Ray versteifte sich neben mir und auf einmal begriff ich, dass die beiden versuchten die Aufmerksamkeit von uns abzulenken, da Ray und ich immer noch zusammengekettet waren.

Ich spürte mit einem Stirnrunzeln, wie er nach meiner Hand griff, und war froh über Rays Einfall, uns ein paar Jacken über die Schultern zu legen, sodass die auffälligen Metallringe, die uns verbanden, verdeckt waren. Wenn die kleine Kette, welche die Ringe verband, jetzt nicht zu sehr auffiel, wäre zumindest dieser Skandal abgewendet. Ray trat nun ebenfalls freudestrahlend den Reportern entgegen und zog mich an der Hand hinter sich her.

Er beantwortete ein paar Fragen, wobei er auf unangenehme gar nicht erst einging. Ein Reporter war jedoch besonders penetrant und fragte ihn frech: »Na, diesmal wird deine neue Freundin nicht getragen?«

Ray fuhr ungehalten zu ihm herum. »Nein, das letzte Mal war nur ein Scherz. Sie ist nicht meine neue Freundin – zumindest noch nicht.«

Mit den letzten Worten sah er mich an und setzte seinen schönsten Verführerblick auf. Ich schluckte und zuckte zusammen, als eine Reporterin an meinem Ärmel zupfte. Erschrocken wich ich vor ihr zurück und stieß dabei leicht gegen Ray, was mir ein paar Lacher einbrachte. Ich musste aussehen wie ein verängstigtes Äffchen im Zoo.

Doch dann wurde mir klar, dass das eine Möglichkeit war, das Bild der Öffentlichkeit von meinem Hintern abzulenken, und so begann ich zumindest ein wenig zu lächeln. Die Reporter waren schließlich auch nur Menschen – genau wie ich!

»Holly, wie ist es, mit Rockstars umherzureisen?«

Na, das war eine Frage, die man beantworten konnte. »Es ist eigentlich ganz okay«, antwortete ich ausweichend.

»Wie sind die Jungs privat?«

»Unerwartet ... nett?« Ich blickte fragend zu Ray, der mich überraschenderweise ermutigend anlächelte.

»Hat Ray von dir getrunken? Bist du mit ihm ins Bett gegangen?«, fragte wieder dieser ungehobelte Reporter.

Ich blickte ihn direkt an und spürte, wie Wut in mir hochkochte. Wieso stellte er so private Fragen? Mal abgesehen davon, dass nichts von seinen Vermutungen zutraf. Außer einem Beinahe-Kuss war nichts zwischen uns passiert. Was ging ihn das überhaupt an?

»Natürlich habe ich weder mit ihm geschlafen noch hat er mich gebissen. Sehe ich aus wie eine Minibar?!«, fauchte ich ihn an.

Die Menge hielt kurz den Atem an, dann hörte ich ein paar Lacher. »Sie hat Feuer«, vernahm ich eine Stimme, deren Ursprung ich nicht zuordnen konnte.

Es wurde immer unangenehmer. Ich drückte Rays Hand und blickte zu Boden. In diesem Moment hätte ich mich an alles geklammert, was mir Halt gegeben hätte. *Welcome to Paris,* stand in goldenen Lettern auf dem roten Teppich, der zur Rezeption führte. In Paris, so hatte man mir erklärt, würde eine kleinere Preisverleihung stattfinden, bei der die Band nominiert war und einen kleinen Auftritt haben sollte. Wenn ich ehrlich war, dann hatte ich mir meinen ersten Besuch in der Stadt der Liebe ganz anders vorgestellt. Mit einem schönen Wein und einem heißen Franzosen in einem schnuckeligen Restaurant und freiem Blick auf den Eifelturm. Was bekam ich stattdessen? Geklontes Blut aus Flaschen und Zwangsverkettung mit einem, zumindest von der Körpertemperatur her, eiskalten Vampir, während Reporterhorden uns unverschämte Fragen stellten und der Eifelturm nicht mal annähernd in Sichtweite lag.

Ich blickte an den Reportern vorbei und sah, wie Taylor mit einem Hotelangestellten redete, der daraufhin besorgt wie wild auf seiner Tastatur rumhackte, den Kopf schüttelte und bedauernd dreinsah. Taylor schob ihm ein Bündel Pässe hin, ich erkannte mit einem Stirnrunzeln meinen eigenen an der gehäkelten Hülle, die meine Mutter mir zum sechzehnten Geburtstag gemacht hatte. Ich kniff die Augen zusammen. Wann hatte sich Taylor meinen Pass geschnappt?

Mittlerweile war die Hotelsecurity zur Stelle und schob die Reporter und Fotografen freundlich, aber bestimmt weit weg von uns, sodass ich mich langsam wieder entspannte. Sofort ließ ich Rays Hand los, als hätte ich mich verbrannt. Die Kälte, die von seiner Handfläche ausgegangen war, blieb jedoch zurück und erinnerte mich tadelnd an meinen Moment der Schwäche.

Er lehnte sich zu mir herüber und flüsterte mit einem Schmunzeln: »Das hast du für eine Anfängerin immerhin nicht völlig vergeigt.«

»Ich werte das als Kompliment«, erwiderte ich knapp und heftete den Blick wieder fest auf Taylor und den Rezeptionisten.

Nachdem Letzterer alles abgewickelt hatte und wir eingecheckt waren, kam Taylor wieder zu uns herüber und lächelte. »Ich habe eine gute und eine schlechte Nachricht.«

Ich sah ihn kritisch an und auch Ray wirkte alles andere als begeistert. In meinem Bauch braute sich bereits erneut ein Sturm zusammen.

»Ich werde keine zwanzig Minuten länger mit dieser Handschelle rumrennen«, knurrte ich angriffslustig, woraufhin sich Ray ein Lachen verkniff.

»Nein, nein, keine Sorge«, beteuerte Taylor und hob beschwichtigend die Hände. »Das ist die gute Nachricht. Der Schlüsseldienst ist bereits da und wartet auf eurem Zimmer. Die schlechte Nachricht ist euer Zimmer. Das Hotel ist überbucht und ihr müsst euch eins teilen. Adam muss sogar im Bus schlafen. Aber ihr seid das Kuscheln ja schon gewohnt.«

Ich ballte meine Hände zu Fäusten. Taylor schenkte uns ein freches Grinsen und mir entfuhr ein Seufzen. Ich hätte mir kein eigenes Zimmer leisten können, also würde ich mich nicht beschweren, wenn ich mit *Mr Perfect since 999* eins teilen musste.

Das Zimmer war aber immerhin wunderschön, groß und hatte ein fabelhaft weiches Bett. Der Anblick, welcher mich jedoch am meisten verzückte, war der des Mannes, der in dem Zimmer stand und ein großes, bolzenschneiderartiges Gerät in der Hand hielt.

Ich musste mich zusammenreißen ihm nicht um den Hals zu fallen. Er machte kurzen Prozess mit den Handschellen und ich überredete Ray ihm ein saftiges Trinkgeld zu geben. Ich war zufrieden und warf mich aufs Bett.

»Hätten es nicht wenigstens getrennte Betten sein können?«, murmelte ich, während Ray sich das Shirt auszog. »Moment mal, was soll das denn werden?«, fragte ich und schaute verdattert auf die Muskeln seiner nackten

Brust. Ich schluckte und war froh genug Abstand von ihm zu haben, da wir ja nun nicht mehr aneinandergekettet waren.

»Ich ziehe mich um, weil ich nicht für immer mit einem zerrissenen Shirt rumlaufen will?«, merkte er an und grinste. »Ein Problem damit? Oder hast du etwa gedacht, ich täte das für dich?«

»Natürlich nicht!«, sagte ich vielleicht eine Spur zu schnell. »Ich bin nackte Kerle halt nicht gewöhnt, wir sind hier ja nicht in irgendeinem schnulzigen Liebesroman«, versuchte ich seiner Frage weiter auszuweichen, doch ich konnte nicht verhindern, dass ich mal wieder rot anlief.

Glücklicherweise ging Ray nicht weiter darauf ein, sondern wechselte das Thema. »Dieser Reporter hat eine wirklich ungehobelte Frage gestellt. Das tut mir leid.« Er sah mich aus seinen eismeerblauen Augen nachdenklich an. »Du wirst lernen müssen mit so etwas umzugehen und dich daran zu gewöhnen. Du musst wissen, wie man solche Fragen beantwortet oder auch nicht. Sonst haben die Medien bald ein Bild von dir, was du ihnen nicht vermitteln möchtest.«

Ich schluckte und senkte den Kopf. Er hatte recht. Ich hatte mir das Leben der Reichen und Schönen vielleicht etwas schöner und vor allem einfacher und angenehmer vorgestellt. Aber dieser Wald aus Reportern war gefährliches Terrain. Ich biss mir auf die Lippen, strich mir die Haare hinters Ohr und sah Ray entschlossen an. »Wirst du es mir beibringen?«, fragte ich ihn mit fester Stimme.

»Ich? Ich glaube, ich bin da die falsche Adresse. Als Rockstar wird von einem erwartet, dass man für Skandale sorgt.« Er lächelte ein wenig und setzte sich auf die Bettkante. Ich widerstand mühsam dem Drang, von ihm abzurücken. Er und ich, wir konnten nicht verschiedener sein.

»Was siehst du in mir? Warum beschützt du mich? Warum hast du mich überhaupt mitgenommen? Und warum bist du manchmal fies zu mir, um kurz darauf wieder nett zu sein? Ist das nicht viel zu anstrengend?«, löcherte ich ihn, denn diese Fragen beschäftigte mich nun schon eine Weile. Genauer gesagt seit wir aus dem Fernsehstudio Hals über Kopf aufgebrochen waren.

»Ehrlich gesagt, ich weiß es nicht. Ich hatte einfach Lust dazu. Außerdem, hey, ich bin doch nicht gemein zu dir. Ich foppe dich nur ein wenig, weil du so sexy aussiehst, wenn du wütend bist.«

Ray hob die Hand strich mir die Strähne, die schon wieder ausgebüxt war, hinters Ohr zurück. Mein Puls beschleunigte schneller als ein Sportwagen auf einer leeren Autobahn. Während die Drehzahl meines Herzens sich verdreifachte, schien mein Gehirn jedoch nicht in die Gänge zu kommen. Steckte wirklich nicht mehr dahinter? Er wollte einfach nur ein bisschen Spaß machen? Interpretierte ich zu viel in seine Aussagen? Ich runzelte die Stirn, als ein Wecker klingelte.

»Die Sonne geht gleich auf«, sagte Ray und schlug die Bettdecke zurück.

»Hier sind überall Fenster«, erwiderte ich und ärgerte mich über die Besorgnis, die sich in meine Stimme geschlichen hatte.

Hastig flüchtete ich ins Bad, um mich bettfertig zu machen, während Ray mir hinterherrief: »Moderne Hotels haben phototrophe Beschichtungen innerhalb der Doppelverglasung – das ist so ein Spezialzeug, was sich beim Kontakt mit UV-Strahlen sofort verdunkelt.«

»Aha«, machte ich mit der Zahnbürste im Mund und spürte, wie Erleichterung wie Wasser über meinen Rücken floss.

Geschniegelt und gestriegelt schlüpfte ich unter die Bettdecke, bevor Ray das Licht löschte. Der Ekel, den der Gedanke an die Leiche neben mir auslöste, wurde schnell von einem Kribbeln in meinem Bauch abgelöst, über das ich mich maßlos ärgerte.

Ich schüttelte den Kopf und griff nach dem Fläschchen Schlafmittel, das mir Adam gegeben hatte. Ich nahm eine ordentliche Portion, spürte, wie meine Augenlider schwerer wurden und meine Glieder von einer bleiernen Müdigkeit erfasst wurden.

Kapitel 6

Gedankenspiele

Als ich erst in der nächsten Nacht wieder erwachte, war ich allein. Ich hörte aber das Wasser im Badezimmer rauschen – Ray stand vermutlich unter der Dusche. Ich streckte mich ein wenig auf dem Bett aus und atmete den Geruch der wunderschönen, sauberen Laken ein, durchmischt mit dem zarten Duft nach Honig, ehe ich aufstand.

Die Scheiben hatten sich wieder entfärbt und die Lichter von Paris fielen durch die Fenster – schade, auch hier kein Eiffelturm in Sichtweite. Stattdessen erstreckte sich vor mir ein Park, der an eine belebte Einkaufsstraße grenzte. Moderne Laternen säumten die schmalen Wege, die durch rotbeblätterte Gartenanlagen führten, und tauchten alles in ein düsteres Zwielicht.

Ein Blick auf den Wecker sagte mir, dass es acht Uhr abends war, die Nacht hatte gerade erst begonnen. Die Sonne war vor etwa einer halben Stunde untergegangen – das homöopathische Schlafmittel hatte es in sich. Kaum zu glauben, aber ich schaffte es selbst nachts zu verschlafen.

Wartend setzte ich mich zurück aufs Bett und zwang mich mich nicht wieder hinzulegen. Ray schlenderte aus dem Badezimmer – mit nichts weiter bekleidet als einem blütenweißen Handtuch. Meine Augen weiteten sich zuerst, dann zog ich überrascht Luft zwischen den Zähnen ein und schlug die Hände vors Gesicht.

»Zieh dir gefälligst etwas an!«, bellte ich.

Die Tatsache, dass er praktisch nackt vor mir stand, machte mich nervös und ich spürte, wie mir das Blut in die Wangen schoss. Zwar hatte ich bereits einen Blick auf seinen perfekten Körper erhaschen können, jedoch beunruhigte mich das Kribbeln in meinem Bauch zutiefst und das veränderte die Situation. Plötzlich spürte ich, wie die Matratze neben mir einsank.

»Keine Sorge! Ich versuche nur deine Angst vor nackten Männern zu therapieren – du solltest mir danken!« Er lachte, nur Zentimeter von meinem Gesicht entfernt. Sein Atem kitzelte mich am Handrücken und auf meinen Armen breitete sich Gänsehaut aus.

Ich riss erschrocken die Hände von den Augen – er trug immer noch nichts außer dem Handtuch.

»Hast du Angst, weil ich ein Vampir oder weil ich ein nackter Mann bin?«

Unbeholfen rückte ich von ihm ab. »Ich habe keine Angst vor nackten Männern, ich bin das nur nicht gewohnt. Und vor Vampiren habe ich auch keine Angst!«, verteidigte ich mich und der Trotz ließ mich die Vampirfrage mit einer aalglatten Lüge beantworten.

»Na dann – gewöhn dich dran, wird bestimmt nicht das letzte Mal gewesen sein, dass du mich so siehst«, sagte er und stand wieder vom Bett auf.

Das Handtuch rutschte bedrohlich ein paar Zentimeter weiter nach unten, ich schloss erneut die Augen.

»Ray … dein Handtuch rutscht«, stammelte ich und er lachte. In meinen Ohren rauschte das Blut, als ich errötete, und ich schluckte. Warum war mein Mund plötzlich so trocken?

»Ich dachte, du hast keine Angst vor nackten Männern?«

Ich schluckte, öffnete die Augen und sah ihn demonstrativ an. Wenn er sah, dass es mir nichts ausmachte, würde er für den Rest der Reise hoffentlich damit aufhören, mich zu provozieren.

Das Handtuch rutschte noch ein paar Zentimeter und war an einem kritischen Punkt angekommen. Meine Augen wurden größer und meine Finger eiskalt, obwohl meine Handflächen zu schwitzen begannen. Noch einen Zentimeter weiter und es würde zu Boden fallen. Okay, vielleicht würde er auch das letzte bisschen Rücksicht über Bord werfen, wenn er dachte, es würde mir nichts ausmachen, wenn er nackt herumlief. Er hob fragend eine Augenbraue, als er meinen entschlossenen Blick wanken sah.

Sein Grinsen wurde breiter, ehe er einen lasziven Hüftschwung hinlegte, der dem Handtuch den Rest gab. Reflexartig kniff ich meine Augen zusammen.

»Okay, okay, du hast gewonnen! Zieh dir jetzt bitte, bitte endlich etwas an!«, flehte ich und einen Wimpernschlag später stand er wieder im Bad.

Erleichterung machte sich in mir breit, dann blinzelte ich erschrocken. Das war also die berühmte Vampirgeschwindigkeit. Ich hatte schon mehrmals davon gehört, aber es war das erste Mal, dass ich sie live erlebte. Oder eben auch nicht, schließlich bewegte Ray sich schneller, als mein Auge wahrnehmen konnte, ähnlich wie die Flügelschläge eines Kolibris.

»Du solltest dich übrigens beeilen, wir haben noch ein paar Dinge zu tun, bevor wir zur Preisverleihung müssen«, sagte er und brachte mich damit zurück in die Gegenwart.

Ich schälte mich aus dem Bett und nahm mir fest vor mich von seinen Neckereien nicht mehr einschüchtern zu lassen. Ich war schließlich eine erwachsene Frau. Warum zur Hölle benahm ich mich in seiner Gegenwart wie ein verschüchterter Teenager?

Bewaffnet mit meiner Badetasche und einem Kleid betrat ich nach kurzem Klopfen das Badezimmer. Ray stand vor dem Spiegel und knöpfte gerade sein Hemd zu. Diesmal schaute ich nicht weg und beobachtete ihn entschlossen durch den Spiegel. Die aufkommende Nervosität schluckte ich hinunter. Er lächelte und ich lächelte zurück. Anschließend schalt ich mich innerlich dafür, dass mein Herz schon wieder schneller schlug.

Sofort blitzte das Bild vom rutschenden Handtuch in meinen Gedanken auf. Dann unser Beinahe-Kuss. Ich dankte meinem Unterbewusstsein herzlichst für die Sabotage und wünschte, Ray wäre nicht so attraktiv, selbstbewusst und verführerisch. Ich wollte nicht als eine seiner Millionen Verehrerinnen enden, die sabbernd am Bühnenrand standen und ihre Unterwäsche nach ihm warfen, aber wenn das so weiterging, konnte ich mich schon mal von meinem neuen Lieblings-BH verabschieden.

Wir stammten aus unterschiedlichen Welten, zudem war er ein Vampir und wie James vermutlich ein Mörder. Doch das alles ließ mein Herz bei seinem Lächeln nicht weniger schnell schlagen. Das berühmte Kopf-Herz-Dilemma. Er bekam von meinen Gedanken natürlich nichts mit, aber er konnte meinen rasenden Puls hören.

Außerdem ist er viel zu alt für mich, schoss es mir durch den Kopf und meine Mundwinkel hoben sich zu dem Anflug eines Grinsens.

Ich atmete tief ein und trat neben Ray ans Waschbecken, um mir die Zähne zu putzen. Er ging ohne einen weiteren Kommentar wieder ins Nebenzimmer. Ich spürte, wie die Anspannung von mir abfiel und meine Schultern, die ich unbewusst hochgezogen hatte, sackten wieder nach unten. Ich rieb mir mit der Hand den Nacken, schloss die Tür ab und stieg anschließend unter die Dusche. Ich würde mich wirklich mehr zusammenreißen müssen, schließlich wusste ich immer noch nichts über ihn.

Das warme Wasser weckte letztendlich meine schlummernden Lebensgeister. Ich legte ein wenig Make-up und einen Spritzer Parfüm auf, da ich befürchtete, es wäre nicht sehr klug, den Tag ungeschminkt zu bestreiten.

Als ich aus dem Bad trat, saßen sämtliche Bandmitglieder im Zimmer und warteten auf mich.

Taylor ließ sich ungeduldig aufs Bett fallen. »Na endlich! Warum brauchen Frauen immer so lange?«, stöhnte er. »Du hättest doch auch nackt rauskommen können. Wir müssen eh noch in die Maske und haben noch ein kurzes Briefing darüber, wie die Verleihung und der Auftritt ablaufen. Den Blutlink müssen wir auch noch mit dir machen. Aber zuerst die wirklich wichtigen Dinge: Wie war eure erste gemeinsame Nacht … ganz alleine … ohne die wachenden Augen unserer Anstandsdame Damian?«, sprudelte er hervor und lächelte verschmitzt, während er die Augenbrauen fragend anhob.

Ich war angesichts der Fülle von Informationen, die er in einen Satz gepackt hatte, völlig überrumpelt, aber er fuhr bereits fort. »Na, dein Erröten reicht mir als Antwort. Nächster Punkt: Meldet sich jemand freiwillig für den Blutlink?«, fragte er, ließ seine Hand nach oben schnellen und sah forschend in die Runde.

»Ein bitte was?«, entfuhr es mir.

»Ein Blutlink«, sagte Ray und sah mich besorgt an.

»Ein was?«, fragte ich erneut ungeduldig und schaute verärgert zurück.

»Es gibt zwei Möglichkeiten. Entweder bekommt einer der Wachmänner am Empfang der Preisverleihung dein Blut – keine Sorge, nur ein paar Tropfen. Als erweiterte Sicherheitsmaßnahme, um potenzielle Gefahrensituationen schneller zu erkennen, aber auch um Menschen vor Angriffen von Vampiren zu schützen. Genauer gesagt darf dich kein Vampir außer dem, der den Blutlink mit dir eingegangen ist, anrühren. Genauso wie du keinen anderen Vampir verwunden oder angreifen darfst. Das wird immer dann bei Großveranstaltungen gemacht, wenn der Vampiranteil über zwanzig Prozent liegt. Oder …«, fügte Taylor schnell hinzu, als er sah, wie ich erbleichte. »Die andere Möglichkeit wäre, dass ich ein paar Tropfen von deinem Blut bekomme und dich damit markiere – also dass ich die Verantwortung für dich übernehme und du unter meinem Schutz stehst, aber ich im Gegenzug auch für deine Missetaten geradestehen muss statt des Wachmanns«, schloss Taylor und lächelte gewinnend, vermutlich um die zweite Möglichkeit deutlich schmackhafter aussehen zu lassen. Für ihn war sie das sicher auch.

»Gibt es nicht eine Möglichkeit, das Ganze ohne Blut über die Bühne zu bringen?«, fragte ich ängstlich, versuchte mir aber nichts anmerken zu lassen und verschränkte die Arme vor der Brust.

»Zuerst einmal muss es nicht Taylor sein, wenn du lieber mit jemand anderem den Blutlink eingehen willst. Oder du bleibst hier und musst gar keinen Blutlink eingehen. Tut mir leid, aber das gilt für alle Menschen, ob nun Gast, Crew oder Begleitung«, sagte Ray ernst.

Taylor sah absolut nicht begeistert drein. Für mich stand eines fest: Ray oder Damian waren die Einzigen, die infrage kamen. Taylor und James – keine Option. Auf dem Zimmer bleiben war ausgeschlossen. Ich wollte dabei sein. Ich wollte sehen, wie eine Preisverleihung ablief, um zu sehen, wie es möglicherweise bei den *Atlantis Awards* sein würde.

Nachdem ich ihn fragend angeblickt hatte, sah Damian jedoch demonstrativ weg und so wandte ich mich an Ray. »Mach's«, bat ich ihn, doch als er forsch nach meinem Arm griff und zu seinem Mund bewegte, zog ich ihn blitzschnell weg. »Vergiss es, hier wird nicht gebissen! Nimm eine Nadel oder so was«, fauchte ich.

Ray sah verdrießlich drein und James reichte ihm eine Nadel, die er in Sekundenschnelle aus dem Notfall-Nähkit des Hotels gefingert hatte. Ray zog meinen Arm wieder an sich und ich wandte den Blick ab.

»Moment mal, es gibt da ein paar Dinge, die Holly vielleicht wissen sollte«, sagte Damian stirnrunzelnd.

Ray hielt inne, doch ich wurde immer nervöser, vor allem jetzt, da er die Nadel schon in der Hand hatte. Ich war immer diejenige gewesen, die bei Impfungen alles schnellstmöglich hinter sich bringen wollte, also schnitt ich ihm das Wort ab, bevor er noch etwas sagen konnte. »Ist das lebensbedrohlich oder macht es mich krank?« Meine Stimme zitterte. *Komm schon, Holly, du musst stark bleiben, es ist nur ein Tropfen Blut und eine winzige Nadel. Und ein uralter Vampir, der ebendieses Blut schlürfen wird – kein Grund zur Besorgnis!*

Ray musterte mich, schüttelte aber dann den Kopf, bevor Taylor sich einmischte. »Keine Sorge, das ist wie bei Beipackzetteln, es gibt zwar Nebenwirkungen, aber die bekommt niemand. Als Beispiel: Die Stelle könnte den ganzen Abend über leicht gerötet bleiben. Bei Risiken und Nebenwirkungen fressen Sie die Packungsbeilage, bla, bla, bla ...« Er rollte mit den Augen und machte eine wegwerfende Handbewegung.

»Dann stich zu, bevor ich es mir anders überlege«, bat ich Ray und versuchte meine Stimme möglichst bestimmt klingen zu lassen. Ich unterdrückte ein Zittern, gegen die Gänsehaut, die ich bekam, konnte ich jedoch nichts tun. Dann stach er zu.

Ein kleiner Blutstropfen bildete sich auf meiner Haut. Ich wandte mich ab, denn mir wurde schon wieder schwummerig. Ich sah James an, dessen Blick wie versteinert auf meinem Arm ruhte, und ein hungriger Ausdruck lag in seinen Augen. Damian hatte den Arm in James' Nacken gelegt, als wollte er ihn festhalten, sollte er versuchen sich auch nur einen Millimeter in meine Richtung zu bewegen.

Taylor ergriff meine freie Hand und sah mich wie hypnotisiert an. Er grinste die ganze Zeit sein süffisantes Taylor-Grinsen. Dann spürte ich, wie etwas Nasses über meinen Arm leckte. Ray. Ich dachte automatisch daran, wie es wohl wäre, wenn er seine Zunge vielleicht eher zu anderen Bereichen meines Körpers lenken würde, und schüttelte den Kopf, während ich nervös mit den Füßen scharrte.

Die Zeit schien viel langsamer zu vergehen als noch vor einer Sekunde, es war, als würde ich alles in Zeitlupe sehen. Ich hörte mal wieder das Blut in meinen Ohren rauschen. Ein wohliger Schauer jagte mir über den Rücken.

Taylor schien meine Gedanken erraten zu haben, denn sein Grinsen wurde nur noch breiter. Er nahm mich beiseite, ehe er über meine Schulter hinweg Ray anlächelte. »So, wir schaffen jetzt möglichst viel Distanz zwischen dir und Ray, sonst bringst du ihn möglicherweise gleich um. Oder versuchst es zumindest und verletzt dich dabei.«

Ich runzelte irritiert die Stirn, doch Taylors Griff um mein Handgelenk lockerte sich nicht: »Um noch mal auf die Risiken und Nebenwirkungen zurückzukommen. Es gibt da eine Sache, die wir dir verschwiegen haben: Sobald ein Vampir dein Blut getrunken hat, kann er deine Gedanken und Gefühle lesen. So kann sichergestellt werden, dass er sofort merken würde, wenn du beispielsweise einen Terroranschlag planst.«

Ich schluckte und spürte, wie sich mein Blut grad nicht entscheiden konnte, ob es mir in den Kopf schießen oder in meinen Beinen versacken wollte. Das resultierte vermutlich in einer höchst ungewöhnlichen Gesichtsfarbe. Scheiße. Wie war das noch mal mit meinem Vorsatz gewesen, Verträge nicht mehr blind zu unterschreiben? Anscheinend sollte ich das noch ausweiten. Meine Gedanken hören? Die Privatsphäre, die ich mir vergangene Nacht noch sehnlichst gewünscht und zumindest kurz bekommen hatte, war sofort wieder dahin. Schlimmer noch, meine gesamte Gedankenwelt lag nun offen.

Ich sah zu Damian, der mir einen Blick à la *Ich habe es dir ja gesagt* schenkte, womit er zugegebenermaßen recht hatte.

Taylor setzte derweil seinen Monolog fort. »Aber der Effekt hält bei der kleinen Menge an Blut, die er von dir getrunken hat, nur diese eine Nacht an. Morgen kann er schon nicht mehr hören, was in deinem schönen Köpflein vorgeht.« Er konnte die Genugtuung in seiner Stimme kaum verbergen.

Meine Resignation zwang mich zu nicken. Ich musste es nur schaffen, eine einzige Nacht irgendwelche Gedanken, die er nicht hören sollte, zu vermeiden. Wie schwer konnte das schon sein? Wut kochte in mir hoch, vor allem auf Taylor, aber auch auf jeden der anderen, abgesehen von Damian, der als Einziger versucht hatte mich vor dem drohenden Unheil zu bewahren. Ich schwor mir, dass ich nie wieder so fahrlässig handeln würde, egal wie viel Angst ich hatte.

»So was müsst ihr mir doch vorher erklären!«, polterte ich.

»Hättest du es dann überhaupt gemacht?«, fragte Taylor und grinste spöttisch.

»Vermutlich nicht«, murmelte ich. Doch bevor ich noch etwas sagen konnte, meldete sich Damian zu Wort.

»Ray, was ist los?« Er hatte plötzlich einen besorgten Ausdruck in den Augen.

Ray hielt sich unterdessen die Hand gegen den Kopf und massierte seine Schläfen. »Meine Güte, geht viel in deinem Kopf vor!«, fluchte er.

»Tja, Ray, so ist das, wenn man sonst nur den Blutlink mit geistlosen Models eingeht«, erwiderte Damian tadelnd.

Ich sah Ray in die Augen. *Wenn du mich hören kannst, heb die Hand,* formulierte ich deutlich in meinen Gedanken. Ray hob die Hand. Ich war gleichermaßen fasziniert, ängstlich und wütend, und das alles zur selben Zeit.

Taylor hatte vermutlich meinen Gesichtsausdruck gedeutet und legte mir seinen Arm um die Schultern. »Komm, wir gehen zur Maske, weg von dem bösen, bösen Ray, der deine Gedanken liest.« Er grinste immer noch, während er mich herumbugsierte und flüsterte: »Ich hätte aber auch zu gern gewusst, was für schmutzige Gedanken wohl in deinem kleinen Köpfchen rumspuken. Stille Wasser sind ja bekanntermaßen tief. Vielleicht wählst du nächstes Mal mich für deinen Blutlink?«

Ich sah weg. Das hätte mir gerade noch gefehlt. Ich konnte mir aus meinen widersprüchlichen Gedanken selbst schon keinen Reim machen. Das Letzte, was ich gebrauchen konnte, war jemand, der sich das Ganze brühwarm direkt in meinem Kopf ansehen konnte. Besagter Jemand hatte einen ungemütlichen Ausdruck im Gesicht und fast erwartete ich, dass er die Zähne fletschen und knurren würde. »Keine Sorge«, fügte Taylor hinzu, »ich würde niemandem etwas verraten, auch Ray nicht.« Er lächelte verschmitzt.

»Wer sagt, dass ich solche Gedanken überhaupt habe? Und selbst wenn, würden sie niemanden etwas angehen, vor allem dich nicht!«, protestierte ich und konnte dadurch zumindest einen kleinen Teil von meinem angestauten Ärger loswerden. »Ich habe keine schmutzigen Fantasien mit Ray!«, wiederholte ich vehement, doch in meinen Kopf schlichen sich einige eindeutige Bilder. Woraufhin ich ein unterdrücktes Lachen hinter mir vernahm, ehe Taylor mich ungeduldig aus dem Raum zog.

»Ich habe auch nie gesagt, dass du schmutzige Fantasien mit ihm hast«, kicherte Taylor, nachdem sich die Tür hinter uns geschlossen hatte. Die Tür war vielleicht geschlossen, aber mein Kopf stand offenbar immer noch sperrangelweit offen. Das alles ging mir schrecklich gegen den Strich und Taylor steuerte geradewegs darauf zu, das Fass zum Überlaufen zu bringen, während er mit mir durch die hell erleuchteten Gänge des Hotels manövrierte.

Mein Ärger verschwand jedoch schlagartig, als eine Tür aufschwang und mich eine kleine Vampirin mit einem lauten Quieken in ihre Arme zog. Mit einem Mund voll von ihren Haaren keuchte ich ein: »Miss Natrisha! Was machen Sie denn hier?«

Nachdem ich ihr zu einem Vorbereitungsraum gefolgt war, küsste sie mir beide Wangen, bis mir Hören und Sehen verging. »Ich konnte es mir nicht nehmen lassen, euch zu stylen, bevor ihr Europa verlasst!«, quietschte sie vergnügt und zog mich zu einem der vorbereiteten Stühle.

»Wer passt dann auf den Laden auf?«, fragte ich sie neugierig.

»Eine meiner Nichten«, erwiderte sie, blähte ihre Nasenflügel auf, runzelte die Stirn und sah sich meinen Arm genau an. Sie konnte den Nadelstich unmöglich sehen, oder? Doch sie nickte wissend. »Ah, der Blutlink, stimmt, das braucht ihr Menschen ja. Mit wem bist du ihn eingegangen?« Sie lächelte.

»Ray«, nuschelte ich nur und spürte, wie meine Wut zurückkehrte.

Sie begann unterdessen meine Haare mit einer Bürste zu kämmen. »Ja, das habe ich mir gedacht, gute Wahl. Ich hatte Sorge, dass du Taylor gewählt haben könntest.«

»Das habe ich gehört!«, rief Taylor aus einem Nebenraum.

»Ach, sei leise dahinten!«, kicherte Miss Natrisha nur und widmete sich wieder meinen Haaren.

»Gute Wahl? Da bin ich mir nicht so sicher«, schnaubte ich verächtlich.

Miss Natrisha ließ die Bürste sinken und sah mich verärgert an. »Was sagst du da? Ray ist wirklich ein guter Junge, ein Prinz noch dazu!«

Ich verschluckte mich an meinem Wasserglas und hustete, sodass Natrisha mir kräftig auf den Rücken klopfen musste. Meine Luftröhre brannte. »Prinz?«, brachte ich zwischen zwei Hustern hervor.

»Ja, hat er dir das noch nicht erzählt? Ray ist einer der Vampirprinzen von Vistren.« Sie lächelte auf mich herab.

Also war er nicht der Ritter in schillernder Rüstung, sondern gleich der Märchenprinz. Zugegebenermaßen der Prinz in einem sehr düsteren Märchen, bisher ohne ersichtliches Happy End. Nicht dass ich eines wollte. O verflucht, das hatte er bestimmt auch mitbekommen.

»Warum ist er dann Rockstar? Ist das nicht etwas … unpassend?«, fragte ich verwirrt zurück.

»Ich nehme an, er wollte sich einfach die Hörner abstoßen, bevor er den Thron übernimmt. Seine Eltern repräsentieren eines der zwölf Hohen Vampirhäuser, genauer gesagt das Vampirhaus des Gerichts. Eine ernste Aufgabe, die viel Zeit erfordert.« Miss Natrisha seufzte.

Ich schluckte, okay, also waren Rays Eltern anscheinend Richter und er sollte auch einer werden? Gleichzeitig war er ein Prinz? Das vampirische Herrschaftsgefüge wollte sich mir noch nicht ganz erschließen, doch Miss Natrisha hatte bereits das Thema gewechselt und erzählte von ihrem Laden, ihren Nichten, die auch Vampire waren, und fragte, wie es mir ginge und wie ich mit der ungewohnten Situation zurechtkam. Jedoch konnte ich ihr nicht gut folgen, denn ich dachte immer noch über die Information nach, welche ich präsentiert bekommen hatte.

»Na, ich glaube, du bist mit deinem Kopf ganz woanders«, sagte sie und lächelte mich wieder an. »Du solltest ihn einfach selbst kennenlernen. Er ist sehr viel mehr als eine Rolle, in die er hineingeboren wurde. Aber jetzt musst du erst mal deine hübschen Äuglein schließen, damit ich deinen Lidschatten auftragen kann.«

Sie hatte recht. Gehorsam tat ich wie geheißen und wir plauderten noch ein wenig über belanglose Sachen, während sie mein Make-up perfektionierte.

Das ganze Gespräch tat mir wahnsinnig gut und am Ende sah ich blendend aus! Nicht nur weil mir mein seelischer Ballast genommen worden war, sondern auch weil Miss Natrisha die Fähigkeit besaß, aus Enten Schwäne zu machen.

Ich hatte eine raffinierte Hochsteckfrisur und wunderschönes Smokey-Eye-Make-up. Mein Teint wirkte ebenmäßig und meine Lippen hatten nun, dank Lippenstift, die gleiche Farbe wie mein Kleid – ein dunkles Wein- oder Blutrot, eine meiner Lieblingsfarben, die allerdings seit Kurzem einen komischen Beigeschmack bekommen hatte. Ich bedanke mich überschwänglich bei ihr, doch sie winkte nur ab.

»Ach, Schätzchen, das ist mein Job. Schau, da wartet auch schon deine Begleitung auf dich.«

Überrascht wirbelte ich herum und spürte, wie sich die Muskeln an meinem Kiefer anspannten. Ray stand an den Türrahmen gelehnt und fuhr sich mit der Hand durchs Haar, das ebenfalls wundervoll zu einer wilden Tolle gestylt war. Wenn ich ihn hätte malen müssen, wäre es mir schwergefallen, ihm gerecht zu werden. Jede einzelne Strähne war kunstvoll drapiert und seine sanften, durch Eyeliner hervorgehobenen Augen schienen zu leuchten. Er sah umwerfend aus.

Miss Natrisha eilte zugleich zu ihm, schlug ihm auf die Finger und entrüstete sich: »Zerstör deine Frisur nicht gleich wieder!«

Ray ließ sich davon jedoch nicht irritieren. »Ladys, entschuldigt die Störung, aber wir müssen jetzt los.«

Ich erhob mich und umarmte Miss Natrisha noch ein letztes Mal, bevor ich mit Ray den Raum verließ. Schweigend gingen wir zum Aufzug. Die Stille wurde unangenehm. Was sollte ich nur sagen? Musste ich überhaupt etwas sagen? Immerhin konnte er sowieso direkt in meinen Kopf gucken. Mir war die Situation, dass er meine Gedanken lesen konnte, mehr als unangenehm und unfassbar peinlich.

Als der Aufzug kam, stiegen wir ein und die Türen schlossen sich lautlos. Plötzlich drehte Ray mich an der Schulter zu sich herum und sah mir fest in die Augen.

»Als du mich noch nicht bemerkt hattest, warst du komplett entspannt. Du hast dich, nachdem du mich gesehen hast, völlig verkrampft. Da Miss Natrisha ebenfalls Vampir ist, gehe ich davon aus, es liegt an mir. Ich glaube, so einen sorgenfreien Ausdruck habe ich noch nie bei dir gesehen. Hoffentlich fängst du mich wegen des Blutlinks nicht an zu hassen. Er ist leider notwendig«, sagte er aufrichtig.

Ich schüttelte den Kopf. Kein Ton kam über meine Lippen, denn ich traute meiner eigenen Stimme nicht. Seine Aufrichtigkeit ließ meinen Ärger zusammenschrumpfen.

»Und ich hoffe, du wirst mich auch hierfür nicht hassen.«

Seine Stimme klang rauchig. Er kam langsam näher, drückte mich mit seinem kühlen Körper an die Wand des Fahrstuhls, so wie er es schon zuvor einmal getan hatte. Seine Finger verschlangen sich mit meinen und er pinnte sie an das kühle Metall über meinem Kopf. In seinem Blick lag Begierde. Jetzt spürte ich seinen Atem auf meiner Haut. Meine Knie wurden weich und ich schloss die Augen. Mein Herzschlag überschlug sich geradezu und mir wurde heiß. Das Adrenalin spülte in Wellen durch meinen Körper. Sein Honigduft umwaberte mich verführerisch.

Ein Kuss würde ja nicht wehtun, oder? Ich wusste, dass er die Zustimmung in meinen Gedanken las und den kleinen Spalt zwischen uns immer weiter verringerte – ehe mit einem lauten Pling die Aufzugtüren aufsprangen.

Ich riss erschrocken die Augen auf, sah den wütenden Gesichtsausdruck von Ray direkt vor mir und sprang zur Seite.

Dann ertönte die Stimme von Taylor. »Whoopsie, ich wollte nicht stören.« Ich konnte sein Grinsen förmlich hören.

Ray flüsterte: »Vergiss nicht, wo wir aufgehört haben.«

Mir wurde heiß an den Ohren. Was war aus meinem Überlebensinstinkt geworden, dass ich anscheinend unbedingt einen Vampir küssen wollte? War ich lebensmüde?

Ray wandte sich Taylor zu. »Sag mal, macht dir das eigentlich Spaß?«, fauchte er ihn an.

»Was denn? Öffentliche Fahrstühle zu benutzen?«, fragte Taylor ungerührt zurück und zwängte sich zu uns in den Fahrstuhl, der immer enger zu werden schien.

Schweigend fuhren wir weiter. Ray schien mit sich zu ringen. Das war schon unser zweiter Beinahe-Kuss gewesen und ich hatte mir bisher noch nie gewünscht, dass ein verdammter Fahrstuhl einfach stecken blieb. Feuerwehr, Polizei, Hotelmanagement, von mir aus hätten sie alle anrücken können, wenn diese Metalltüren dafür nur eine Minute länger geschlossen geblieben wären und Taylor nicht sein unbeirrbar schreckliches Timing hätte beweisen können.

»Lasst euch von mir nicht stören, auch wenn ich dir vielleicht einen Rat geben dürfte? Ein Aufzug ist nur dann ein guter Ort zum Rummachen, wenn er feststeckt. Ich spreche da aus Erfahrung«, unterbrach Taylor und sah zwischen mir und Ray hin und her. Konnte er etwa auch meine Gedanken lesen? »Falls das euer erster Kuss gewesen sein sollte, tut es mir natürlich schrecklich leid, andererseits hat Ray dann ja noch keinen Grund, eifersüchtig zu werden, wenn ich auch noch meinen Handschuh in die Runde werfe.«

Ich sah zu Boden, während Ray ihm einen vernichtenden Blick zuwarf.

»Ah! Ich verstehe, ich bin also im völlig falschen Moment hereingeplatzt und es ist noch gar nichts passiert. Ray, wenn ich dir einen Rat geben darf, wie du das verhindert hättest? Einfach nicht so lange zögern! Handele aus dem Moment heraus, ungefähr so.«

Mit diesen Worten zog Taylor mich auch schon in seine Arme, nur um sofort seine Lippen fest auf meine zu pressen. Ich brauchte eine Sekunde, um zu verarbeiten, wie mir geschah, doch Taylor ließ sich nicht so einfach wegstoßen. Ich sah mich gezwungen ein recht verzweifeltes Mittel einzusetzen: Ich biss ihn mit aller Kraft in die Lippe.

Keine Reaktion, er gab nur ein kehliges Geräusch von sich und küsste mich mit noch mehr Nachdruck. Stand er etwa darauf? Ich fluchte innerlich und zog dann mit aller Kraft mein Knie nach oben. Ich wusste nicht mal, ob Vampire überhaupt Schmerz empfinden konnten, und unter normalen Umständen hätte ich es vermutlich niemals geschafft, einen von ihnen zu überraschen, aber Taylor hatte nicht damit gerechnet. Er jaulte laut auf und sackte in sich zusammen, was mir genug Zeit gab, von ihm wegzuspringen.

Warum zur Hölle hatte Ray einfach nur dagestanden, anstatt mich zu verteidigen? Ich versteckte mich hinter ihm, in der Hoffnung, er würde mich zumindest jetzt beschützten, falls Taylor ausrastete. Auf meinen Lippen verblieb ein Geschmack, der dem von gesalzenem Karamell nicht unähnlich war.

Ray stürzte letztendlich auf Taylor zu und die beiden knurrten sich lautstark an.

»Ray, sie ist nicht dein, du hast keinen Grund, auf mich loszugehen, oder bist du doch eifersüchtig? Wegen eines Menschen?«, presste Taylor zwischen seinen Zähnen hervor, während Ray ihm am Kragen gepackt hatte.

»Was nicht ist, kann ja noch werden. Das würde dir so passen, hör einfach auf sie wie ein Spielzeug zu benutzen!«, entgegnete dieser.

Wie klein würde dieser Fahrstuhl noch werden? Bei all dem Testosteron drohte ich zu ersticken oder zumindest in die Mitte eines Vampirkampfes zu geraten.

»Hallo? Fragt mich auch mal jemand, was ich eigentlich will?«, mischte ich mich vorsichtig in das Geschehen ein, bekam aber zunächst keine Reaktion – bis Ray sich umdrehte.

Er stürzte auf mich zu und riss ein altmodisches Stofftaschentuch aus seiner Tasche. »Leck dir auf keinen Fall über die Lippen!«, brüllte er mir ins Gesicht, wodurch ich erschrak.

Während ich noch versuchte zu verstehen, was ich falsch gemacht hatte, tupfte er mir energisch die Lippen ab und das Taschentuch färbte sich rot – rot wie Blut. Ich hatte Taylors Blut auf meinen Lippen. Hatte ich ihn wirklich so fest gebissen? War es vielleicht doch nur mein Lippenstift? Der Fahrstuhl war unterdessen weitergefahren, während Ray immer noch grob das Blut von meinen Lippen tupfte und ernst dreinsah.

Taylor lachte nur. »Das kannst du vergessen, Ray, sie hat schon etwas Blut absorbiert, das kann ich spüren.«

Wir erreichten endlich die Lobby, die Türen öffneten sich und ich spürte nur noch einen Luftzug, als Taylor in Vampirgeschwindigkeit aus dem Fahrstuhl stürmte.

Als ich blinzelte, war Ray ebenfalls verschwunden. Ich machte große Augen und Panik kroch in mir hoch. »Ray? Was hat das zu bedeuten?«, rief ich fragend in die volle Eingangshalle und er hielt tatsächlich inne. Er wandte sich zu mir um und rief: »Bin gleich wieder da, aber zuerst muss ich dieses kleine Arschloch umbringen. In der Zeit kannst du einen Happen essen. Mach dir keine Sorgen, ich werde alles regeln.«

Er hielt einen Hotelangestellten an, gestikulierte hektisch, woraufhin dieser nickte und in Richtung Restaurant verschwand. Einen Wimpernschlag später stürmte Ray wieder davon, obwohl ich ihn in Gedanken geradezu anschrie gefälligst stehen zu bleiben.

Ein paar Minuten später wurde mir eine braune Packpapiertüte und ein dampfender Kaffee in die Hand gedrückt. Ich setzte mich unsicher in einen Ohrensessel vor der Rezeption. Zitternd wie Espenlaub konnte ich den Becher in meiner Hand kaum ruhig halten.

Keine Sekunde zu früh trat Damian in die Eingangshalle, runzelte die Stirn und kam eilig auf mich zu. »Wo sind die anderen? Was ist passiert, du siehst völlig aufgelöst aus.«

Ich spürte, wie die Panik siedend heiß zurückkehrte. Was war geschehen? War ich jetzt Vampir? Schließlich hatte ich Vampirblut getrunken. Tränen schossen mir in die Augen.

»Taylor hat mich geküsst, da habe ich ihn gebissen, um ihn loszuwerden, und dann war da Blut und etwas davon muss in meinen Mund gelangt sein und jetzt will Ray Taylor töten. Was passiert jetzt mit mir? Muss ich jetzt sterben? Werde ich auch ein Vampir?«

Die Worte sprudelten aus mir heraus und Damian kniete sich vor mich hin, tätschelte mir den Kopf und murmelte beruhigende Worte, während ich leise schluchzte. Tränen liefen mir über die Wangen und mir wurde abwechselnd heiß und kalt.

»Keine Sorge, du wirst nicht sterben. Es ist alles okay. Wenn jemand Vampirblut trinkt, dann kann der Vampir die Gedanken und Gefühle des Menschen manipulieren. Er kann sie aber nicht spüren oder lesen, es sei denn, er hat auch dein Blut getrunken. Das ist die andere Seite des Blutlinks«, erklärte Damian und strich mir beruhigend über den Rücken.

Ich schluckte heftig. Gedankenmanipulation. Gefühlsmanipulation. Die andere Seite des Blutlinks. Mein Magen sackte innerhalb des Bruchteils einer Sekunde in meine Kniekehlen und ich begann zu schwitzen, auch wenn meine Hände plötzlich eiskalt wurden.

»Ich muss mich übergeben«, würgte ich.

»Das würde jetzt auch nicht mehr helfen. Dein Körper hat das Blut schon absorbiert. Iss erst mal was und dann erklär mir, warum Taylor dich geküsst hat.«

Ich brauchte noch eine ganze Weile, bis ich mich beruhigt hatte. Unterdessen erzählte ich Damian die Geschichte von den Ereignissen im Fahrstuhl in knappen Zügen, wobei ich versuchte auf nicht zu viele Details einzugehen.

»Okay, okay, aber das klingt so, als hättest du nur einen Hauch Blut abbekommen, ich bezweifle, dass es überhaupt ein ganzer Tropfen war, also wird die Wirkung schnell abklingen. Verständlich, dass du dich erschrocken hast, aber so schnell wird man kein Vampir. Da ist schon mehr als Bluttrinken und Beißen erforderlich. Es ist ein kompliziertes Ritual, das nicht einfach aus Versehen geschieht. Du bleibst also ganz die Alte.«

Er schaute dennoch verärgert drein. »Ich werde aber mit Taylor reden, du bist schließlich kein Spielzeug. Er warf zwar Ray vor eifersüchtig zu sein, aber wer sagt, dass es ihm nicht genau so geht. Das ist jetzt aber erst mal egal, wir müssen ins Meeting. Meinst du, du schaffst das?«, fragte er mich und ich nickte schwach.

Ich war es leid, ein Spielball zu sein, die Panik war zwar verschwunden, aber das mulmige Gefühl blieb bestehen.

Damian legte einen Arm um mich und wir gingen von der Lobby aus in einen kleineren Meetingraum. Damian entwickelte sich für mich immer mehr zu jemandem, der einem großen Bruder nahekam. Angestrengt versuchte ich ein paar Mal tief ein und auszuatmen, bevor ich die Klinke runterdrückte. Damians einzigartiger Geruch nach Flieder beruhigte mich zusätzlich.

Taylor, James und Ray traten etwa zeitgleich durch die gegenüberliegende Tür ein. Die Stimmung zwischen Taylor und Ray war immer noch angespannt. Ich setzte mich auf den einzigen freien Platz: zwischen die beiden. Gerade wollte ich Taylor gehörig die Leviten lesen, bis ich bemerkte, dass ich nicht mal den Hauch von negativen Gefühlen ihm gegenüber empfand: keine Wut, keine Vorwürfe, keinen Hass. Ein Seitenblick auf ihn und ich empfand ... Lust? Sofort realisierte ich, was passierte. Diese verdammte Gefühlskontrolle! Ich kämpfte dagegen an und erhob mich, nur um meine Hände energisch um Taylors Hals zu schließen.

»Du blöder blonder ...!« Nach passenden Worten ringend verstummte ich, aber mir fielen nur positive wie Traummann, Herzensbrecher oder Held ein. Ich gab auf und brüllte ihn an: »Warum hast du das getan?!«

»Du hast dir das selbst eingebrockt, dadurch dass du mich gebissen hast. Genieß es einfach das nächste Mal«, sagte Taylor nur schulterzuckend und grinste wieder einmal.

Ich blinzelte verwirrt. Vielleicht hatte er recht?

Ein lautes Knacken ließ mich hochschrecken, ich wandte mich um und sah, dass Ray seine Stuhllehne zerbrochen hatte. Er spielte mit einem fragenden Blick in Richtung Taylor mit einem spitzen Holzstück herum. Unter meinen Händen, die immer noch um Taylors Hals geschlossen waren, spürte ich, wie der schluckte.

»Setz dich wieder, Holly. Ich schwöre, ich werde keinen Schabernack treiben, es war wirklich nur eine kleine Menge Blut und du bist es nicht wert, dass ich mein wertvolles Leben für ein bisschen Spaß aufs Spiel setze. Schließlich kann es der Bluthund neben dir sehen, wenn ich deine Gedanken manipuliere.«

Ich runzelte die Stirn, als ich spürte, wie sich eine bleierne Schwere auf meine Gefühle legte und ich mich beruhigte. Es hatte keinen Sinn, dagegen anzukämpfen.

»Siehst du, ich kann auch Gutes damit tun. Jetzt bist du nicht mehr so aufgebracht«, sagte Taylor mit einem ängstlichen Lächeln in Rays Richtung.

Plötzlich vernahm ich ein Räuspern, welches von einem nervös aussehenden Mann stammte, der uns aufforderte unsere Plätze einzunehmen.

Nachdem ich erschöpft vom ganzen Hin und Her auf meinen Stuhl gesunken war, versuchte ich mich leise weiter meinem Frühstück zu widmen, während die Vampire dem sterbenslangweiligen Vortrag des Mannes lauschten und hin und wieder Anmerkungen einwarfen.

Meine Frage, warum Taylor mich geküsst und mir dabei sein Blut eingeflößt hatte, würde wohl noch warten müssen. Ich versuchte meinen Geist von allen Gedanken zu befreien. Das gestaltete sich schwierig, denn mein Kopf war voll mit neuen Informationen, Beinahe-Küssen, richtigen Küssen und deren blutige Folgen.

Der Abend würde die Hölle werden. Ich konnte ja nicht mal meine eigenen Gedanken, Erinnerungen und Emotionen kontrollieren. Sie tauchten einfach auf: schutzlos und ungefiltert. Ein offenes Buch für Vampire, die mit ein paar Tropfen Blut nach Herzenslust darin stöbern konnten.

Ray griff unter dem Tisch nach meiner Hand und drückte sie kurz. Vermutlich sollte das eine beruhigende Geste sein, doch es bewirkte das genaue Gegenteil, denn es erinnerte mich daran, dass er meine Gedanken las. Die ganze Zeit.

Raus aus meinem Kopf! Hast du nichts Besseres zu tun, als mir die ganze Zeit zuzuhören?, versuchte ich möglichst eindrucksvoll zu denken. Ray verkniff sich ein Lachen. Na toll, ich konnte nicht mal in Gedanken einschüchternd wirken.

Nach dem Meeting – und keinen weiteren Zwischenfällen – ging es nach draußen, wo eine Stretch-Limousine auf uns wartete. Ich quiekte begeistert auf, ich wollte schon immer mal in so einer fahren! Eine wellenförmige Lampe schlängelte sich durch den in Schwarz ausgekleideten Innenraum. Die lange Sitzbank wurde von einer Minibar gesäumt, die einen modernen Carbon-Look hatte.

Im Inneren standen mehrere Flaschen Champagner, doch Ray hielt mich zurück, als ich danach griff. »Du willst auf dem roten Teppich doch nüchtern wirken, oder? Du kannst auf der Aftershow-Party trinken. Ich habe keine Lust, schon vorher mit einer Schnapsdrossel rumzuhängen.«

Ich hatte zwar gehofft meine Gedanken mit Alkohol ertränken zu können, damit er sie nicht mehr lesen konnte, aber er hatte recht. Vermutlich konnten die Biester ohnehin schwimmen.

Also wenn es nach mir geht, dann trink ruhig so viel du willst, ich trage dich gerne später ins Hotel. Aber ich kann dir nicht versprechen, dass du dann in Rays Zimmer aufwachst, hörte ich Taylors Stimme in meinem Kopf.

»Du auch! Raus aus meinem Kopf!«, fauchte ich Taylor an, der mich selbstzufrieden anlächelte. Sein Grinsen erstarb erst, als er Rays bösen Blick bemerkte.

»Sie hat ›auch‹ gesagt, Ray. Vielleicht solltest du dich ebenfalls zurückhalten«, schoss Taylor in seine Richtung.

Je näher wir dem Veranstaltungsort kamen, desto mehr Übertragungswagen und Fotografen zeigten sich am Straßenrand. Ich wischte meine schwitzigen Hände an meinem Kleid ab und ärgerte mich darüber, dass mein Mund so trocken wurde. Was, wenn ich furchtbar aussah? War durch meine Tränen alles verschmiert worden? Was, wenn Bilder von mir aufgenommen wurden, um irgendeine furchtbare Story daraus zu machen?

Ich spürte, wie Ray nach meiner Hand griff. Vermutlich hoffte er mich beruhigen zu können, doch meine Gedanken flackerten nur umso panischer hin und her. Er sagte irgendwas, aber ich verstand es nicht. In meinen Ohren war nur noch ein penetrantes Piepen.

Kurz darauf ging die Tür der Limousine auf, Ray ließ meine Hand los und

Taylor und Damian stiegen aus – direkt ins Blitzlichtgewitter. Sie warfen den Reportern Kusshände entgegen und ich glaubte zu sehen, wie sie anhielten, um Autogramme zu geben.

Als Nächster stieg James aus, dann wären wohl Ray und ich an der Reihe gewesen. Doch Ray legte mir beide Hände an die Wangen und sagte: »Hör mir zu, du musst das nicht machen, wir können hintenrum reingehen.«

Ich nickte und spürte nichts als Erleichterung. Meine Kiefer, die ich fest zusammengepresst hatte, schmerzten leicht, als sie sich entspannten.

Ray zog die Tür der Limousine zu und ich hörte Hände auf dem Autodach, die fordernd darauf einschlugen, in der Erwartung, dass wir rauskamen. Dann fuhr die Limousine wieder los und es kehrte erneut Ruhe ein.

Ich sah Ray tief in die Augen. »Danke«, flüsterte ich in die Stille.

Er nickte nur und lehnte sich in seinem Sitz zurück, als die Limousine abermals anhielt. Diesmal standen jedoch nur ein paar Sicherheitsmänner vor der Tür. Kein Blitzlichtgewitter. Nachdem ich ausgestiegen war, drehte ich mich noch einmal zu Ray. »Du hast was gut bei mir.«

Er lächelte. »Ich bin nur froh, dass du dich beruhigt hast. Du musst eine Sache bedenken, momentan kann ich all deine Emotionen spüren. Für mich bedeutet das auch Stress – aber wir können nicht jedes Mal den Bühneneingang benutzen. Du wirst dich daran gewöhnen müssen. Trotz Fans und Fotografen.« Er drückte meine Hand. Ich nickte hastig und stieg aus.

Wir betraten das Gebäude und liefen durch die mit kaltem Licht beleuchteten Gänge. Ich erinnerte mich an die Fernsehshow, bei der wir uns kennengelernt hatten. Damals hatte ich ihn noch für ein schreckliches Ekelpaket gehalten.

»Ach, tust du das jetzt nicht mehr?«, fragte Ray mit einem Grinsen.

»Raus aus meinem Kopf!«, fauchte ich ihn an, doch er lächelte nur.

»Ich dachte, ich habe was gut bei dir. Ich habe auch schon eine Idee, wie du dich revanchieren kannst. Lass mich dir heute Abend jede Frage stellen, die ich will – die Antwort kann ich aus deinen Gedanken lesen. Ich werde dich dafür auch vor Taylor beschützen.«

Vielleicht war er immer noch ein Ekelpaket.

»Hey!«, lachte Ray und schien sich prächtig zu amüsieren.

Wir durchquerten die Haupthalle, in der eine große Bühne und Hunderte von Stühlen in gleichmäßigen Reihen aufgereiht waren. Dann stieß Ray die Türen zur Eingangshalle auf, aus der bereits reichlich Lärm drang.

Kapitel 7

Schlimmer geht immer

Die Atmosphäre überwältigte mich, überall standen Leute. Es wurde gelacht, getrunken und Häppchen wurden herumgereicht.

Durch die gigantischen Fenster fiel das kühle Blitzlicht der Kameras draußen, ganz im Gegensatz zum warmen Licht innen, das von mehreren Kronleuchtern strahlte. Jeder trug ein wunderschönes Kleid oder einen maßgeschneiderten Anzug. Alles wirkte surreal, wie ein Dali-Gemälde, fast schon zu perfekt.

Ich achtete auf die vielen Gesichter um mich herum und entdeckte einige Berühmtheiten unter ihnen. O mein Gott, war das etwa Mario Contess? Ich hatte einmal für eine Seminarabschlussarbeit ein Porträt von ihm gemalt, aber an das Original kam ich nicht heran.

Zu meiner Linken unterhielten sich Miranda Le Develat und Simon Heat, die Helden meiner liebsten Kinderserie, die mittlerweile gefeierte Hollywood-Ikonen waren. Mir wurde wieder schwindelig. Mein Herz raste und meine Knie wurden weich.

Ich hatte keine Ahnung, wie ich mich unter solchen Berühmtheiten verhalten sollte, ich wollte mich auf keinen Fall blamieren. Das letzte Mal, als ich mit Sam Keith, einem Kommilitonen, in den ich fürchterlich verschossen gewesen war, geredet hatte, war mir statt »Erbsen und Möhren« ein »Erbsen und Mösen« rausgerutscht. Wie würde ich mich also erst im Gespräch mit einer Hollywood-Größe schlagen? Mir wurde klar: Konversation war nicht unbedingt eine Option. Ich würde es eher mit Lächeln und Nicken versuchen.

Doch Ray hatte offensichtlich andere Pläne. Er ergriff meine Hand und egal wie viel Angst und Misstrauen ich ihm noch entgegenbrachte, ich war ihm mehr als dankbar, dass er da war. Er lächelte mich an und ließ seine

Hand zu meiner Hüfte wandern, um mich durch die Menge zu geleiten. Eine Gänsehaut kroch meinen Nacken hoch, mein Körper sabotierte mich mal wieder, so wie alarmierend oft in letzter Zeit, wenn es um Ray ging

»Keine Sorge, wir bekommen das schon hin. Wobei ich einiges dafür geben würde, so einen Versprecher live zu erleben«, flüsterte er mir ins Ohr und seine Lippen streiften mein Ohrläppchen, was mich nur noch nervöser machte.

Natürlich hatte ich schon wieder vergessen, dass er sich NSA-mäßig in meinem Kopf umsah, und ärgerte mich maßlos über meine Unbedachtheit. Vielleicht hatten all die Verschwörungstheoretiker recht und ich sollte mir so einen verdammten Aluhut basteln. Meinen Gedanken folgend schaffte es Ray nur mit größter Mühe, sein Lachen in einem Husten zu tarnen, was ihm noch ein paar düstere Blicke von mir einbrachte.

Er stellte mich diversen Leuten vor und bewerkstelligte es auf wundersame Weise, mich erstrahlen zu lassen. Er komplimentierte meine Erscheinung und schnitt Gesprächsthemen an, bei denen ich leicht einsteigen konnte. Ich gab mir aber auch große Mühe, den ersten positiven Eindruck, den Ray mir verschaffte, nicht direkt wieder zunichte zu machen.

»Was für eine wundervolle Begleitung du heute Abend hast, Ray«, begrüßte uns ein dunkelhaariger, gut aussehender Mann. »Wenn ich mich vorstellen darf, ich bin Miroslav Nideka.«

Ich schluckte und musste ein Quieken unterdrücken, als er meine Hand küsste. Eine Vorstellung wäre nicht nötig gewesen: Miroslav Nideka war einer der bedeutendsten Künstler der letzten Jahrhunderte. Er hatte unter vielen Decknamen jahrhundertelang klassische Gemälde gemalt und war damit bis heute ein Star der Kunstszene. Seine Bilder wurden auf der ganzen Welt ausgestellt und erzielten bei Sammlern Rekordpreise. Ich hatte seine Werke schon lange bewundert, auch wenn ich erst nach der Enthüllung der Vampire erfuhr, dass sie alle von ihm stammten. Angesicht zu Angesicht mit einer solchen Kunstgewalt brachte ich kein einziges Wort heraus.

Ray las anscheinend meine Gedanken und sprang für mich in die Bresche. Er sprach die Worte für mich, die ich vor Aufregung nicht mehr fand. »Guten

Abend, Miroslav. Holly hat mir erst gestern von deinen Bildern vorgeschwärmt. Sie bewundert deine Werke sehr und da sie eine hervorragende Kunststudentin ist, bist du ein großes Vorbild für sie. Aber was führt dich hierher, ich dachte, es ginge heute Abend nur um Film und Musik?«

»Oh, ich habe vor einer Weile an einem kleineren Filmprojekt mitgearbeitet. Es hatte mich gereizt, mein Glück als Regisseur zu reizen.« Miroslav sprach zwar mit Ray, doch er sah mich weiterhin unverwandt an. Ich wollte ihn nicht anstarren, dennoch, ich war wie hypnotisiert.

»Na, das muss ja erfolgreich gewesen sein, sonst wärst du wohl kaum nominiert«, erwiderte Ray ungeduldig.

»Herzlichen Glückwunsch«, brachte ich mit ungewöhnlich hoher Stimme hervor, doch Miroslav winkte ab.

»Noch sind wir nur nominiert, aber wenn wir wirklich gewinnen sollten, dann würde ich dich gerne auf einen Drink einladen. Zur Feier des Tages«, sagte er und lächelte, ehe er noch schnell hinzufügte: »Ray ist natürlich auch herzlich eingeladen.«

»Ich glaube nicht, dass Holly das nach einem für sie so anstrengenden Abend wirklich möchte, wir werden sehen«, sagte Ray. Sein Blick sprach jedoch eine deutlichere Sprache: »Auf gar keinen Fall!«

Kurz darauf verabschiedete er sich unter einem fadenscheinigen Vorwand von Miroslav und zog mich mit sich. Aus den Augenwinkeln fing ich Rays Blick auf, der immer noch in Miroslavs Richtung starrte. War das etwa Wut? Die Eifersucht, die Taylor erwähnt hatte?

»Alles in Ordnung, Ray?«, fragte ich ihn besorgt und er schüttelte den Kopf. »Ich habe schon verstanden. Du möchtest, dass ich nachher nichts mit Miroslav trinken gehe. Bist du etwa eifersüchtig?«, hakte ich nach und ich sah, wie seine Gesichtszüge einen winzigen Augenblick entgleisten.

»Du hast wohl den Subtext dieser Aufforderung nicht so ganz erfasst. Er möchte dich nicht einfach so auf einen Drink einladen, zumindest nicht, ohne sich selbst einen Schluck zu genehmigen«, erklärte Ray und sah mich eindringlich an.

Endlich fiel der Groschen. Mein Gesichtsfeld verschwamm plötzlich und mein Puls schnellte in ungeahnte Höhen. Ray geleitete mich hastig zu einer der mit karminrotem Samt bezogenen Bänke, die an den Wänden aufgereiht waren. Ich zitterte am ganzen Körper.

»Es ist alles gut, Holly, ich habe dich schon entschuldigt. Allerdings wundere ich mich ehrlich darüber, dass du von uns die ganze Zeit annimmst, wir würden von dir trinken wollen, aber sobald dir dein Idol tatsächlich ein Angebot diesbezüglich macht, bist du sogar zu blauäugig das überhaupt zu bemerken.«

Das war wie ein Schlag in die Magengrube. Den hatte ich wohl verdient.

»Wie wär's, wenn du mir vertraust, wenn ich dir sage, es wäre besser, keine Ausnahmen zu machen, was dein Misstrauen gegenüber Vampiren angeht?«

Statt einer Antwort erlaubte ich mir von einem vorbeilaufenden Kellner ein Glas Sekt zu nehmen, um meine Nerven zu beruhigen.

Während wir noch eine Weile auf der Bank verweilten, tätschelte Ray mir beruhigend die Hand. Bis ein lauter Gong ertönte, der die Gäste in den Saal berief. Neben uns tauchten Damian und James auf, nur Taylor blieb verschwunden.

»Taylor macht einer Dame den Hof«, flüsterte mir Damian grinsend zu, bis er meinen verängstigten Gesichtsausdruck auffing. »Was ist denn geschehen?«, fragte er, doch Ray antwortete, ehe ich den Mund aufmachen konnte. »Sie wurde auf einen Drink eingeladen, von Miroslav Nideka.«

»Oh, na ja, wir hätten damit rechnen müssen, dass so etwas früher oder später passiert. Das ist in Vampirkreisen nicht unüblich«, erwiderte Damian mit einem besorgten Blick auf mich.

James dagegen seufzte nur. »Vielleicht sollte sie auf die Einladung eingehen.«

»Bist du verrückt?«, entrüstete sich Damian.

»Nein! Vielleicht käme sie dann mal endlich in der Realität an. Entweder es ist besser oder schlimmer, als sie es sich vorstellt. Hauptsache, dieses ewige Gezittere hört auf. Der ganze Tourbus riecht schon nach Angst. Ich –«

Ray schnitt James mit einem vernichtenden Blick das Wort ab. »Ich möchte so etwas nie wieder von dir hören«, zischte er.

Nach einem eiskalten Blick trollte sich James und Ray und Damian halfen mir aufzustehen.

»Entschuldige James bitte«, sagte Damian mit einem Kopfschütteln. »Er ist kein besonders geduldiger Charakter.«

Meine Gedanken begannen sich jedoch erneut wie ein Karussell zu drehen. War ich wirklich immer noch so nervös? Hatten Ray und Damian nicht bewiesen, dass nicht alle Vampire blutrünstige Monster waren? War ich wirklich die »undankbare Last« oder als was auch immer Maurice, der widerliche Autogrammkarten-Fotograf, mich bezeichnet hatte? Was, wenn ich Ray im Weg stand, gerade jetzt auch »jemandem den Hof« zu machen? Oder »sich einen Drink zu genehmigen«? Fühlte er sich verpflichtet mich hier durch den Abend zu geleiten?

Ich spürte eine Hand an meiner Schulter. »Denk doch so was nicht. Wenn ich gewollt hätte, dann hätte ich dich schon längst stehen gelassen.« Ray grinste schief.

Seine Aussage erinnerte mich jedoch wieder daran, dass er meine Gedanken brühwarm aus meinem Hirn lesen konnte.

»Ray, du solltest nur in ihren Kopf schauen, wenn es wirklich nötig ist. Derzeit besteht keine akute Amok-Gefahr. Nicht dass Holly heute Abend noch weiter verstört wird.« Damian knuffte mich in die Seite. Er bot mir den Arm an, ich hakte mich bei ihm ein und zusammen rauschten wir davon. Ray schickte mir nur einen unergründlichen Blick hinterher.

Wir suchten uns zwei Plätze am Rand der Bühne, während Taylor mitsamt seiner neuen Flamme, Ray und James sich mehr in der Mitte platzierten.

»Solange wir nicht auftreten, dachte ich, du willst vielleicht mal etwas Abstand von den anderen haben.«

Ich nickte dankbar.

»Sie sind zwar immer noch in deinem Köpfchen, aber immerhin musst du ihr Geplapper mal nicht ertragen.«

Während er das sagte, fixierte er Ray und streckte ihm kurz die Zunge heraus. Ich lachte angesichts der kindischen Geste, die so untypisch für Damian war, und wandte mich ihm wieder zu.

»Siehst du, so siehst du gleich wieder entspannter aus«, sagte er und lächelte mich an.

»Ehrlich gesagt bin ich aber immer noch etwas verängstigt. Ich habe das Gefühl, dass ich, seit ich mit euch aufgebrochen bin, noch keine Minute für mich alleine hatte – und jetzt auch noch diese Sache mit Miroslav.«

»Ja, das kann ich verstehen«, bedauerte Damian. »Aber morgen sieht vielleicht alles ganz anders aus. Miroslav wirst du vermutlich so schnell nicht wieder begegnen und ich werde auch noch mal mit Taylor reden, er kann dir nicht einfach seine Lippen aufdrücken. Vor allem da Ray Anspruch auf dich erhoben hat.«

Ich sah Damian verständnislos an. »Er hat WAS?«, flüsterte ich und verschluckte mich an meinem Sekt.

»Na ja, er findet dich anscheinend attraktiv und hat klargestellt, dass alle anderen die Pfoten von dir lassen sollen, solange er seine eigenen noch nicht an dir hatte. Das ist nicht nur unter Vampiren üblich. Allerdings heißt das nicht, dass du da kein Mitspracherecht hast«, meinte er zwinkernd.

Ich sah auf meine Schuhspitzen. Worauf wollte er hinaus?

»Du bist noch sehr jung, Holly, und du bist, im Gegensatz zu uns, vergänglich. Ray ist in gewisser Weise gefährlicher als Taylor oder James, denn er weiß genau, dass er reich, charmant, berühmt und gut aussehend ist. Er weiß auch, dass er dadurch manchmal weiter gehen kann als andere. Er weiß, wie man Menschen und Vampire gleichermaßen um den Finger wickelt, und nutzt dieses Wissen sehr viel eleganter als Taylor. Ich will ihn keinesfalls schlechtreden, ich will nur, dass du vorsichtig bist.«

Ein verschmitztes Lächeln hatte sich auf sein Gesicht gestohlen. War das gerade eine Art Flirt gewesen? Oder doch nur ein gut gemeinter Rat? Ich starrte perplex in den noch immer recht leeren Saal. Was sollte das? Die Türen glitten wieder auf und die Presse wurde vom roten Teppich auf die Ränge geleitet. Sofort versteifte ich mich wieder.

»Keine Sorge«, sagte Damian und ergriff meine Hand so, wie es zuvor Ray getan hatte. »Du wirst dich daran gewöhnen. Ach, und noch etwas. Ich weiß, eigentlich hat Ray dir seinen Begleitplatz für die *Atlantis Awards* angeboten, aber grundsätzlich würde sich natürlich jeder von uns glücklich schätzen, wenn du ihn begleitest.«

Er küsste mir die Hand und lächelte. Ich sah schnell zu Ray hinüber, der ein Gesicht wie zwölf Tage Regenwetter zur Schau trug und mich fixierte. Anscheinend hatte Damian jetzt doch etwas über die Stränge geschlagen.

»Ich habe mich noch nicht entschieden, aber ich glaube, Ray findet es ganz schön vermessen, dass du mir dieses Angebot gemacht hast«, sagte ich schnell und entzog Damian meine Hand mit einem Grinsen.

Er lachte leise. »Ich wollte dich natürlich nicht in Verlegenheit bringen.«

Damian wirkte immer so höflich, ich konnte mir kaum vorstellen, dass er imstande war etwas Böses zu tun. Geschweige denn Menschen zu ermorden, so wie James es getan hatte. Aber vermutlich war genau das die gefährliche Annahme, der schon viele zum Verhängnis gefallen waren. Die Warnung, die er gegen Ray ausgesprochen hatte, ließ mich auch Damian gegenüber misstrauisch werden.

Ich konzentrierte mich auf den Moderator, der gerade auf der Bühne erschienen war. Direkt nach der Vergabe des ersten Preises trat eine stimmgewaltige Sängerin auf. Sie sang eine herzzerreißende Ballade und erntete ergriffenen Applaus. Ich schmolz dahin und tatsächlich kullerte sogar eine Träne aus meinem Auge, als das Lied endete. Damian reichte mir, ganz der Gentleman, ein Taschentuch, welches ich dankend annahm. Es war ein Stofftaschentuch mit eingestickten Initialen: D. G.

Wie wohl Damians Nachnahme lautete? Ich nahm mir vor ihn später danach zu fragen, da er gerade in einem Gespräch mit unserem Sitznachbar vertieft war.

Er tippte mir während der nächsten Preisverleihung auf die Schulter und lehnte sich zu mir. »Du musst mich durchlassen, wir müssen unseren Auftritt vorbereiten«, flüsterte er und ich rückte nach hinten, damit er an mir vorbeigleiten konnte. Er grinste und winkte mir noch mal zu, ehe er bei einem Bühnenzugang verschwand. Ich saß nun allein da und schaute mir meine direkten Sitznachbarn, mit denen sich Damian unterhalten hatte, genauer an.

O mein Gott! Das war doch nicht ... Kaum zu glauben, neben mir saß

Alice' Lieblingsschauspieler Michael Dantis! Sie himmelte den Kerl in jedem Film an, in dem er vorkam. Doch gerade als ich mich erheben und ihn nach einem Autogramm fragen wollte, bemerkte ich, dass er an einem Glas mit dunkelroter Flüssigkeit nippte. Traubensaft war das sicher nicht.

Die Überraschung stand mir bestimmt ins Gesicht geschrieben, mir war nicht bewusst gewesen, wie viele Schauspieler tatsächlich Vampire waren. Es war mir noch nie so klar wie jetzt. Mein Blick schweifte über die Menge und ich sah etliche Gläser, die mit Blut gefüllt waren. Mein Puls beschleunigte sich etwas. Gut, dass die alle versorgt und satt waren, sonst würde das hier vielleicht in einem Blutbad enden. In meinem Kopf hörte ich den Moderator mit einem reißzähnigen Lächeln verkünden: »Das Buffet ist eröffnet, beißen Sie zu, solange der Vorrat reicht!« Ich schüttelte mich, um meine aufwallende Gänsehaut wieder loszuwerden.

Nach zwei weiteren Preisverleihungen und ergriffenen Dankesreden erfolgte nun der zweite Show-Act. *Bloody Mary* hatten ihren Auftritt, sodass ich nicht umhinkonnte aufgeregt in die Hände zu klatschen. Ein dichter Nebel waberte über die Bühne, zwei Wände fuhren ins Off und gaben so den Blick auf Schlagzeug und einen Bass sowie einen Mikrofonständer frei, der ganz vorne an der Kante stand. Dann ertönten die ersten Töne von dem Lied, welches die Band im Studio aufgenommen hatte.

Mit einem lauten Knall landeten alle vier Bandmitglieder von der Decke auf dem Boden, Taylor sogar noch mit der Gitarre in der Hand. Die Menge brach in Begeisterungsstürme aus – was für ein Auftritt.

Ray hatte sich bereits das Mikrofon geschnappt und sah mich an, während er mit dem Fuß im Takt zu der nun immer lauter werdenden Musik wippte. Zumindest glaubte ich, dass er mich ansah. Das Gegenlicht der Scheinwerfer schmeichelte seinen schwarzen, glanzenden Haaren, die noch immer perfekt die Form hielten, in die die Stylisten sie gebracht hatten. Die Herzen der weiblichen Zuschauer flogen ihm geradezu entgegen. *Angeber*, sagte ich in Gedanken – wenn er schon zuhörte, dann würde er auch ein paar Spitzen ertragen müssen. Ich sah ihn grinsen.

Mein Blick wanderte zu Taylor, der mit einer Hand zwischendurch ein paar Kusshände an die Menge verteilte und dabei lasziv lächelte – passend zum Song. Dann sah er mich an und ich hörte in meinem Kopf: *Ich schwöre dir, unseren nächsten Kuss wirst du nicht abbrechen wollen, aber beißen darfst du mich trotzdem gerne – solange ich mich revanchieren darf.*

Ich schüttelte mich vehement und sah Taylor mit einem vernichtenden Blick an. Nur über meine Leiche würde ich ihn noch mal küssen, beißen oder meinen Mund auch nur in seine Nähe bewegen.

Dann, ich konnte mich nicht länger davon abhalten, sah ich wieder zu Ray. Er sah wirklich großartig aus, selbstbewusst stand er auf der Bühne. Mit fließenden Bewegungen tanzte er zum Takt der Musik und verlieh seiner Stimme noch mehr Kraft. Er klang so verführerisch, dass ich Mühe hatte, das Atmen nicht zu vergessen. Seine eisblauen Augen leuchteten in seinem blassen, makellosen Gesicht und sein Körper, wow!

Moment mal, seine eisblauen Augen ... Ich konnte sie nur deshalb so gut sehen, weil er mich ebenfalls wieder fixiert hatte. Natürlich hatte er meine Gedanken zufrieden mitverfolgt: Er feixte übers ganze Gesicht.

Während er die nächste Strophe sang, ließ er den Blick weiter auf mir ruhen und streckte seine Hand aus, um so zu tun, als wolle er mich mit seinem Finger zu sich locken, während er in sein Mikrophon säuselte: »*Girl I swear it will only be lovebites, just follow my voice. In your eyes it's a lost fight, you already made your choice ...*«

Während ich rot anlief, dachte ich darüber nach, was mir heute Abend noch blühte, und hoffte, dass Ray mir nicht zu unangenehme Fragen stellte und Taylor meinen Gedanken fernblieb. Ich schloss die Augen und atmete tief durch, kurzzeitig vergaß ich alles um mich herum, weshalb ich umso mehr zusammenzuckte, als mir jemand an die Schulter tippte. Neben mir, auf Damians Platz, saß eine wunderschöne dunkelhaarige Frau.

Ihr blasser Teint verriet, dass sie ebenfalls eine Vampirin war, doch die aschfahle Haut, die einen reizvollen Kontrast zu ihren Haaren bildete, minderte nicht im Geringsten ihre Schönheit. Möglicherweise war sie ein Model, mutmaßte ich, konnte mich aber nicht erinnern, dass Ray sie mir vorgestellt hatte, bevor die Verleihung losgegangen war.

»Du bist also Holly«, sagte sie und ihre Augen verengten sich zu Schlitzen. Sie musterte mich kritisch.

Ich hatte keine Ahnung, was ich ihr getan hatte, aber ich war mir sicher, dass mit ihr nicht gut Kirschen essen war.

»Was findet Ray nur an dir?«, fragte sie.

Ich sah sie überrascht an. »Gar nichts findet er an mir, also, wir haben nichts miteinander, wenn du das meinst.«

Sie griff nach meinem Kinn und ihre langen Fingernägel gruben sich tief in meine Haut, es tat weh und ich konnte einen Schmerzenslaut nicht unterdrücken. »Aua!«, sagte ich laut, während sie meinen Kopf zwischen ihren spinnenartigen Fingern hin und her drehte.

»Lass die Finger von meinem Mann oder ich schneide dir einen nach dem anderen ab!«, zischte sie mir zu, während ich versuchte mich aus ihren Klauen zu befreien.

»Dein Mann? Ich will doch gar nichts von ihm!«, rief ich noch lauter, in der Hoffnung, dass mir jemand zu Hilfe eilen würde. Einige Köpfe hatten sich bereits zu uns umgewandt. Sie ließ mich los und ich griff mir an die Wangen, die nun sicherlich eine Handvoll halbmondförmige rote Striemen zierten.

»Du bist nur ein Spielzeug für ihn. Wenn er dich allerdings hier so ganz alleine, ohne einen weiteren Schutz als den Blutlink, lässt, dann kann ich auch ein bisschen mit dir spielen. Aber ehrlich gesagt ist mir jetzt schon langweilig. Du bist der wohl unscheinbarste, gewöhnlichste Mensch im gesamten Saal«, sagte sie, bevor eine weitere Stimme sich einmischte.

»Gibt es ein Problem, Madame?«, fragte ein Wachmann, der vermutlich meinen Schmerzenslaut gehört hatte, und ich blickte ihn erleichtert an.

»Nein, ich wollte gerade gehen«, sagte die unbekannte Vampirin und erhob sich, ehe sie, vom Wachmann begleitet, wieder zu ihrem Platz zurückkehrte.

Was war das denn für eine gewesen? Sie hatte Ray *ihren Mann* genannt. Ich rieb mir noch einmal die Wangen und ein Schauder lief mir über den Rücken. Ich würde Ray nachher zu diesem Vorfall befragen, immerhin müsste er alles in meinem Kopfkino mitbekommen haben.

Doch ich blieb nicht lange allein mit meinen Gedanken. Neben mir saß plötzlich ein Mann, etwa 50 Jahre alt, dessen Aussehen man nicht anders als frettchenartig bezeichnen konnte. Auf meinem Nachbarplatz herrschte anscheinend mehr Durchlauf als auf einem Flughafen. Durfte man bei einer solchen Veranstaltung überhaupt so viel herumrennen?

Ich seufzte kaum hörbar. Seine Stimme kam mir vage bekannt vor, auch wenn ich nicht genau wusste woher. Gehetzt ließ er seine Augen durch den Saal wandern, ehe er sich mir zuwandte.

»Hallo, mein Name ist Jason Walkers.« Seine Augen funkelten hinter seinen dicken Brillengläsern. »Ich hätte ein paar Fragen an dich«, setzte dieser Jason an und gab mir nicht mal die Möglichkeit abzulehnen. »Wie kommt es, dass so ein bodenständiges Mädchen wie du mit einer weltbekannten Rockband umherzieht? Kanntest du sie etwa schon vor der Fernsehshow und dem Deal? Bist du Rays One-Night-Stand?«

Ich sah ihn verdutzt an, da erinnerte ich mich, woher ich ihn kannte. Er war der unangenehme Reporter, den wir schon vor dem Hotel getroffen hatten. Ich, ein One-Night-Stand? Von Ray? Ganz sicher nicht. Ich wäre nicht mal ein Ten-Night-Stand.

»Ich habe Ray bis zu diesem Tag nicht gekannt, nur vielleicht mal im TV gesehen. Wenn es um Affären von ihm geht, sollten Sie vielleicht lieber die Frau befragen, die vorher hier saß«, antwortete ich kühl, sehr darauf bedacht, Worte zu wählen, die man mir möglichst nicht im Mund umdrehen konnte.

»Was hast du dann in den vielen Tagen, die du nun schon mit der Band verbracht hast, sonst so gemacht?« Er schob sich die Brille auf der Nasenwurzel nach oben.

»Wir waren einkaufen und in einem Studio, in dem die Band einen Song aufgenommen hat. Außerdem waren wir in einem Fotostudio, dort hat sich die Band neue Autogrammkarten machen lassen, und heute bin ich hier«, erzählte ich überrumpelt und beobachtete die Bühne. Der Moderator bereitete sich auf seine Überleitung vor.

Walkers schien mit dieser Antwort wieder nicht zufrieden zu sein. Er rutschte auf seinem Stuhl herum und kam mir unangenehm nahe. »Warum seid ihr heute durch den Hinter- und nicht durch denn Vordereingang gegangen?«

»Ich bin so ein Blitzlichtgewitter nicht gewöhnt und wurde nervös.« Ich schämte mich meine Schwäche zuzugeben, aber ich wollte auch nicht lügen. Außerdem wäre mir so auf die Schnelle auch keine glaubhafte Lüge eingefallen.

»Aha, also zeigt sich Ray für dich verantwortlich? Ist das alles vielleicht nur ein großer PR-Gag? Bezahlt er dich dafür oder hat er vielleicht echte Gefühle für dich und wollte dich deshalb dabeihaben? Das wäre doch mal eine großartige Lovestory, so cinderellamäßig. Hast du schon mit ihm geschlafen?«

Ich öffnete entrüstet den Mund, doch das Antworten blieb mir vorerst erspart, denn ich hörte Rays kühle Stimme hinter mir. »Hallo, Jason.«

Ich bekam eine Gänsehaut und hoffte, dass er mich niemals in so einem Ton ansprechen würde. Seine ganze Stimme troff vor Ablehnung und Macht. Das war es also, wovor Damian mich gewarnt hatte.

»Ah, Ray, ich habe mich gerade mit deiner kleinen … Freundin hier unterhalten. Das war leider nicht sehr aufschlussreich, aber ich finde schon noch heraus, was du im Schilde führst, alter Knabe. Wenn ihr mich jetzt entschuldigen würdet?« Hastig stand Jason auf und glitt aus der Stuhlreihe, um sich dann eilends davonzumachen.

Ray ließ sich auf Jasons Sessel fallen. Ich spürte verwundert, wie die Anspannung, die mich fest im Griff hielt, langsam von mir abfiel. »Das hast du gut gemacht. Ich hatte schon Sorge, du könntest was Falsches sagen, aber lief ja alles gut.« Er klopfte mir aufmunternd auf die Schulter. »Jason ist ein Arschloch, vermutlich können wir bereits morgen von eurem kleinen Interview lesen.«

Das Herz sank mir in die Hose.

Er schwieg kurz, ehe er sagte: »Das mit Morgana tut mir auch leid.«

»Die Irre? Deine Frau?«, fragte ich mit einem Schaudern.

Er nickte. »Ja, die Irre. Sie ist eine vistresche Prinzessin. Allerdings ist sie nicht meine Frau!« Er rieb sich die Schläfen. »Sie und ihre Eltern haben sich in den Kopf gesetzt mich mit ihr zu verheiraten, seitdem lässt sie mich nicht mehr in Ruhe. Ist aber interessant, dass sie in dir eine Rivalin sieht«, murmelte er belustigt.

»Scheint ja eine richtige Traumfrau zu sein«, meinte ich ironisch und er zog eine Grimasse

»Ich glaube, es liegt in ihren Genen, ihr Vater war bei der spanischen Inquisition. Sie ist sehr direkt, immer unerwartet und wenn sie einmal jemanden in ihren Fängen hat ...«

Ich nickte stumm. »Ich habe ja schon oft von mordlüsternen Groupies gehört, aber bei dir ist das ja durchaus eine realistische Gefahr.«

Er grinste. »Eigentlich haben wir gar nicht so viele Probleme in der Richtung, wie man annehmen würde. Morgana ist da schon was Besonderes. Was mich allerdings viel eher stört, ist, dass sie sich als meine Frau vorstellt.« Den Rest der Preisverleihung verbrachte ich damit, mir Gedanken zu machen, ob ich Jason Walkers etwas gegeben hatte, was er gegen mich verwenden konnte, oder ob ich Morgana noch einmal begegnen würde. In meinem Kopf ging ich die Gespräche immer und immer wieder durch und fühlte mich wie in einer dieser viel zu aufregenden Gerichtssendungen, die Alice so gerne sah.

Ich erntete zum ersten Mal an dem Abend besorgte Blicke von Ray, der versuchte mich zu beruhigen und etwas aufzulockern. Er beschwerte sich darüber, dass ihm das Chaos in meinen Gedanken Kopfschmerzen bereitete. Ich trug meinen Teil dazu bei, indem ich ein Glas Champagner nach dem anderen trank. Als der letzte Preis verliehen wurde, war ich bereits ordentlich beschwipst.

Ich erhob mich von meinem Stuhl und torkelte leicht, weshalb Ray einen Arm um meine Schultern legte, um mir etwas mehr Halt zu geben.

»Keine Aftershow-Party für dich heute. Ich glaub, ich muss deiner besten Freundin mal von deinem Alkoholproblem erzählen.« Ray grinste.

»Ach komm schon, sei nicht so ein Spielverderber!« Ich knuffte ihn in die Seite und war überrascht, dass ich auch ein wenig lallte. Ich kicherte. Wenn mir Anfang des Jahres jemand gesagt hätte, ich würde kurz vor Halloween in den Armen eines attraktiven Vampirrockstars liegen, hätte ich ihn ausgelacht. Moment mal. Attraktiv? Wo war das denn schon wieder hergekommen?

»Keine Widerrede, ich habe Adam herbestellt, um uns abzuholen. Ich weiß genau, dass du dich nur betrunken hast, um deine Nervosität zu ertränken. Du riechst nach Angst und ich höre dein Herz wie wild in deiner Brust schlagen. Du würdest einem Kaninchen alle Ehre machen.«

Er legte mir einen Finger auf die Lippen, um mich zum Schweigen zu bringen, denn ich wollte gerade noch etwas zu meiner Verteidigung hervorbringen. Durch den Nebel des Alkohols meldete sich jedoch mein Verstand zu Wort und gab ihm recht, ich hatte definitiv genug getrunken. Eine noch leisere Stimme merkte an, dass der beschleunigte Puls vielleicht auch nicht nur von der Angst herrührte, doch ich verdrängte sie vehement dorthin, wo sie hergekommen war.

Draußen wartete bereits die schwarze Limousine, das Fenster auf der Fahrerseite war heruntergelassen und Adam schenkte mir ein strahlendes Lächeln. »Oje«, quittierte er nur kurz mein Torkeln, stieg aus und öffnete uns die Tür zum hinteren Teil der Limousine.

Dankbar glitt ich in den schwach beleuchteten Innenraum und ließ mich schwer auf die schwarzen Lederpolster fallen. Ray glitt elegant neben mich und schnallte mich an, dabei kam er mir unangenehm nahe. Ich versuchte Abstand von ihm zu gewinnen, doch er schüttelte nur den Kopf und legte mir eine Hand auf den Oberschenkel, der daraufhin so heiß wurde, als ob er Feuer gefangen hätte. Sein Haar kitzelte mich an der Wange, während er am Gurt rumbastelte.

»Halt still«, verlangte er und ich hielt die Luft an, bis ich endlich das erlösende Klicken des einrastenden Gurtes hörte.

Er schenkte mir ein Glas Wasser aus der Minibar ein. Sein Blick ließ keine Widerrede zu und so trank ich artig aus, auch als er noch mal nachschenkte.

Auf der Verleihung hatte es mich nicht gestört, wenn er mich berührte, aber hier waren wir alleine, ich war angetrunken und das Gespräch mit Damian geisterte mir ebenfalls noch im Kopf herum. Ich sollte mich vor Ray in Acht nehmen.

Wo bist du hin, Prinzessin? Hast du den Ball etwa schon verlassen?, mischte sich eine weitere Stimme in meinem Kopf ein und ich stöhnte auf.

»Taylor«, fluchte Ray und zog sein Handy aus der Tasche. Nachdem er wütend einige Worte mit ihm gewechselt hatte, legte er auf und sah mich an. »Er sollte dich jetzt endlich in Ruhe lassen, aber interessant, dass er eine so große Reichweite hat. Eigentlich ist die auf zwei Kilometer begrenzt.« Kaum hörbar glaubte ich ihn noch »Und du hältst mich für gefährlich« sagen zu hören, bevor ich einnickte.

Halbwegs nüchtern war ich erst wieder nach einer kurzen Dusche im Hotelzimmer. Das kühle Wasser rann über meine Haut und ich putzte mir die Zähne, um die Fahne loszuwerden, bevor ich in etwas Bequemeres schlüpfte. Als ich aus dem Bad kam, saß Ray auf der Bettkante und klopfte mit einer Hand neben sich. »Na, geht's wieder? Hätte nicht gedacht, dass du nur so wenig verträgst.«

Ich nickte. »Danke«, sagte ich und ignorierte den letzten Seitenhieb von ihm. Wenn wir noch länger auf der Verleihung geblieben wären, hätte ich möglicherweise die eine oder andere schwerwiegende Schlagzeile aufgrund einer Schlagseite verursacht. Vielleicht hätte ich Miroslav auf die Schuhe gekotzt oder so etwas. Ray sah mich an und ich verkrampfte mich schlagartig.

»Wovor hast du eigentlich Angst?«, fragte er.

Oh, das war eine leichte Frage, dachte ich sarkastisch. *Vielleicht weil du all meine Geheimnisse aus meinem Kopf klauben kannst?*

Er schüttelte den Kopf. »So funktioniert das nicht. Wenn du nicht an deine Geheimnisse denkst, dann kann ich sie auch nicht sehen.«

Das beruhigte mich nicht wirklich. Wenn jemand sagt: »Denk nicht an rosa Elefanten«, dann dachte man ausschließlich an rosa Elefanten – bei Geheimnissen funktionierte das genauso.

»Also hast du Angst vor dem Gedankenlesen, aber hast du auch Angst vor mir?«, fragte er mich und sah mich fest an.

Ja, lautete die ehrliche Antwort. Ich hatte Angst vor Ray, vor seiner Macht und Kraft, weil ich so gut wie nichts über ihn wusste. Bilder von James'

Geschichte flammten vor meinen Augen auf, er war ein Mörder und lange nicht so alt wie Ray. Damians Worte klangen mir in den Ohren und ich sackte in mich zusammen.

In Rays Augen trat ein reumütiger Ausdruck. »Ich würde lügen, würde ich behaupten in meinem ganzen Leben niemanden getötet zu haben. Fändest du es beruhigender, wenn ich dir versichere, dass wir eine Strafe in einem Gefängnis abgesessen haben? Wir reumütig sind und so was nicht mehr tun wollen und alles daransetzen, nie wieder töten zu müssen? Meine Familie hat ihr halbes Vermögen in das geklonte Blut gesteckt, damit wir Vampire nicht mehr beißen müssen, um uns zu ernähren ... und um Unfälle mit Todesfolge zu vermeiden. Außerdem haben wir jeder mindestens einen Weltkrieg auf dem Buckel. Hast du auch Angst vor allen Soldaten, die in Afghanistan oder im Irak waren? Auch die mussten töten. Oder glaubst du, Damian wäre nicht gefährlich? Er hat möglicherweise sogar die meisten Morde auf dem Buckel, da er sein halbes Leben lang Berufssoldat war. Ich will nicht deine offensichtliche Sympathie ihm gegenüber zunichtemachen, doch wenn er von mir behauptet, ich würde alle um den Finger wickeln, dann kann ich über ihn genauso sagen, dass er Experte darin ist, Vertrauen zu erschleichen. Wir sind alle keine Engel, aber wir sind auch keine Teufel, Holly.«

Ich atmete tief durch. Warum war ihm meine Meinung so wichtig? Oder zumindest wichtig genug, dass er Damians Gerede so übelnahm? Warum würde es ihn stören, wenn ich schlecht von ihm dachte? Nach den *Atlantis Awards* wäre er mich doch ohnehin wieder los.

Ray sagte zunächst nichts, ich ahnte aber, dass er diese Fragen aus meinen Gedanken las, denn ein Lächeln stahl sich auf seine Lippen.

»Ich könnte dir jetzt eine wunderbare Geschichte präsentieren oder behaupten, ich möchte, dass wir eine gesunde und angstfreie Basis haben, um vielleicht eine Beziehung aufzubauen, aber die Wahrheit ist: Irgendwas fasziniert mich an dir. Dein Blut schmeckt übrigens wider Erwarten doch ganz gut, auch wenn es nur A positiv ist. Ich versuche noch herauszufinden, ob ich dich einfach nur ins Bett kriegen will oder ob mehr dahintersteckt.

Aber egal was es ist, du sollst keine Angst vor mir haben oder schlecht von mir denken, denn für beides gibt es keinen Grund!«

Ich sah Entschlossenheit in seinem Blick lodern und er lehnte sich zu mir hinunter. Er würde mich küssen, ich wusste es. Diesmal würde kein Taylor auftauchen und uns unterbrechen. Wollte ich wirklich? Er hatte mir immerhin soeben gestanden, dass er mich vielleicht einfach nur ins Bett kriegen wollte, wie unendlich viele Mädchen vor mir.

»Hey!« Rays Stimme wurde schwer und verführerisch wie goldener Honig. »Ich schlafe sicher nicht mit jedem Mädchen. Ich habe auch meine Standards.«

Ich knuffte ihn in die Seite. Er fuhr mir durchs Haar, während seine Lippen immer noch dicht vor meinen verharrten.

»Wie viele Mädchen?«, fragte ich leise.

Er sah mich nachdenklich an. »Ich werde ehrlich sein: Ich habe nicht mitgezählt, es waren sauviele. Spielt das wirklich eine Rolle?«

Eigentlich nicht. Ich würde ohnehin nichts daran ändern können.

»Dann will ich nur noch eines wissen ...«

Ich versuchte mich zu wappnen, dachte an niedliche Hunde und Katzenwelpen. *Lalalalalalalalala, nein, nein, nein ...*

»Wäre ich einen Kuss wert?«

Egal wie fest ich mich auf etwas anderes konzentrierte, die Frage drang trotzdem zu mir durch und mein Gehirn sabotierte mich, indem es in einem unaufmerksamen Wimpernschlag antwortete: *Ja.*

»Ich werde dich jetzt aber trotzdem nicht küssen«, hörte ich zwar schwachen, kaum hörbaren Protest aus meinem Mund kommen, doch mein Kopf war wie leer gefegt.

»Wer sagt, dass ich es dir erlauben würde?«, flüsterte er mit rauchiger Stimme, doch er wartete diesmal keine Antwort ab, sondern schloss die kleine Lücke zwischen uns.

Als sein Mund auf meinen traf, setzten mein Herz und mein Hirn aus. Seine Lippen waren so weich wie Seide und bewegten sich so sanft auf meinen, dass ich gar nichts anderes wollte, außer mich in diesem Kuss zu verlieren. Meine Hände ließen alle Zurückhaltung fahren und fanden sich in seinem rabenschwarzen Haar wieder, ich machte seine Tolle zunichte und es war mir egal, dass ich in den gegelten Strähnen hängen blieb. Seine Hand lag zärtlich auf meiner Wange. Ich spürte seine Zunge fordernd über meine Lippen streichen und öffnete meinen Mund einen Spalt, um ihn einzulassen. Meine Zunge tanzte mit seiner und ein Geschmack nach wildem Blütenhonig breitete sich in meinem Mund aus.

Dieser Kuss unterschied sich grundlegend von Taylors. Er war anders als jeder Kuss, den ich jemals zuvor bekommen hatte.

Ich ließ meine Zunge in seinen Mund wandern, doch plötzlich spürte ich zwei harte, scharfe Spitzen – seine Fangzähne.

Erschrocken fuhr ich zurück und beendete abrupt den Kuss. Ich atmete schwer und wenn seine Fangzähne mich nicht so sehr verunsichert hätten, dann hätte der Kuss mit Sicherheit auch noch länger angedauert.

Ray hob eine Hand zum Mund und nuschelte: »Entschuldigung … Ich weiß nicht … warum.« Er wirkte verdutzt.

Ich ließ meine Hand auf seine Brust sinken, woraufhin er aufsprang und einen Wimpernschlag später mit Vampirgeschwindigkeit auf der anderen Seite des Zimmers wiederauftauchte. Er griff sich mit der Hand ans Herz. Ich sah ihn mit großen Augen an – hatte ich etwas falsch gemacht? Hatte er etwa einen Herzinfarkt? Konnten Vampire so etwas überhaupt bekommen? Er war schließlich nicht mehr der Jüngste.

Er lachte nervös auf und kam langsam wieder zu mir herüber, nahm meine Hand und legte sie auf seine Brust. Sein Herzschlag ging ruhig und gleichmäßig, anscheinend hatte er sich wieder beruhigt.

Moment mal, sollten Vampire nicht eigentlich tot sein und keinen Herzschlag haben? Ich hatte schon auf seiner Brust gelegen und nichts, absolut gar nichts gehört. Hatte ich mich etwa getäuscht?

In seinen Augen lag Entsetzen. »Scheiße«, sagte er und starrte mich an.

War ich beim Küssen so schlecht gewesen? Die Frage formte sich noch in meinem Kopf.

»Nein, keine Sorge. Obwohl ich es präferieren würde, wenn du beim Küssen keinen Gedanken an Taylor verschwenden würdest.«

Ein verunsichertes Lächeln stahl sich auf sein Gesicht. Das beruhigte mich jedoch keineswegs, denn ich hatte ihn noch nie verunsichert gesehen, und wenn ein 1.000 Jahre alter Vampir unsicher wirkte, dann war die Kacke aber richtig am Dampfen.

»Aber wo wir gerade beim Thema sind ... ich muss ganz kurz mit Taylor sprechen, ich habe etwas ganz, ganz Wichtiges vergessen und es ist mir gerade wieder eingefallen. Wäre das okay für dich?«, fragte er und ich nickte ebenso verunsichert.

Er bat mich gerade um Erlaubnis, um irgendwas zu tun? Ich wischte meine schwitzenden Hände an meiner Schlafanzughose ab. Was war ihm eingefallen, während wir uns küssten? Ich für meinen Teil konnte keinen klaren Gedanken mehr fassen.

Er rannte mit Vampirgeschwindigkeit ins Badezimmer und ich hörte, wie er aufgeregt übers Handy sprach. Durch das Milchglas der Tür sah ich seinen Schatten gestikulieren, obwohl er mühsam versuchte seine Stimme ruhig zu halten. Was zur Hölle war geschehen? Ich sah, wie er auflegte und sich schwer atmend gegen die Wand lehnte, ehe er wieder aus dem Bad kam. Ray setzte sich neben mich.

»Taylor ist auf dem Weg«, sagte er kurz angebunden.

Ich musterte Ray besorgt. Er war noch bleicher als vorher, dabei war ich mir nicht ganz sicher, wie das überhaupt möglich war. »Soll ich gehen?«, fragte ich verunsichert, doch er schüttelte den Kopf.

»Nein, mach dir keine Sorgen und glaub ja nicht, dass ich dich jetzt weniger ins Bett kriegen will«, sagte er und grinste frech.

Meine Gedanken rasten. Ich versuchte das Ganze durch ein Hüsteln zu überspielen. Er schien wieder ganz der Alte zu sein, aber das kaufte ich ihm nicht ab.

»Ich wünschte, du würdest mich nicht nur ins Bett kriegen wollen«, nuschelte ich und pulte am Bettlaken herum. Huch, so viel Ehrlichkeit kam vermutlich nur durch Restalkohol zustande.

Ray erwiderte nichts außer einem tiefen Seufzen. Aus den Augenwinkeln sah ich jedoch, wie er mir noch einen panischen Blick schenkte. So viel dazu.

Schließlich klopfte es an der Tür und Ray sprang auf, um Taylor hineinzulassen. Dieser kam mit langen Schritten ins Zimmer und hatte das erste Mal, seit ich ihn kennengelernt hatte, einen ernsten Gesichtsausdruck aufgesetzt. Ich sah, wie Ray und Taylor ihre Lippen bewegten, aber keine Worte aus ihren Mündern drangen. Zumindest keine, die ich mit meinem menschlichen Gehör wahrnehmen konnte. Woraufhin ich mir fest vornahm Lippenlesen zu lernen.

Nach einer guten Viertelstunde waren die beiden fertig und das Einzige, was ich mitbekommen hatte, war eine Reihe von Nicken und Kopfschütteln.

Taylor wandte sich zum Gehen und stand bereits an der Tür, als er sich noch mal umdrehte. »Ich werde es den anderen mitteilen.«

Ray setzte sich zu mir aufs Bett, nahm noch einmal unsicher meine Hand und legte sie sich auf die Brust. Wieder glaubte ich das dumpfe Pochen seines Herzens zu spüren.

Taylors Blick flackerte, dann sah er mich mit seinem gewohnt süffisanten Lächeln an und warf mir beim Hinausgehen einen Handkuss zu. *Lass dich nicht von ihm ärgern, Prinzessin,* hörte ich seine Stimme noch in meinem Kopf und verdrehte die Augen.

»Alles geklärt?«, fragte ich Ray säuerlich. Warum verrieten sie mir nicht, was hier vor sich ging?

»Jaja, alles in Ordnung. Ist nicht so wichtig«, murmelte er und schenkte mir ein Lächeln.

Haha ...

»Keine Sorge.«

In seinen Augen sah ich kurz wieder Unsicherheit aufflackern. Als ich jedoch etwas sagen wollte, hob er die Hand, um mir Einhalt zu gebieten. »Nein, ich werde dir nicht verraten, was das Problem war, egal wie gern du es wissen willst und egal wie oft mich Taylor oder Damian bitten werden es dir zu erzählen. Vergiss es einfach und zerbrich dir nicht den Kopf darüber.«

Vielleicht kann ich es ihm ja entlocken, wenn wir noch ein wenig miteinander rummachen, so lange, bis sein Blut in etwas tiefere Gefilde rutscht und er etwas unachtsamer ist? Huch, wo war dieser Gedanke denn hergekommen?!

Ray lachte laut auf: »Das würde nicht funktionieren. Aber du darfst es trotzdem gerne versuchen.«

Ich lief purpurrot an. *Raus aus meinem Kopf!*, forderte ich ihn in meinen Gedanken auf, was ihn nur noch mehr zum Lachen brachte.

Ich überlegte hin und her, welches Geheimnis mir Ray so entschlossen verschweigen wollte. Meine Ideen reichten von Vampir-Herpes, welches Taylor nun über mich auf Ray übertragen hatte, zu allergischen Reaktionen und irgendwelchen satanistischen Ritualen, ehe Ray mich unterbrach.

»Bei dem Gedankenstrom bekomme ich schon wieder Kopfschmerzen!«, grummelte er und rollte mit den Augen.

»Dann hör halt nicht hin! Oder verrat mir, was los ist!«, fauchte ich zurück, ehe sich das Zimmer zu verdunkeln begann.

Hatte ich irgendeinen Vampirkodex verletzt? Musste er zum Zahnarzt, weil ich seine Fangzähne berührt hatte? Hatte ich mir seinen Herzschlag oder die Abwesenheit davon nur eingebildet? Hatte er überhaupt ein Herz?

Ray stöhnte auf und ich spürte, wie er sich herumdrehte.

»Kann die Sonne nicht schneller aufgehen?«, murrte er und ich grübelte weiter schweigend, bis mich endlich die Müdigkeit überkam.

Kapitel 8

Der Sonnenkönig der Nacht

Ich schlief diese Nacht unruhig, aber nicht, weil ich einen Albtraum hatte. Viel mehr das Gegenteil davon. Ich träumte von dem leidenschaftlichen Kuss mit Ray und wie es weitergegangen wäre, wenn seine Fangzähne nicht im Weg gewesen wären und er angefangen hatte sich so komisch zu benehmen. In meinem Traum hatte er eine Hand an mein Gesicht gelegt, während eine andere sanft über meinen Hintern strich und eine weitere meine Haare verwuschelte. Ein Stöhnen entfuhr mir.

Ähm ... drei Hände? Ich löste mich von Ray, drehte mich um und sah, dass Taylor hinter mir im Bett lag und mich lüstern anlächelte. »Jetzt bin ich dran«, flüsterte er mit rauer Stimme und ich lehnte mich zu ihm, um meine Lippen auf seine zu drücken.

Mit einem spitzen Schrei fuhr ich schweißgebadet aus dem Schlaf und fand mich im stockdunklen Hotelzimmer wieder. Ich tastete verwirrt und meinen Ekel unterdrückend auf die Seite, wo Taylor in meinem Traum gelegen hatte, bekam aber nichts zu fassen außer dem kühlen Laken.

Als ich dasselbe auf der anderen Seite tat, nachdem ich ein paarmal tief durchgeatmet hatte, stieß ich an Rays kalten und starren Körper. Augenblicklich schreckte ich zurück und wischte meine Hand am Bettbezug ab. Ich versuchte möglichst viel Distanz zwischen uns herzustellen, ohne von der Matratze zu fallen. Ein Blick auf meine Armbanduhr verriet mir, dass er erst in vier Stunden aufwachen würde, wenn die Sonne unterging.

Kopfschüttelnd setzte ich mich auf. Was war denn nur los mit mir? Seit wann träumte ich so etwas? Seit wann hatte ich solche ... lüsternen Gedanken? Anscheinend hatten meine Eltern recht gehabt, als sie sagten, Rockstars hätten einen schlechten Einfluss auf die Jugend. Auch wenn ich sicher war, sie hatten eher die Musik und nicht den direkten Kontakt gemeint.

Ich glitt aus dem Bett, um zum Badezimmer zu tapsen, schaltete die Nachttischlampe ein und blinzelte, bis meine Augen sich an das Dämmerlicht gewöhnt hatten. Ich vermied jeden Blick auf Rays leblosen Körper und mit einigem Gewühl fischte ich ein neues Schlafshirt aus meiner Tasche.

Nachdenklich versuchte ich mich zu beruhigen, während ich meine schweißnassen Klamotten wechselte. Es war ja nur ein Traum gewesen. Für seine Träume konnte man ja bekanntermaßen nichts, oder? Es gab nichts, wofür man sich schämen musste. Das Unterbewusstsein kam eben manchmal auf abstruse Ideen.

Ich wandte mich zögernd um, blickte aufs Bett. Ray lag mit geschlossenen Augen da, als würde er schlafen. Die dunklen, hervortretenden Adern schienen ein Labyrinth aus Mustern zu ergeben, welche meinen Blick gefangen hielten. Ob Vampire wohl auch träumten? Vermutlich nicht. Soweit ich wusste, waren sie schlichtweg tot, sobald die Sonne am Himmel stand. Die Synapsen im Hirn fingen erst nachts wieder an zu feuern.

Ich schauderte. Wenn man es so betrachtete, dann schlief ich Tag für Tag neben einer Leiche. Kein beruhigender Gedanke. Nachdem ich wieder zurück ins Bett gekrochen war, hatte ich redliche Mühe, wieder einzuschlafen.

***

Am Abend wurde ich vom Duft von heißem Kaffee und Croissants geweckt. Etwas überrascht schlug ich die Augen auf, in den vergangenen Tagen hatte Ray gerne mal vergessen, dass ich essen musste.

»Heute steht eine Autogrammstunde an und wir müssen nachher unseren Flug nach Miami bekommen. Aber wir haben noch etwas Zeit, also wird Damian dir seine Lebensgeschichte erzählen«, erklärte Ray und bedachte mich mit einem Blick aus seinen hinreißenden Augen, während ich mich ausgehungert über das Frühstück hermachte. Wenn ich nur wüsste, was bei unserem Kuss wirklich passiert war.

»Verdammt«, meinte er nach einigen Sekunden des gegenseitigen Starrens. »Ich wünschte, ich hätte ein wenig mehr Blut von dir getrunken, dann wüsste ich immer noch, was du denkst. Jetzt muss wohl einfach auf meinem guten alten Charme vertrauen.«

Er zwinkerte mir zu und ich blinzelte verwirrt. Zwei Dumme, ein Gedanke.

»Das wirst du wohl, denn ich werde dir sicherlich keine weitere Kostprobe geben«, stichelte ich, wusste aber, dass die nächste Veranstaltung, bei der ein Blutlink erforderlich war, direkt vor der Tür stand.

Ich spürte, wie mir ein kalter Schauer über den Nacken lief. Wenn Ray immer noch meine Gedanken hätte lesen können, dann hätte er gesehen, was in meinem Traum geschehen war. Peinlich berührt stürzte ich den restlichen Kaffee hinunter und huschte ins Badezimmer. Vor dem Spiegel berührte ich meine Lippen und dachte an die Küsse zurück. Ich schüttelte ungeduldig den Kopf und versuchte die Gedanken zu verscheuchen. Was hatte dieser dämliche Traum nur zu bedeuten? Ich war erschrocken hochgeschreckt, also konnte man ihn zweifelsfrei als Albtraum klassifizieren. Andererseits war ja eigentlich nur Angenehmes passiert. Seufzend verließ ich das Bad.

Im selben Moment klopfte es an der Zimmertür und Ray flitzte durch den Raum, um Damian reinzulassen. Der nickte mir zu, tat so, als lüftete er einen imaginären Zylinder und sagte: »Madame, isch 'abe ge'ört, wir 'aben 'eute Abend eine Verabredung?«

Ich kicherte, als Damian einen französischen Akzent auspackte. Er hatte ein natürliches Gespür dafür, eine angespannte Situation aufzulockern. Ich war neugierig mehr über ihn zu erfahren.

Ray sah von Damian zu mir und wieder zurück, ehe er zögerlich seine Hände auf meine Schultern legte und fragte: »Ich habe noch etwas zu erledigen, glaubst du, ihr kommt alleine klar?«

Doch ehe ich antworten konnte, ertönte ein dumpfes Surren, dann fluchte Ray und zog sein Handy aus seiner Hosentasche. Er fuhr sich mit der Hand durchs Haar und seufzte genervt: »Nicht mal zwei Stunden nach Sonnenuntergang und zwanzig ungelesene Nachrichten von Morgana …«

Selbst schuld, wenn er ihr seine Handynummer gegeben hatte.

Ray stürmte fluchend aus dem Zimmer, vermutlich um die Sache mit Morgana zu klären, und ich ließ bedauernd die Schultern hängen. Er hatte kein Wort über den Kuss verloren. Mein Kopf schwirrte immer noch.

Damian hingegen seufzte und ließ sich in den einzigen Sessel des Zimmers sinken. »Also, wo fangen wir an?« Er runzelte die Stirn und wirkte, als würde er angestrengt nachdenken. »Gut, fangen wir bei meiner Geburt an. Geboren wurde ich 1670 in Frankreich und nein, ich hieß damals noch nicht Damian.« Er zwinkerte mir zu. »Ich heiße eigentlich Diart Armand Grellaume, damals war der Name noch sehr modern. Aber ein moderner Vampir geht ja mit der Zeit, deswegen momentan einfach Damian. Ich hatte ein relativ beschauliches Leben und war der Sohn einer Adeligen am Hof von Ludwig XIV. War ein toller Kerl übrigens. Er hat mich immer um mein fabelhaftes Violinenspiel beneidet.« Ein Schmunzeln glitt über sein Gesicht.

»Jedenfalls hieß der gute Ludwig nicht umsonst Sonnenkönig, der Name war nämlich pure Ironie. Ludwig war ein Vampir. Es war an seinem Hof gang und gäbe, dass hochrangige Adelige wählen konnten eine *créature de la nuit* zu werden.«

Er lächelte und ich sah die Erinnerungen vor seinen Augen aufblitzen. »Ich habe mich sehr spät dafür entschieden, lange war ich kein Freund vom vampirischen Leben, irgendwann wurde jedoch die Verlockung zu stark. Feinste Delikatessen, die schönsten Frauen und Männer. Ludwig hatte ein Faible dafür, exotisches Blut zu kosten. Er experimentierte viel. Er ließ Diener tagelang nur Schokolade essen, um zu ermitteln, ob das Blut dadurch anders schmeckt.«

Ich verkniff mir die Frage, ob diese Experimente erfolgreich gewesen waren, denn ich wollte ihn nicht unterbrechen.

»Letztendlich war das auch sein Todesurteil. Ich weiß nicht genau, wie er es geschafft hat, aber durch irgendwelche chemische Zusätze hat er es geschafft, sich zu vergiften. Selbst die vampirische Selbstheilung konnte ihn nicht retten. Ich glaube, bis heute weiß keiner, was genau ihn umgebracht hat.«

Er hielt kurz inne und runzelte die Stirn. »Dann kam Philippe an die Macht. Er war ein Mensch, was zu einigen Problemen führte. Ich kehrte auf unseren

Familiensitz auf dem Lande zurück und führte dort ein Leben im Verborgenen, mit wenigen Hausdienern, die mir auch als Blutspender dienten. Nachdem Ludwig XV. alt genug war, um den Thron zu besteigen, wurde Philippe abgelöst. Auch wenn Ludwig erst zarte dreizehn Jahre alt war, mehr Kind als König. Zumindest aus heutiger Sicht. Er war besessen von Vampiren, beorderte viele von uns wieder an seinen Hof zurück und er nahm sich eine Vampirin zur Geliebten; eine der berühmtesten, die es wohl je gegeben hat: Madame de Pompadour. Sie haben mich als Musiker immer gern zur Soirée eingeladen ...«

Er lächelte selig in sich hinein, anscheinend war diese Dame nicht nur die Geliebte von Ludwig XV. gewesen.

»Aber zurück zur Geschichte. Ludwig hat die amerikanischen Siedler beim Widerstand gegen England unterstützt, wodurch ich mehrmals nach Amerika entsandt wurde. Dabei habe ich jede Menge nützlicher Kontakte geknüpft. Allerdings ging währenddessen mein Heimatland Frankreich durch Ludwigs zügellosen Lebensstil vor die Hunde. Er täuschte seinen Tod vor und sein Enkel, Ludwig XVI., sollte die ganze Misere zusammen mit seiner Frau, Marie-Antoinette, richten. Ludwig XV. hatte sich derweil nach Amerika abgesetzt. Ich habe ihn vor ein paar Jahrzehnten noch mal getroffen.«

Damian sah mich aufmerksam an und ich hing an seinen Lippen.

»Frankreich stand am Abgrund des finanziellen Ruins, Reformen konnten das Land auch nicht mehr retten. Das Ganze endete in der Französischen Revolution, von der hast du sicherlich auch schon gehört. Bis dahin hatte ich ein lockeres, entspanntes Leben. Nun war ich plötzlich auf einem Schiff auf der Reise nach Amerika, um der Exekution zu entkommen. Die Revolution war zu den französischen Adeligen nicht besonders nett und Bonaparte hatte zudem einen ausgeprägten Hass gegenüber Vampiren. Die Flucht war der einzig richtige Schritt. Bonaparte wurde geradezu zum Vampirjäger und tötete viele meiner Freunde, auch Ludwig XVI. musste letztendlich dran glauben. Geköpft, nicht aufgeknüpft – das hat Napoleon veranlasst, denn durch aufknüpfen stirbt ein Vampir nicht.«

Damian hielt kurz inne und fuhr sich durch die Haare. »Hm, dann sind wir irgendwann um 1790 angelangt ... 1793, meine ich.«

Er schenkte mir ein Lächeln und fuhr dann fort. »Frankreich erklärte den Niederlanden und Großbritannien den Krieg. Ich habe alles darangelegt, um Washington klarzumachen, dass Amerika diesen Krieg überhaupt nicht vertragen würde und sie sich am besten raushalten sollten. Schließlich hatten sie gerade erst die Verfassung angenommen und sich unabhängig erklärt. Für mich war das nur ein Augenblick, für einen Menschen aber ungefähr zehn Jahre. Letztendlich befand die amerikanische Regierung jedoch, dass sie für den Fall eines großen Krieges gerüstet sein sollten und dass sie einen Job für mich hatten: Das *Nightshade Program.*« Er fuhr sich mit der Hand durchs Haar, als würde er überlegen.

»Sie trainierten Vampire, um sie im Falle eines Krieges möglichst taktisch verwenden zu können. Das Programm gibt es bis heute. Ich und einige andere Vampire haben also eine militärische Ausbildung absolviert und durften dafür ein recht zügelloses Leben führen. All unsere Verbrechen wurden vertuscht und wir mussten uns nicht mal anstrengen, um unbemerkt an Nahrung zu kommen. Erprobt wurde *Nightshade* dann bei der Vertreibung der Indianer. Daraufhin wurden wir für viele kleinere Einsätze gebraucht, auch im Krieg gegen Libyen, den wir quasi im Alleingang beendeten.«

Er erwähnte das so beiläufig. Die französische Monarchie war geprägt gewesen durch Vampire, Bonaparte ein Vampirjäger. Die amerikanische Regierung hatte seit Jahrhunderten ein Vampirkämpfer-Programm. Verrückt.

Damian musterte mich durch seine dunklen Haare. »Im ersten Weltkrieg haben wir wirklich gute Arbeit geleistet. Bis auf mich natürlich, denn ich habe James zum Vampir gemacht. Es war eigentlich eine Aufklärungsmission, aber er hatte mich so beeindruckt mit seinem Überlebenswillen ...« Er stockte kurz. »Manche Menschen haben einfach eine zweite Chance verdient. Einen Silberstreif, um dem Tod zu entkommen.«

»Wie viele Menschen hast du zu Vampiren gemacht?«, flüsterte ich beinahe unhörbar. Ein Mensch hätte vermutlich nicht ein einziges Wort verstanden, aber Damian hatte ja sein Vampirgehör.

»Sechs«, sagte er. »Vier davon sind noch am Leben. Moniachi, Ninette, Raphael und James«, erklärte er voller Stolz, wie ein Vater, der von seinen Kindern erzählte. In gewisser Weise traf das ja auch zu.

»Erzähl mir von ihnen. Also natürlich nur, wenn du möchtest.«

»Moniachi ist eine Sauk-Indianerin. Bei ihr lief das ähnlich ab wie bei James, sie hatte Feuer. Griff mich an, obwohl sie wusste, dass das ihren Tod bedeuten würde. Sie hasst mich bis heute, aber mit ihrem ewigen Leben ist sie glücklich. Sie lebt irgendwo in der Gegend um Chicago und betreibt dort eine Bar. Ninette und Raphael waren Zwillinge, sie wurden noch als Menschen fürs *Nightshade Program* rekrutiert. Sie unterstanden meinem Befehl und sind zwei sehr treue Seelen. James kennst du ja.«

Damian runzelte die Stirn. »Ich weiß, dass James dir auch von seinen Eskapaden erzählt hat. Ich war für ihn verantwortlich, habe aber darauf vertraut, dass er alleine klarkommt ... Immerhin war er auch aus vampirtechnischer Sicht kein Jungvampir mehr. Irgendwann kriegt es jeden von uns. Ich konnte meine Blutsucht immerhin während der Einsätze ausleben, aber James hatte diese Möglichkeit nicht.« Damian schüttelte seufzend den Kopf. »Urteile bitte nicht vorschnell über ihn. Ich habe quasi meine Aufsichtspflicht als Schöpfer verletzt, als ich ihn nach den Zwanzigern alleine ließ. Ich bin zurück nach Europa gereist, in mein geliebtes Frankreich.«

Er seufzte. »Durch meine Erfahrung sowohl im Bau als auch im Militärbereich half ich bei dem Bau der Maginot-Linie. Das ist eine Reihe von Bunkern«, erklärte er, als er meine fragende Miene sah. »Der zweite Weltkrieg brach an und ich wurde eingezogen, um das französische Vampirkämpfer-Programm zu unterstützen. Leider war dieses nicht mal halb so gut wie das in Amerika. Wir waren nur eine Handvoll und viele der Vampire noch sehr jung, was nicht weiter verwunderlich war, nachdem alle Alten entweder umgekommen oder geflohen waren. Frankreich unterlag den Deutschen im Krieg. Gott sei Dank hielt dieser Zustand nicht zu lange an und bald ging alles wieder seinen gewohnten Gang.« Er schüttelte genervt den Kopf.

»Ich hatte jedoch die Geduld mit Frankreich verloren, manchmal bin ich immer noch enttäuscht von meinem Land und den vielen unfähigen Führern, die es hatte. Ich begann ein kleines Unternehmen aufzubauen. Wir spezialisierten uns auf den Transport von Vampiren, früher war das noch gar nicht so einfach, schließlich gab es da noch keine lichtdichten Flugzeuge oder Schiffskabinen. Dadurch dass ich selbst mehrmals in den Genuss von ziemlich schlecht durchgeführten Transporten gekommen bin, war es mir mehr oder minder eine Herzensangelegenheit, bevor ich nach Vistren zog und James wieder zu mir holte.«

Er sah auf seine Uhr. »Ich fürchte, wir müssen diese kleine Geschichtsstunde jetzt auch beenden, sonst kommen wir noch zu spät und Ray tut mir Gott weiß was an, weil er denkt, wir haben sonst was gemacht.« Er grinste.

Ich hatte noch so viele Fragen an ihn und war nicht gerade glücklich über das abrupte Ende. Das sah er mir wohl an, denn er hob abwehrend die Hände und stand auf.

»Glaub mir, das wollen wir beide nicht. Einen Kampf gegen Ray würde ich haushoch verlieren, trotz meiner professionellen Kampfausbildung. Du kannst froh sein, dass er auf dich aufpasst.«

»Warum beschützt er mich? Nur weil ich sein Gast bin?«, fragte ich verwirrt.

»Das solltet ihr untereinander klären, ich mische mich da nicht ein«, sagte er schlicht und ich folgte ihm aus dem Zimmer. Er ging langsam, damit ich Schritt halten konnte, machte aber durch seine abweisende Miene klar, dass er zu Ray keine weitere Auskunft geben würde.

»Ray meinte, heute steht eine Autogrammstunde in einem Einkaufscenter an? Ich dachte immer, so was machen nur B-Promis?«

Damian lachte. »Das Einkaufscenter gehört einer Nichte von Miss Natrisha, deswegen machen wir das. Ich bin gespannt, wie du dich schlagen wirst. Wenn dir die Leute zu aufdringlich werden, gib mir einfach ein Zeichen.«

Ich sah ihn irritiert an. Wieso sollten sie denn mir gegenüber aufdringlich werden? Ich war immerhin kein Rockstar.

Wir verließen das Hotel. Die Hotelsecurity hatte Absperrungen aufgebaut, an denen sich Reporter gegenseitig schubsten und drängelten. Ich wurde nervös und strauchelte über meine eigenen Füße. Sie riefen zu uns herüber und ich sah jede Menge Lichter blitzen, doch Damian lächelte, winkte mit einer Hand und griff meine, ehe er beschwingten Schrittes zu der wartenden Limousine eilte und mich hineinbugsierte.

»Hey, Holly, du siehst blass aus. Alles in Ordnung?«, hörte ich Adams Stimme und sah, wie er mich väterlich im Rückspiegel beäugte.

»Ja, alles okay, keine Sorge«, gab ich stockend zurück und schenkte ihm ein schwaches Lächeln, das von Herzen kam.

»Geben die Jungs dir auch genug zu essen? Oder muss ich dich wieder ausführen?«

»Ray hat mir heute Morgen ein köstliches Frühstück bestellt«, erwiderte ich und der Gedanke an die liebevolle Geste weckte ein warmes Kribbeln in meinem Bauch.

Dann schnitt Adam jedoch das Thema an, welches ich am liebsten vergessen hätte. »Hör mal, Damian hat mir von der Sache mit Taylor und Ray erzählt ... Das mit den Küssen.«

Ich funkelte Damian an, dieser hob aber nur abwehrend die Hände und meinte: »Ich dachte, er erfährt es lieber von mir.«

Adam seufzte tief. »Es tut mir leid, ich weiß nicht, was in die beiden gefahren ist. Vielleicht zu viel Testosteron? Jedenfalls solltest du versuchen ihnen das nicht zu übel zu nehmen.«

Er hatte ja recht, aber mein Kopf schwirrte noch ziemlich von dem Tohuwabohu. Ich war schon froh, dass Ray oder Taylor nichts Schlimmeres mit meinen Gedanken angestellt hatten, aber erst die Küsse und dann dieser seltsame Traum. Ich war nicht der Typ, der sich in zwei Leute gleichzeitig verknallte. Oder auch nur davon träumte. Vor allem konnte ich mir nicht vorstellen Gefühle für Taylor zu entwickeln.

Plötzlich dachte ich zurück an das, was Damian mir zum Blutlink erklärt hatte: *Er kann dir Gedanken in deinen Kopf einpflanzen.* Gedankenmanipulation! War der Traum womöglich gar nicht meinen eigenen Gedanken entsprungen? Hatte Taylor sich in meine Träume geschmuggelt?

Wut kochte in mir hoch. Was fiel ihm ein sich einfach so in meine Träume zu stehlen? Für einen Moment überlegte ich, ob ich Ray davon erzählen sollte, damit er Taylor zu Hackfleisch verarbeitete, verwarf den Gedanken aber schnell wieder. Ich würde ihn selbst zur Rede stellen und das ganz alleine lösen. Wenn die Jungs mich nicht belogen hatten, dann waren meine Gedanken jetzt ohnehin kein Allgemeingut mehr.

Außerdem war das mit Sicherheit die letzte Situation, bei der ich Taylors Blut in meinen Adern gehabt hatte.

Kapitel 9

Träume sind Schäume

Die Limousine hielt vor dem Einkaufscenter. Größer als das, in dem die Band und ich meine Reisesachen gekauft hatten. Auch schienen deutlich weniger Luxusmarken vertreten zu sein. Viele Frauen unterschiedlichen Alters drängelten sich rücksichtslos an zwei großen Eingangstoren. Die tobende Meute war sogar durch die verschlossenen Fenster deutlich zu hören. Die Tür der Limousine wurde geöffnet und ein Mann in einem dunklen Anzug streckte den Kopf zu uns herein.

»Madame Bane? Monsieur Grellaume? Wir haben den Hintereingang für Sie geräumt und das Catering vorbereitet. Mein Name ist Jeanne Guiette und ich werde heute Nacht ein schützendes Auge auf Sie haben.«

Wir folgten dem hünenhaften Mann in das Gebäude, vorbei an der Schlange von wartenden Fans, die laut zu johlen begannen, als sie Damian erkannten. Ich glaubte auch ein paar vulgäre Angebote zu hören. Er lächelte nur und winkte, was jedoch dafür sorgte, dass sich einige der jungen Frauen ergriffen ans Herz packten und noch lauter kreischten.

Mich dagegen bedachten sie mit desinteressierten, neugierigen oder fast mordlustigen Blicken, die mir das Blut in den Adern gefrieren ließen. Ich sah zu, dass ich mich dicht an Jeanne und Damian hielt, und vergrub die Hände tief in den Taschen, um das Zittern meiner Finger zu verbergen.

Nach einigen schmalen weißen Gängen, die sich endlos unter dem Einkaufscenter zu erstrecken schienen, hielt uns Mike eine schlichte weiße Tür auf und wir traten in einen kleinen, ungemütlichen Raum ein.

Mir fielen fast die Augen aus den Höhlen und ich hätte mich am liebsten auf dem Absatz herumgedreht. Der Raum war vollgestopft mit halbnackten Menschen, Männern und Frauen, die nichts weiter anhatten als Bikinis oder Unterwäsche! Ich schlug die Hände vors Gesicht und drehte mich weg.

Musik dröhnte aus einem Paar Boxen und begleitete das fröhliche Geschnatter der ... Gäste? Was war das? Eine riesige FKK-Party? Ein geheimer Swinger-Club?

Vorsichtig lugte ich zwischen meinen Fingern hervor. Inmitten dieses Chaos waren James, Taylor und Ray und jeder von ihnen hatte eine, Taylor sogar zwei Damen im Arm oder auf dem Schoß sitzen und sie tranken von ihnen. Viele der Menschen, die nur herumstanden, miteinander tanzten oder redeten, hatten Bisspuren an diversen Körperteilen. Die ganze Szene wirkte absurd und unecht.

Ich sah angeekelt, wie Ray seine Zähne in den Hals einer hübschen Blondine schlug, welche auf seinem Schoß saß. Dann bemerkte er mich, schob die völlig weggetretene Frau beiseite und sprang auf. »Ihr solltet sie in den Nebenraum bringen!«, hörte ich ihn über die Musik hinwegbrüllen.

Entsetzt wich ich zur Tür zurück und stürzte aus dem Raum. Ich zitterte und spürte, wie das Blut in meinen Beinen versackte, und vernahm das mir inzwischen so vertraute Rauschen in den Ohren. Mein Magen machte einen Satz und beißender Gallensaft stieg meine Speiseröhre empor. Panisch machte ich mich auf die Suche nach einer Toilette, welche ich glücklicherweise nur zwei Türen weiter fand. Mit wohltuender Heftigkeit übergab ich mich und mein Frühstück war komplett hinfällig.

Meine Beine versagten den Dienst, ich setzte mich vor die Schüssel. Zwar hatte ich früher oder später irgendwas Verstörendes erwartet, war aber trotzdem überrascht. Ich begann heftig zu weinen. Mein Körper erzitterte unter dem heftigen Schluchzen. Langsam ließ ich meinen Kopf in meinen zitternden Händen ruhen und atmete tief durch, als der erste Tränenstrom versiegte.

»Holly?«, hörte ich eine vertraute Stimme. James. »Was ist denn nun schon wieder los? Ray hat mich losgeschickt, um nach dir zu sehen«, fragte er mich säuerlich, als ich aus der Kabine lugte, das Gesicht hinter meinen Haaren verborgen.

Seine sonst aschfahlen Wangen hatten einen etwas gesünderen Farbton angenommen und waren nun blassrosa. Vermutlich von dem vielen Blut.

»Dass Vampire Blut trinken, sollte doch nichts Neues mehr für dich sein. Dass wir lieber aus Frauen- als aus Flaschenhälsen trinken, sollte dir dank Miroslav auch klar sein«, meinte er ungeduldig und verschränkte die Arme vor der Brust.

Ich rang nach Worten und stammelte: »Aber ihr habt bisher nur aus Flaschen getrunken.« Verzweifelt sah ich ihn an und biss mir auf die Lippe. Es war eine völlig absurde Illusion meinerseits gewesen.

James lachte laut auf und es schüttelte ihn geradezu. »Holly, ist das dein Ernst? Das geklonte Blut in allen Ehren, aber es schmeckt nun mal richtig scheiße, und wenn wir Zugriff auf so vorzügliche, freiwillige Spender haben, dann werden wir diese immer bevorzugen. Du würdest doch auch lieber Kuchen essen statt Knäckebrot, oder?«

Ich schnaubte und spürte, wie mir wieder Tränen in die Augen stiegen. »Wer zur Hölle würde sich denn freiwillig als Zapfanlage hergeben?«

James grinste mich an. »Oh, wie du siehst, so einige. Die Spender haben schließlich auch etwas davon.« Er wandte sich zum Gehen. »Kommst du? Ray hat gesagt, ich soll dich zu deinem Essen bringen, er ist noch beschäftigt.«

Langsam erhob ich mich, meine Beine waren noch immer zittrig. Als ob ich meinen Appetit nicht spätestens jetzt wieder verloren hatte.

»Was zahlt ihr den Spendern?«, fragte ich und versuchte irgendeinen Grund zu finden, warum jemand so was tun sollte.

»Gar nichts«, sagte James, ohne sich umzudrehen. »Ray hat es dir also wirklich noch nicht gezeigt. Wenn wir einen Menschen beißen, dann können wir bestimmen, welche Emotion das bei ihm auslösen soll. Den besten Rausch ohne Nebenwirkungen, Freiheit von allen Sorgen, den Orgasmus ihres Lebens ...«

Na wunderbar, dann war ich also geradewegs in eine Orgie reingestolpert. Der Gedanke sorgte dafür, dass sich mir erneut der Magen umdrehte. Ein Würgen entfuhr mir und ich hechtete wieder zum Porzellanthron.

»Mach hinne«, forderte James genervt.

Als ich endlich fertig war und mit unsicheren Schritten an ihm vorbei in den Gang treten wollte, packte er mich plötzlich am Arm. Reflexartig versuchte ich ihn wegzuziehen, verringerte so aber nur den Abstand zwischen uns. Er schnupperte an mir, dann strich er mir die Haare aus dem Gesicht. Ich musste fürchterlich aussehen, meine Augen waren sicherlich verquollen vom vielen Weinen und mein Make-up war vermutlich verlaufen.

Er sah mich an und in seine Augen trat ein sanfterer Ausdruck. »Ich habe es geahnt ... Holly, du solltest dich sauber machen. Ich warte hier.«

Perplex wich ich zu einem der Waschbecken zurück. Wenn James so reagierte, musste ich vermutlich aussehen wie eine Wasserleiche. Ich sah in den Spiegel und betrachtete mein verheultes, verschmiertes Gesicht.

»Es tut mir leid, ich ...«, setzte James an, der von einer Sekunde auf die andere peinlich berührt wirkte, ehe er sich wieder fasste. »Ich wollte dich nicht zum Weinen bringen«, erklärte er ernst und ich sah, wie er seine Hände knetete. Hatte er etwa ein Problem mit weinenden Frauen? Mit einem Tuch wischte ich das restliche Make-up fort und brachte anschließend meine Haare in Ordnung.

James betrachtete mich eine ganze Weile lang schweigend. »Du erinnerst mich so verweint an Viola«, sagte er leise. »Viola war meine kleine Schwester«, erklärte er auf meinen fragenden Blick im Spiegel hin.

Er konnte sich also besser an seine Schwester erinnern, als er zunächst zugegeben hatte. Ich gewann den Eindruck, dass James von so einigen Erinnerungen verfolgt wurde, die er gerne vergessen hätte. Sein Verhalten war zwar grob und abweisend, aber ich wurde das Gefühl nicht los, es steckte mehr dahinter als pure Arroganz. Es war nicht so, als würde er nicht wissen, wie sich Menschen fühlten, sondern als wollte er es vergessen.

Nachdem ich fertig war, wandte er sich ohne ein weiteres Wort zum Gehen. Diesmal packte ich ihn am Arm und erschauderte, als ich die eiskalte Haut unter meinen Fingern spürte. Ich ließ jedoch nicht los. »Danke, James«, sagte ich und legte alles Mitgefühl, zu dem ich fähig war, in meinen Blick. Er schenkte mir ein schwaches Lächeln.

»Ich werde dein Essen rausholen und in den Nebenraum bringen«, sagte er steif, als wir die unheilvolle weiße Tür wieder erreicht hatten.

»Nein«, sagte ich matt, legte dann aber noch einmal nach, als ich seinen zweifelnden Blick sah. »Nein, für euch ist das normal. Es hilft nicht, wenn ich für immer Angst vor euch und eurer Lebensweise habe. Ich esse mit euch zusammen oder gar nicht«, erklärte ich mit schwacher Stimme.

James drückte mit einem *Du-hast-es-so-gewollt*-Blick die Türklinke nach unten, der sanfte, nachsichtige Ausdruck in seinem Blick war so schnell verflogen, wie er gekommen war.

Ich folgte ihm und versuchte den Blick fest auf den Boden geheftet zu lassen, bis James mich an einen Tisch geführt hatte, auf dem ein Plastiktablett mit einem Salat und einigen Sandwiches stand.

»James, du solltest sie doch –«, hörte ich Ray sagen, bevor James ihn unterbrach: »Sie wollte das so.«

Ich setzte mich schweigend und mein Blick brannte fast Löcher in die Salatschale, so angestrengt versuchte ich möglichst wenig von der Szene um mich herum aufzunehmen. Die Geräusche ließen sich jedoch nicht ganz so leicht ausblenden. Ich hörte ein Lachen, dann ein kurzes, schmatzendes Geräusch und hob automatisch die Hand zum Mund, um ein Würgen zu unterdrücken. Der metallische Geruch von Blut lag überall in der Luft. Ob ich mich jemals an die Eigenarten von Vampiren gewöhnen würde? Ich versuchte mich zu beruhigen. *Es ist ja nicht von Dauer, nur für ein paar Wochen, danach bist du das alles wieder los.*

Das leise Stöhnen der Blutspender schien trotz der lauten Musik unnatürlich laut zu sein. Noch immer fixierte ich meine Schale, die traurig wirkenden Salatblätter, die zu lange im Dressing gelegen hatten. Ich sah nicht einmal auf, als ich bemerkte, dass sich jemand mir gegenüber niederließ.

»Hey, Holly«, hörte ich Taylors Stimme. »Ich würde mich ja für gestern entschuldigen, aber es tut mir ehrlich gesagt nicht im Geringsten leid. Ich würde es jederzeit wieder tun. Vorausgesetzt, du rammst mir nicht wieder dein Knie in die Eier.«

Er lachte und ich spürte, wie mein Gesicht heiß wurde.

»Wenn dir deine Kronjuwelen lieb sind, würde ich das an deiner Stelle tunlichst lassen. Hast du gerade nicht genug Blut bekommen, dass du dich hier hinsetzt und so etwas vom Stapel lässt? Du solltest aufpassen, dass ich dich nicht wegen Gedankenvergewaltigung verklage!«

Meine Nerven lagen blank, deswegen fiel meine Erwiderung überraschend aggressiv aus. Aber wenn ich eine Sache noch weniger wollte, als inmitten eines *All-you-can-eat*-Blutbuffets zu sitzen, dann war es, mit Taylor zu reden. Nicht nach meinem Traum. Ich sah ihn mit dem bösesten Blick an, zu dem ich fähig war, doch er lächelte nur und seine Augen wurden schmaler.

»Bist du etwa eifersüchtig?« Er hatte meine schlechte Laune offensichtlich missinterpretiert und leckte sich die Lippen. »Ich könnte problemlos noch ein paar Schlucke vertragen, glaub mir, es würde dir gefallen. Ich kann es kaum abwarten zu hören, wie du meinen Namen stöhnst.«

Ich stand auf und meine Gabel fiel klirrend zu Boden. Ich zitterte, diesmal aber nicht vor Angst, sondern vor Wut. Er war zu weit gegangen. Die Erinnerung an meinen Traum flackerte wieder vor meinen Augen auf.

»Davon kannst du lange träumen!«, brüllte ich ihn über den Tisch hinweg an. »Ach, und wo wir gerade bei Träumen sind, wag es ja nicht, mir noch mal irgendwelche schlüpfrigen Träume mittels dieser kranken Gedankenmanipulation einzupflanzen! Warum gibt es das überhaupt? Wenn du mein Blut trinkst, dann kannst du meine Gedanken lesen, und wenn ich deins trinke, dann kannst du meine Gedanken manipulieren? Was für eine grenzdebile Situation, bei der man als Mensch nur verlieren kann! Wieso hat die Natur so etwas vorgesehen?!«

Im Raum war es angesichts meines Gefühlsausbruchs totenstill geworden. Ich hatte in meiner blinden Wut völlig vergessen, dass wir nicht alleine waren. Jemand hatte die Musik der Anlage ausgeschaltet. Eine drückende, sich aufblähende Stille senkte sich auf uns.

»Soso, du hattest also einen perversen Traum mit mir?« Taylor lehnte sich ungerührt über den Tisch hinweg zu mir herüber und ich funkelte ihn wütend an.

»Interessant«, schmunzelte er. »Vielleicht ist dir dieser kleine Logikfehler entgangen, aber ich bin tagsüber mausetot und habe keine Möglichkeit, deine Träume zu manipulieren. Das kann ich nur, wenn ich wach bin. Aber ich scheine dir auch so oft genug durch den Kopf zu gehen.« Er lächelte mich an und drehte sich weg, um den Raum zu verlassen, allerdings nicht ohne noch eine junge Brünette mitzunehmen, die ihn verzückt anlächelte.

Es fiel mir wie Schuppen von den Augen. Natürlich! Wenn Taylor den Traum verursacht hätte, wäre Ray sicherlich nicht darin vorgekommen, sondern ausschließlich er. Außerdem wäre ich dann auch nicht panisch hochgeschreckt.

Meine Hände krallten sich in den Tisch.

Ich lief feuerrot an und mein Blick suchte den von Ray, welcher mittlerweile seine Mahlzeit beendet hatte und nun kritisch eine Augenbraue anhob. Damian sah mich mit einer Mischung aus Mitleid und Verwirrung an, während er das Handgelenk eines jungen Mannes festhielt, welcher zu seinen Füßen saß und ihn anhimmelte. James hingegen schien sich nur mit Mühe ein Lachen verkneifen zu können und fand diese Situation wohl saukomisch.

Ich hob die Gabel auf, setzte mich zurück auf meinen Stuhl, während ich nun nur noch lustlos in der Salatschale herumstocherte. Das war kein Fettnäpfchen, sondern eine ganze Fritteuse, und ich war geradewegs hineingestolpert und darin verbrutzelt!

Mein Ausbruch hatte nicht nur für ein beklemmendes Gefühl in meiner Brust gesorgt, sondern in mir auch wieder die Frage aufgerüttelt, warum ich solche Träume von Taylor und Ray hatte. Ich wäre am liebsten im Erdboden versunken – wieder einmal.

Ich sah erst wieder hoch, als ich hörte, wie sich jemand hinter mir räusperte. Es war Ray. »Komm, wir müssen«, sagte er tonlos und wandte sich zur Tür.

Ich wünschte, er würde mehr sagen. Ich wünschte, er würde irgendetwas sagen. Ich wäre sogar froh gewesen, wenn er mich angeschrien hätte. Die Auseinandersetzung mit Taylor hing schwer auf meinem Gemüt. Ich hatte in meinem Leben noch nie eine peinlichere Situation ertragen müssen.

»Ich …«, setzte ich zu einer Rechtfertigung an, verstummte dann jedoch wieder, fuhr mir mit der Hand durchs ohnehin schon verwuschelte Haar.

Ray sah mich interessiert an, wirkte aber nicht verärgert. Vermutlich war es ihm komplett egal, was ich träumte. Ich sollte aufhören irgendwas in seine netten Gesten und diesen einen Kuss zu interpretieren. Obwohl ich eigentlich erwartet hätte, dass er Taylor in einer solchen Situation den Kopf abriss, tat er es nicht. Hatte unser Kuss etwas an seinem vorherigen, besitzergreifenden Verhalten verändert? Mir sank das Herz in die Hose.

»Was ist?«, fragte Ray ungeduldig. »Geht es um deine Träume mit Taylor? Willst du meine Meinung dazu hören?« Er hatte es mit seiner Frage auf den Punkt gebracht.

»Ja«, flüsterte ich und vermied es, ihn anzusehen.

»Also es ist mir egal, was du tagsüber so treibst oder träumst«, bestätigte er meinen Verdacht. »Aber ein bisschen enttäuscht bin ich schon, dass du nicht lieber von mir geträumt hast«, sagte er und sah mich kühl an. In seinen Augen sah ich Enttäuschung aufblitzen.

»Ich habe auch von dir geträumt!«, beeilte ich mich die Situation klarzustellen und schlug mir eine halbe Sekunde später aus Entsetzen die Hände vor den Mund. Hatte ich das gerade wirklich gesagt?

Ray sah mich mit großen Augen an und begann dann lauthals zu lachen. »Du hast von uns beiden geträumt? Gleichzeitig oder nacheinander?«, fragte er nun mit einem belustigten Unterton. »Das hatte ich dir gar nicht zugetraut, vielleicht bist du doch nicht so prüde und verstockt, wie ich dachte.« Er lachte immer noch leise vor sich hin, während ich mich am liebsten in Luft aufgelöst hätte.

Ich ballte die Hände zu Fäusten. »Also zuerst einmal, es war nur ein Traum. Das war mein Unterbewusstsein! Ich kann nichts dafür! Wenn ich das steuern könnte, dann würde keiner von euch beiden darin vorkommen. Aber warum hast du Taylor, als er mich gestern geküsst hat, beinahe umgebracht und jetzt ist es dir völlig egal, dass ich von ihm geträumt habe?«, fragte ich und vermied es weiterhin, ihn anzusehen.

»Ich kann es ohnehin nicht beeinflussen. Noch mal zum Mitschreiben: Es ist mir egal, wenn du mit Taylor flirtest, von ihm träumst oder mit ihm rummachst, aber wenn Taylor dich gegen deinen Willen küsst, dann geht mich das schon was an. Du bist mein Gast und Taylor ist der Stärkere von euch beiden, er sollte es besser wissen. Ich nehme ernst, was ich dir zugesichert habe. Ich werde dich beschützen. Ich will dir Sicherheit geben und die Möglichkeit, einfach Nein zu sagen und zu gehen.«

Ich wechselte blitzschnell das Thema. »Ach, und der Kuss zwischen uns? Warum hast du danach so komisch reagiert? Was hat dir solche Angst gemacht?«

»Holly, fängst du schon wieder damit an? Wenn das etwas wäre, das dich was angehen würde, dann würde ich dir das schon sagen. Du wolltest diesen Kuss genauso sehr wie ich! Außerdem habe ich keine Angst, ganz sicher nicht von dir«, erwiderte er genervt und wandte sich ab.

Mir hatte es die Sprache verschlagen.

Den Rest des Weges gingen wir schweigend nebeneinander her. Mein Kopf fühlte sich so an, als würde er jeden Moment platzen. Jeden Tag aufs Neue passierten so viele Dinge, dass ich gar nicht mehr wusste, wie mir geschah. Erst diese widerliche Bluttrink-Orgie, dann meine peinlichen Geständnisse, Rays Sorge um mich und jetzt noch eine Autogrammstunde. Vermutlich würde ich gleich von jeder Menge weiblichen Fans beschimpft werden, die eifersüchtig und neidisch auf mich waren. Dabei war ich immer wieder kurz davor, alles hinzuschmeißen und in mein langweiliges Leben zurückzukehren, aber ich hatte mir geschworen, dass ich so leicht nicht aufgeben würde, außerdem würde Alice mir dafür gehörig in den Hintern treten.

Als wir in der Haupthalle des Einkaufscenters angekommen waren, begrüßte ich den Bodyguard, der Damian und mich vom Auto abgeholt hatte. Er bat uns höflich in einen kleinen abgesperrten Bereich einzutreten, in dem fünf Stühle hinter einem langen Tisch aufgestellt waren, während er händeringend versuchte die kreischenden Fans von uns fernzuhalten. Damian, James und Taylor hatten bereits drei der fünf Stühle belegt. Ray setzte sich auf den vierten. Moment mal, sollte ich etwa den fünften nehmen? Ray bedeutete mir, dass ich mich genau auf den hinsetzen sollte.

Ich tat es und beäugte skeptisch den kleinen Stapel Karten, der vor mir auf dem Tisch lag: meine Autogrammkarten. Dann schaute ich mich hilflos um und sah Hunderte Gesichter, die erwartungsvoll zu uns aufsahen, ehe die Absperrungen geöffnet wurden und haufenweise Fans von *Bloody Mary* auf uns zustürmten. So fühlte sich also ein Reh auf der Autobahn. Ich hoffte einfach, sie würden mich nicht weiter beachten, da ich eh am Ende des Tisches saß und keine weiteren peinlichen oder demotivierenden Situationen gebrauchen konnte.

Ich blickte zu Ray, der seinen Fans sein charmantestes Lächeln schenkte, mit ihnen flirtete und Komplimente verteilte. Der perfekte Traummann. Warum war er nur zu mir nicht so? Warum waren alle Komplimente, die ich von ihm bekam, meist direkt an Stichelleien geknüpft und warum war ich ihm von einem Moment auf den anderen wieder völlig egal?

Eine kleine Stimme meldete sich in meinem Verstand zu Wort: *Weil das sein echtes Ich ist und nicht die Fassade, die er seinen Fans gegenüber aufsetzt.* Weil er die wenigen Komplimente, die er mir machte, ernst meinte? Ich schloss die Augen. Vermutlich wünschte ich mir so sehr ein kleines bisschen ehrliche Zuneigung oder Aufmerksamkeit, dass ich schon anfing rumzuspinnen.

»Totale Untervögelung«, hätte Alice das genannt und ein Lächeln stahl sich auf mein Gesicht, als ich einen Moment lang in der Erinnerung schwelgte, wie wir unbeschwert auf dem Sofa meiner Dachgeschosswohnung gesessen hatten und Rockstars nur unerreichbare Idole im Fernsehen gewesen waren.

Als ich die Augen wieder öffnete, weil ich ein leises Räuspern hörte, stand ein junges Mädchen vor mir. Sie war noch ein Kind, trug ein süßes hellblaues Kleid und ein Haarteil, das in ihrem blonden Haar glitzerte. Sie schob mir schüchtern eine Autogrammkarte hin und schaute mich erwartungsvoll an.

Völlig verblüfft sah ich sie an, bis ich mich gesammelt hatte. Wenn Ray das so locker konnte, dann würde ich das jetzt genauso durchziehen. Ich hatte nur keinen Stift. Ich lehnte mich schnell zu Ray rüber und klaute einen der Stifte, die auf seinem Tisch lagen. Meine Hand streifte die seine und ein Lächeln huschte über sein Gesicht, als ich meine erschrocken zurückriss und mich mit pochenden Ohren wieder dem Mädchen widmete.

»Wie heißt du?«, fragte ich und lächelte es aufmunternd an.

»Maggie«, sagte sie und senkte schüchtern den Blick.

Für Maggie, schrieb ich auf die kleine Karte, direkt unter mein Foto, und setzte anschließend noch eine kleine Zeichnung von einem Elch zusammen mit meiner Unterschrift darunter. Vorsichtig, um die Tinte nicht zu verschmieren, schob ich ihr die Karte hin und sagte: »Ich finde dein Haarteil sehr hübsch, Maggie.«

Sie lächelte vorsichtig. »Danke«, sagte sie glücklich und griff nach der Karte, ehe sie aus der Schlange trat und im Gewühl der Menschenmenge verschwand.

Überraschenderweise kamen nach Maggie immer mehr Leute zu mir, viele wollten ein Autogramm oder auch ein Foto mit mir, manchmal auch zusammen mit Ray. Immer wenn wir unsere Köpfe eng zusammenstecken mussten, damit wir auf das Foto passten, fing mein Herz an zu rasen. Ich vermied es, ihn anzusehen, da ich wusste, er konnte meinen beschleunigten Puls ohnehin hören, und konzentrierte mich ganz auf ... meine Fans. Das Gefühl, komplett fremde Menschen mochten mich, überwältigte mich völlig und nach ein paar kurzen, lockeren Gesprächen wurde mir auch klar, dass sie nicht eifersüchtig oder neidisch waren.

Okay, einige vielleicht schon, aber sie fanden die Geschichte von dem einfachen Mädchen, das plötzlich mit einem Rockstar rumreiste, so beeindruckend und märchenhaft, dass sie mir Löcher in den Bauch fragten und gar nicht genug von den kleinen Anekdoten bekamen, die ich gefahrlos erzählen konnte. Ich lief immer noch rot an, wenn mir mal jemand ein Kompliment machte, was aber anscheinend eher niedlich als unbeholfen wirkte, und nach zirka einer Stunde war ich wirklich entspannt und hatte sogar Spaß an der Sache.

Die wenigen Hasskommentare, die ich einstecken musste, fielen gemäßigt aus, was aber vermutlich an Jeanne lag, dem Sicherheitsmann, der sich direkt hinter mir platziert hatte und seine Adleraugen ununterbrochen der nicht enden wollenden Schlange widmete. Schnell lernte ich zu erkennen, wer mir feindlich gesonnen war, so konnte ich mich zumindest vor einer

Konfrontation wappnen. Ich wurde wirklich gut darin, Autogramme zu geben, und ich musste zugeben, mit jeder einzelnen kleinen Karte, auf die ich meine Unterschrift setzte, stieg mein Selbstbewusstsein um ein kleines bisschen.

Kein Wunder, dass Ray und die Band ein so aufgeblasenes Ego entwickelt hatten.

Apropos Ray und die anderen – viele Fans baten uns für Fotos zu zweit oder als Gruppe zu posieren. Ich wünschte, ich hätte auch nur die Hälfte der Fotos, die dabei entstanden waren, behalten können, um immer etwas zu lachen zu haben. So gab es nach kurzer Zeit einige Fotos von mir und Damian, auf welchen wir die bescheuertsten Grimassen schnitten, dann mal ganz ernste und wieder andere, auf denen wir so taten, als ob wir uns anhimmelten. Mit ihm klappte alles wunderbar, es wirkte leicht und ungezwungen.

Die Fotos mit James wirkten dagegen angespannt. Er hatte zwar gerade erst gegessen, aber dennoch ertappte ich ihn manchmal dabei, dass er, wenn wir näher zusammenrücken mussten, meine Halsbeuge beäugte. Ich war jedoch zunehmend beeindruckt, wie erfolgreich er seine menschenverachtende Einstellung vor seinen Fans verbarg.

Die Fotos mit Taylor waren anfangs schwierig, weil ich immer noch schrecklich sauer auf ihn war. Doch nachdem ich mit einigen Fans gesprochen hatte, steckte mich ihre Begeisterung an, beinahe fühlte ich mich von seinen Anmachen geschmeichelt. Aber nur beinahe, denn Taylor war mit Sicherheit weniger an mir als an einer weiteren Kerbe in seinem Bettpfosten interessiert. Zumindest vermutete ich das.

Bei den Fotos mit ihm versuchte ich mühsam eine gesunde Distanz zu bewahren, was aber misslang, da ich nicht gegen seine Vampirkräfte ankam, wenn er mich an sich zog. Ich war nur froh, dass er nicht noch einmal versuchte mich zu küssen, aber das wäre bei diesem Publikum selbst für ihn ein starkes Stück gewesen.

Die Fotos mit Ray waren mit Sicherheit sehr schön anzusehen, jedoch waren sie alle gestellt, nichts daran war echt. Der Ray, den ich in der letzten Woche kennengelernt hatte, war ganz anders. Dieser Ray war wirklich perfekt, von Kopf bis Fuß. Er wirkte wie eine Actionfigur, okay, er war vermutlich untenrum definitiv besser ausgestattet, aber er wirkte wie in Plastik gegossen. Er strahlte mich an, schenkte mir einen verliebten Blick, aber es war einfach nicht echt.

Diese Maskerade verunsicherte mich zutiefst. Vermutlich war das auch auf den Fotos sichtbar. Ray verwirrte mich immer mehr.

Gerade als ich wieder mit ihm für ein Foto posieren sollte, hörte ich eine männliche Stimme: »Küsst euch doch mal.«

Ich blickte mich nach der Stimme um und sah – Jason Walkers. Meine Güte, der Typ war wie Fußpilz, er kehrte einfach immer wieder zurück, wenn man ihn am wenigstens brauchen konnte.

»Wobei«, sagte er mit gespielt nachdenklicher Miene, »habt ihr euch nicht schon geküsst? Oder war es doch Taylor, der seine Lippen auf deinen hatte? Hast du nicht letzte Nacht von ihm geträumt? Mir sind da Dinge zu Ohren gekommen ... Holly, Holly. Du scheinst doch nicht der Unschuldsengel zu sein, für den ich dich gehalten habe.«

Meine Gesichtszüge entgleisten. Zuerst fragte ich mich, woher er all das wusste, aber eigentlich war es nicht weiter verwunderlich. Ich hatte Taylor immerhin in einem Raum voller fremder, ruhmhungriger Menschen angeschrien. Ich sah, wie Ray dem Bodyguard ein Zeichen gab, und dieser daraufhin Jason freundlich, aber doch sehr bestimmt von uns entfernte. Als er hinausgeschoben wurde brüllte er noch: »Je weniger du von dir preisgibst, desto schlimmer wird es werden, wenn ich ein kleines, schmutziges Geheimnis nach dem anderen aufdecke. Wir werden uns schon bald wiedersehen.«

Ich schluckte und sah hilfesuchend zu Ray, dessen Blick Bände sprach: *Das hast du dir selbst eingebrockt.*

Die Situation beruhigte sich, zumindest so lange, bis eine weitere alte Bekannte auftauchte: Morgana. Sie würdigte mich keines Blickes, sondern schritt direkt auf Rays Platz zu und unterhielt sich leise mit ihm. Anschließend bat sie ihn mit ihr für ein paar Fotos zu posieren. Unverfroren drückte sie ihm ihre Lippen überall ins Gesicht und fixierte dabei mehr mich als ihre Kamera.

Ich verdrehte nur die Augen. Billiger ging's nicht.

Dann schlenderte sie zu mir herüber und Jeanne stellte sich dicht hinter mich. Noch nie war ich so dankbar für einen Bodyguard gewesen.

»Hallo, Holly«, sagte Morgana und klang dabei zuckersüß. »Ich hätte gerne ein Autogramm von dir, dein Ruhm wird ja nur von kurzer Dauer sein.«

»Findest du es nicht etwas krank, überall da aufzutauchen, wo Ray gerade ist?«, fragte ich sie, während ich *Für die gruseligste Stalkerin der Welt – in tiefster Verachtung, Holly Bane* auf eine Autogrammkarte kritzelte. Sie war zu sehr damit beschäftigt, Ray schöne Augen zu machen, als zu bemerken, was ich schrieb. Als sie es letztendlich erkannte, entriss sie mir wutentbrannt die Karte, kurz bevor ich den letzten Schwung von *Bane* zu Ende führen konnte.

»Das ist eine bodenlose Frechheit«, schnaubte sie und wedelte mit der Autogrammkarte vor Rays Nase, den umstehenden Fans und Reportern herum.

»Na ja, da mein Ruhm ja nur von kurzer Dauer sein wird, kann ich mir so was wohl leisten«, erwiderte ich scheinbar ungerührt und erhob mich, um eine kurze Pause zu machen.

Jeanne nickte mir zu und machte sich daran, Morgana langsam, aber bestimmt zum Ausgang zu geleiten, so wie schon Jason vor ihr.

Mit Müh und Not konnte ich mich noch so lange zusammenreißen, bis ich die Toilette erreicht hatte, dann rannen jedoch Tränen über meine Wangen. Ich versuchte nicht mal sie aufzuhalten. Heute war einfach zu viel passiert, erst der Traum, dann die Blutspende-Aktion, die Reaktion von Ray und jetzt auch noch Jason und Morgana. Als Aufheiterung versuchte ich mir die *Atlantis Awards* ins Gedächtnis zu rufen. Ich dachte an Alice und wie tadelnd sie mich ansehen würde, wenn ich so kurz vor dem Ziel aufgab. Als ich mir vorstellte, wie sie Morgana nachäffen und ihr die schlimmsten Namen geben würde, die ihr einfielen, musste ich kurz gegen meinen Willen grinsen. Doch anstatt mich vollkommen aufzuheitern, sorgten die Gedanken letztendlich dafür, dass ich Alice fürchterlich vermisste. Sie wüsste, was in einer solchen Situation zu tun wäre.

Ich richtete mich auf und trug mein Make-up neu auf, bevor ich wieder nach draußen schritt, um die letzte Stunde hinter mich zu bringen.

Kapitel 10

Vertragliche Turbulenzen

Ray setzte sich neben mich, gerade als mir ein lauter Seufzer entfuhr. Nach dieser langen und ohnehin schon tränenreichen Nacht würden wir uns auf den Weg nach Miami machen. Wie gut, dass ich fliegen hasste und panische Angst vor Flugzeugen hatte …

»Heute ist noch ein Blutlink dran, zumindest für die nächsten paar Stunden, wenn wir am Flughafen sind. Sicherheitsbestimmungen für Vampirflüge sind ziemlich hoch, mitreisende Menschen werden, sobald der Tag anbricht, sediert und die restliche Zeit müssen sie durch einen Blutlink mit einem Vampir verbunden sein«, erklärte Ray und beäugte meine schweißnassen Hände, die ich schleunigst hinter meinem Rücken versteckte.

Ich schluckte und wusste nicht, ob ich erleichtert oder noch beunruhigter sein sollte. Den Großteil des Fluges in einer Art Narkose zu verbringen war natürlich praktisch, denn schlafend würde ich keine Angst haben. Wenn wir aber abstürzen sollten, während ich sediert war … Blödsinn. Wenn das Flugzeug abstürzen würde, dann wäre ich tot, egal ob sediert oder nicht.

Trotzdem hatte ich keine Lust auf einen weiteren Blutlink, vor allem wollte ich nicht, dass Ray mitbekam, wie viel Angst ich wirklich hatte. »Damian soll sich mit mir linken«, verlangte ich deshalb und sah Ray entschlossen in die Augen.

Er hob eine Augenbraue und rief, ohne sich umzudrehen: »Damian, sie will den Blutlink mit dir.«

Damian kam zu uns und sah mich mit großen Augen an, ehe er den Kopf schüttelte. »Ungern, Holly, Ray ist derjenige, der dich eingeladen hat, er sollte der Einzige sein, der den Link mit dir eingeht, er ist für dich verantwortlich.«

Damit hatte ich nicht gerechnet. Was war aus Damians beschützender Ansprache geworden, in der er mir schilderte, dass ich mich vor Ray in Acht nehmen sollte? Wie viel Macht hatte Ray über die anderen Vampire? Ich rutschte unruhig auf meinem Stuhl hin und her, doch als ich sah, wie Ray mich fragend beobachtete, versuchte ich still zu sitzen.

»Kann ich nicht einen anderen Flug nehmen? Einen normalen, für Menschen?«, fragte ich und hörte, wie meine Stimme brach. Mist.

»Ich habe bereits ein Ticket für dich gebucht. Ich verspreche, dass ich nicht zu viel in deinen Gedanken stöbern werde.« Ray sah mich versöhnlich an und griff nach meinem Arm, den ich jedoch schnell wegzog.

»Wir sind noch nicht am Flughafen!«, sagte ich bestimmt.

Nach einer kurzen Autofahrt war meine Schonzeit jedoch vorbei, wir stiegen in einem abgelegenen Bereich des Terminals aus, ein Steward erwartete uns bereits und führte uns durch mehrere menschenleere Sicherheitskontrollen. An einer Stelle wurden wir jedoch angehalten, einer der bulligen Wachmänner beugte sich vor und … roch an mir. Was erschnüffelten die bloß immer an mir?

»Sie müssen den Blutlink noch vollziehen«, erklärte er und sah mich mit strenger Miene an. Von einer Sekunde auf die andere hielt er eine kleine Lanzette in der Hand und streckte sie mir erwartungsvoll entgegen. Aha, das war also die zweite Option, die Ray mir erklärt hatte.

Ray senkte seine Hand auf die des Sicherheitsbeamten und sagte bestimmt: »Wir kümmern uns darum, sobald wir in der Lounge sind, sie unterliegt meiner Verantwortung, meinem Schutz und bevorzugt eine *privatere* Umgebung, um den Blutlink mit mir einzugehen.«

Woraufhin der Wachmann nur wissend lächelte.

Ich warf Ray einen tadelnden Blick zu, sagte jedoch nichts. Ein paar Sekunden später ließ ich mich in einen der bequemen First-Class-Lounge-Sessel fallen.

»Warum fliegt ihr eigentlich nicht mit einem Privatjet?«, fragte ich Ray, der daraufhin auflachte.

»Wir haben einen, aber der ist gerade in Florida, deswegen muss es heute mal ein normales Passagierflugzeug sein. Ich hoffe, das ist dir trotzdem recht, Prinzessin.«

»Hey, so war das nicht gemeint«, murmelte ich und blickte beschämt zu Boden.

Eine Kellnerin reichte uns zwei Gläser voll perligem Champagner.

Ray räusperte sich und seine Mundwinkel zuckten. »Was hältst du davon? Den Blutlink machst du mit mir, aber du darfst neben Damian im Flugzeug sitzen.« Er hatte eine gönnerhafte Miene aufgesetzt.

»Was für ein Zugeständnis, Eure Majestät, ich werde das Angebot dankend annehmen!«, stichelte ich, war aber dennoch zufrieden.

Rays Miene verdüsterte sich, als er das Wort *Majestät* hörte, dann lächelte er wieder. »Sag mal, Holly, was ich dich schon seit einer geraumen Weile fragen will, gibt es da eigentlich jemanden in deinem Leben?«

Ich zog beide Augenbrauen nach oben, angesichts dieser für ihn ungewöhnlichen und direkten Frage. »Es gibt da einen Kerl, den ich süß fand«, entgegnete ich kryptisch und mühte mich mich an die Zeit zu erinnern, in der Alice und ich kichernd und errötend versucht hatten Sam Keiths Aufmerksamkeit zu erregen. Er saß in einem meiner Universitätskurse, war groß, blond und hatte niedliche Wangengrübchen. Er hatte eine mysteriöse Aura an sich und verschwand oft mehrere Wochen am Stück, ohne jemandem zu sagen wohin. Das schien geradezu ewig lang zurückzuliegen.

»Und was sagt dieser Kerl dazu, dass du mit vier Rockstars unterwegs bist?«

»Ich glaube, er weiß nicht mal, dass es mich überhaupt gibt«, erwiderte ich schüchtern und rollte den Stiel meines Glases zwischen den Fingern hin und her.

»Da du jetzt in jeder großen Zeitung stehst, sollte er deine Existenz bemerkt haben, es sei denn, er ist blind. Anscheinend habe ich dein Liebesleben ordentlich auf Vordermann gebracht, du darfst mich gerne ab sofort Dr. Love nennen«, feixte Ray und ich prustete in mein Glas, ehe ich ihn wieder fixierte.

»Sehr witzig«, kommentierte ich hustend, konnte aber nicht anders, als ein wenig zu kichern.

»Nein, nein, das ist mein Ernst. Hör mal, ich habe nachgedacht. Darüber, was Morgana und Jason auf der Preisverleihung gesagt haben«, begann Ray dann und ich wurde misstrauisch. »Hast du noch nie drüber nachgedacht? Wir beide? Du könntest mit mir ausgehen? Dann hätte ich vermutlich erst mal Ruhe vor Morgana und Jason hat recht, es wäre doch eine wunderschöne PR-Geschichte, eine echte Cinderella-Story.«

Während seines Vorschlags war mir die Kinnlade mal wieder heruntergefallen. Okay, ich würde ihm noch zehn Sekunden geben, um zu verkünden, dass das ein Scherz gewesen war, um sie dann aufzusammeln und ihm anständig die Meinung zu geigen.

Doch er fing nicht an zu lachen, sondern fragte nur: »Was? Bist du etwa geschmeichelt? Oder hat es dir nur die Sprache verschlagen? Bin ich dir etwa nicht gut genug?«

Ich prustete erneut los. »Sag mal, spinnst du?«, entfuhr es mir. »Also versteh mich nicht falsch, du siehst umwerfend aus, dein Charakter ist nicht so schrecklich, wie ich ihn zuerst eingeschätzt habe, aber ...«, stammelte ich und rang um Worte.

Ray schmunzelte. »Na, immerhin eine Hürde scheine ich ja bereits überwunden zu haben.« Er sah mich prüfend an, schien noch eine weitere Erklärung zu erwarten. Na schön, die konnte er kriegen.

»Das ist keine gute Idee. Als ob Morgana dich dadurch in Ruhe lassen würde. Ach ja, und PR-Geschichte hin oder her, ich lasse mich doch nicht einfach so von dir benutzen! Ich verstehe schon mal nicht, wie du auf den Gedanken kommst, dass ich mich geschmeichelt fühlen würde mit dir auszugehen. Ich glaub, deine Uhren ticken nicht ganz richtig. Du und Morgana, ihr passt ganz wunderbar zusammen!«, rief ich aufgebracht aus und funkelte ihn an.

Ray sprang auf und drückte mich in den Sessel. Ich war anscheinend doch etwas zu weit gegangen. Ich schloss die Augen und erwartete seine scharfen Zähne in meinem Hals zu spüren, doch außer der Tatsache, dass Rays Gewicht schwer auf meinem Körper lastete, geschah rein gar nichts.

Als ich die Augen langsam wieder öffnete, war Rays Gesicht nur noch Zentimeter von meinem entfernt und ich konnte nicht anders, ich musste unweigerlich an unseren Kuss zurückdenken. Meine Atmung ging plötzlich schwerer und mein Blick wurde weicher. Verdammt, warum versuchte mein Körper ständig mich zu sabotieren?

»Also ich glaube, Teile von dir hätten nichts gegen eine solche Abmachung. Oder würdest du so einen Deal lieber mit Taylor eingehen? Oder vielleicht mit Damian? Ich denke James können wir ausschließen«, säuselte er, immer noch gefährlich nahe an meinem Gesicht.

Ich schluckte und schüttelte vehement den Kopf, woraufhin Ray sagte: »Ich bezahle dich auch.«

»Da müsstest du mir schon mindestens hunderttausend bieten, bevor ich das überhaupt in Erwägung ziehen wer–«

»Hunderttausend?«, fragte er und grinste mich an.

Ich schluckte abermals, diesmal aber aus einem anderen Grund. Er schien wirklich darüber nachzudenken. Mit hunderttausend hätte ich keine Geldsorgen mehr, ich würde meine Studiengebühren sowie meine Miete für mehrere Jahre im Voraus bezahlen können. Aber ich würde mich natürlich nicht einfach so kaufen lassen.

Anscheinend hatte Ray gesehen, dass ich plötzlich haderte, und attackierte mich wie ein Löwe das Zebra, nun, da er meine Schwachstelle herausgefunden hatte. »Ich verdoppele auf zweihunderttausend«, sagte er ruhig und mit einem diabolischen Lächeln. Das war vermutlich mehr, als der Bauernhof, auf dem meine Eltern lebten, wert war. Für ihn war das vermutlich gerade mal ein Teil seiner Tageseinnahmen. Ich konnte kaum glauben, dass ich ernsthaft über sein Angebot nachdachte.

»Eine halbe Million. Das ist mein letztes Angebot. Vermutlich finde ich für die Summe auch jemand anderen, viele würden das sogar ganz umsonst machen«, sagte er beiläufig und begann um meinen Stuhl herumzugehen, was mich stark an einen Aasgeier erinnerte. »Ich weiß nicht mal, warum ich dich überhaupt gefragt –«

»Gib mir wenigstens Bedenkzeit! Was würde diese Abmachung überhaupt beinhalten?«, rief ich aus. Im gleichen Moment schlug ich mir auf die Stirn und verfluchte mich dafür, nicht von vornherein abgelehnt zu haben.

»Es würde nicht viel anders sein als jetzt, vielleicht ein bisschen mehr Händchenhalten hier und da ein Kuss für die Kameras«, sagte Ray und betrachtete nachdenklich die blinkenden Lichter des Flughafens vor den Fenstern. »Hm …« Seine Mundwinkel zuckten zu einem diabolischen Lächeln. »Ich muss wohl noch Überzeugungsarbeit leisten.« Er kam näher und seine Stimme versuchte mich wieder einzunebeln. »Ich weiß, dass du eine starke, unabhängige Frau bist. Aber von einer solchen Abmachung würden wir beide profitieren, glaub mir.«

Seine Nasenspitze war nun viel zu dicht, ich konnte seinen Atem an meiner empfindlichen Haut spüren. »Darf ich dir vielleicht noch mal eine Kostprobe geben? Ich habe so einige Qualitäten, eine kleine Erinnerung vielleicht?«, fragte er mit rauchiger Stimme und ich zwang mich ein paarmal ruhig ein- und auszuatmen.

Ich brachte all meine Kraft auf, doch mehr als ein raues Murmeln kam nicht zustande: »Ich glaube nicht, dass du mich damit umstimmen könntest.«

»Ist das eine Herausforderung?«, fragte Ray. »Holly, warst du schon einmal verliebt? Nicht nur ein bisschen, sondern hattest du schon mal das Gefühl, dein Körper würde bei jeder Berührung in Flammen stehen? So verliebt, dass du seine Küsse so sehr brauchtest wie die Luft zum Atmen?«

Zuerst wollte ich noch anmerken, wie kitschig und ungesund das alles klang, aber je länger er redete und sein Atem über meine Haut strich, desto mehr verlor ich die Fähigkeit zu denken.

»Ich könnte dir einen winzigen Einblick gewähren. Wer weiß, vielleicht erweitern wir die Abmachung später sogar.« Er wob mich mit seinen Worten wie eine Spinne in ihr Netz ein.

Doch dann, ganz langsam, wie die Flügel eines Schmetterlings, legte er seine Lippen auf meine, seine Hände lagen auf den Sessellehnen. Ich konnte ein schwaches Seufzen nicht unterdrücken. Für Ray war das anscheinend ein Zeichen dafür, dass er auf dem richtigen Weg war. Er steigerte sich in den Kuss hinein, er wurde leidenschaftlicher und obwohl ich ihn zuerst aufhalten wollte, konnte ich keinen klaren Gedanken mehr fassen. Ich wollte ihn. Ich wollte diesen Kuss. Und ich wollte ganz sicher kein Ende.

Doch Ray hatte anscheinend andere Pläne, seine Hände waren von den Sessellehnen auf meine Schultern gewandert. Er brach den Kuss ab, verharrte aber nur Millimeter vor meinem Gesicht. Wenn ich die Zunge rausstreckte, würde ich seine Lippen berühren können.

Er lächelte. »Ich denke, das reicht als Vorgeschmack. Wenn du mehr willst, brauchst du nur unserer kleinen Abmachung zustimmen.«

Mein Mund schmeckte nach Honig. Mein Gehirn fühlte sich an wie in Watte gepackt. Ich hörte seine Worte, aber sie ergaben keinen Sinn. Alles, woran ich denken konnte, war, dass ich ihn wieder küssen wollte.

»Holly, sag einfach nur: ›Ja, das fände ich schön‹«, säuselte Ray.

Sagen? Konnte ich überhaupt noch sprechen? Durfte er das in meinem Zustand erwarten? »Ja, das fände ich schön«, hörte ich mich flüstern. War das wirklich meine eigene Stimme?

»Gut, dann hätten wir das ja geklärt«, grinste Ray und rückte lachend von mir ab.

Ich schüttelte den Kopf. Was zur Hölle war gerade geschehen? Alarmiert blinzelte ich und mein Hirn schien langsam wieder in Gang zu kommen. Ich nahm einen großen Schluck Champagner und rieb mir die Schläfe.

»Das zählt nicht! Das war wieder irgend so ein kranker Blutsaugerzauber! Ich war nicht zurechnungsfähig!«, protestierte ich, als ich wieder ganz ich selbst war.

»Das war nur ein Kuss, heiliges Vampir-Ehrenwort«, entgegnete Ray, der immer noch am Lachen war. Er hatte mittlerweile Tränen in den Augen.

»Das kann nicht nur ein Kuss gewesen sein!«, rief ich und spürte, wie mir Hitze die Wangen emporkroch. Mit den Fingerspitzen berührte ich meine immer noch kribbelnden Lippen.

»Ich schwöre es dir, es war wirklich nur ein Kuss. Wobei ich schamlos gestehe, dass ich ein sehr, sehr guter Küsser bin und das zu meinem Vorteil ausgenutzt habe.«

Ich sah ihn bestürzt an, hatte er mich wirklich mit einem stinknormalen Kuss überzeugt? Das konnte nicht sein. Ich runzelte die Stirn.

»Schlag's von mir aus nach«, sagte Ray und machte eine wegwerfende Handbewegung. »Es gibt so was wie Vampir-Kussmagie nicht.«

Hatte ich mich etwa wirklich für einen Kuss verkauft? *In nicht mal zehn Minuten von einer normalen Frau zur Edelprostituierten, großartig gemacht, Holly!* Ich schlug dennoch in die mir dargebotene Hand ein, ehe ich versuchte zu retten, was noch zu retten war.

»Wir machen das nur in Gegenwart der Presse! Und das Geld brauche ich trotzdem!«, beeilte ich mich klarzustellen.

Ray sah mich fragend an. »Brauchst du?«

»Ich bin finanziell vielleicht nicht ganz so gut aufgestellt«, antwortete ich ausweichend.

»Natürlich«, sagte er knapp und seine Miene war unergründlich. Er sah auf die Uhr und griff dann beherzt nach meiner Hand. »Unser Flug geht bald, wir müssen vorher noch den Blutlink vollziehen«, sagte er und ich entzog ihm angsterfüllt meinen Arm.

»Nimm die Fingerspitze. Wenn du mich in den Arm beißt, dann kriegst du sicherlich mehr als ein paar Tropfen, und einen Abend lang die Gedanken gelesen zu bekommen reicht mir persönlich völlig. Wie lange würde die Wirkung eines ganzen Schluckes anhalten? Eine Woche? Vielleicht sogar zwei?«, bemerkte ich und funkelte ihn misstrauisch an.

Er sah mich stirnrunzelnd an. »Bereust du es, wenn ich deine Gedanken lese?«, fragte er dann. Er hätte genauso gut fragen können: »Hast du unseren Kuss bereut? Unseren ersten oder unseren zweiten?«

Ich bewegte mich auf dünnem Eis. »Noch habe ich gar nichts bereut«, sagte ich deshalb und versuchte mich in mysteriöses Schweigen zu hüllen, doch er hakte erbarmungslos nach.

»Sicher, dass wir dieses Spiel spielen müssen? Ich kann dir die Frage auch noch mal stellen, sobald wir den Blutlink eingegangen sind.«

Mein Mund wurde trocken und ich rang nach Worten, ehe ich nachgab. »Ich habe nichts bereut, aber ich hätte eben gern meine Privatsphäre. Ihr sagt zwar immer, man würde sich daran gewöhnen, aber wie kann man sich an permanentes Gedankenlesen gewöhnen?«, sagte ich tonlos und seufzte leise.

»Das verstehe ich, auch wenn ich selbst nur sehr selten einen Blutlink eingehen musste, bei dem meine Gedanken gelesen wurden«, erwiderte er und grinste mich an, ehe er meinen Arm losließ und stattdessen meine Hand langsam zum Mund hob, bevor ich laut »HALT!« rief. Er sah mich verwirrt an. »Gib mir einen Moment, um meine Gedanken zu ordnen.«

Er sollte auf keinen Fall wissen, dass ich ihn manchmal für einen totalen Blödmann hielt. Genauere Details zu dem Traum. Was ich von seinem vermaledeiten Vertrag hielt. Die aufkeimenden Gefühle, die ich einfach nicht kontrollieren konnte – und eigentlich noch hundert andere Dinge.

Ich seufzte und versuchte einen geistigen Schutzwall zu errichten. Dann nickte ich und sagte: »Okay, du kannst.«

Er hob meinen Zeigefinger zu seinen Lippen, öffnete den Mund und ich hielt die Luft an, als ich die kleine, rasiermesserscharfe Spitze an meiner Fingerkuppe spürte.

O mein Gott, mit diesem Gefühl hatte ich nicht gerechnet. Es war unglaublich. Erregung durchzuckte mich und breitete sich wellenförmig von meinem Finger ausgehend auf meinen gesamten Körper aus. Ich biss mir auf die Lippen, um ein Stöhnen zu unterdrücken. Das war es also, was James gemeint hatte.

Mein Atem beschleunigte sich und die Fingernägel meiner freien Hand gruben sich tief in die Sitzlehne. Ich gab mein Bestes, keine Anzeichen dafür zu geben, wie sehr mir der Biss gefiel. Meine Nackenhaare und Brustwarzen stellten sich gleichermaßen auf, als Ray schlussendlich lasziv über meine Fingerkuppe leckte, auf der sich ein kleiner Tropfen Blut gebildet hatte.

Ich war von mir selbst entsetzt und sank schweißgebadet und verwirrt in den Sessel zurück.

Auch wenn es mir wie eine Ewigkeit vorgekommen war, es hatte nicht mal eine Minute gedauert. Spätestens jetzt hätte er mich zu allem überreden können und ich hätte dankbar »Ja« und »Amen« gesagt.

Ray kicherte leise und ließ die Zunge über seine Lippen wandern. »Ja, das erste Mal ist immer sehr verwirrend und besonders aufregend. Freut mich, dass es dir gefallen hat. Das war nur ein einziger Tropfen, ich überlasse es deiner Fantasie, wie es sich wohl anfühlt, wenn ich einen ganzen Schluck nehmen würde. Oder wenn ich vielleicht einfach mal bei einem Kuss meine Zähne über deine Lippe gleiten lasse …«

Natürlich war ihm meine Reaktion nicht entgangen. Auch die Spuren meiner Fingernägel auf der Sessellehne waren nicht wegzudiskutieren. Ich fuhr mir mit zitternden Fingern durchs Haar und versuchte mich zu sammeln.

»Welche Gedanken wolltest du vor dem Biss ordnen? Vielleicht kann ich dir ja helfen etwas Licht ins Dunkel zu bringen«, fragte er mit rauchiger Stimme.

Da Lügen ab jetzt sinnlos war, sagte ich ihm die Wahrheit. »Ich habe mich darauf konzentriert, all die Gedanken zu verstecken, die du nicht sehen sollst.«

Er saß einfach nur da, fixierte mich erwartungsvoll und ein diabolisches Lächeln umspielte seine Lippen. Da weder er noch ich den Blickkontakt unterbrachen, bemerkte ich, dass das Blut in meinen Ohren zu pulsieren begann. Meine Augen verzogen sich zu Schlitzen. Er versuchte mich dazu zu bringen, an die Dinge zu denken, die … Nein! Ich verdrängte den aufkommenden Gedanken und flutete meinen Kopf stattdessen mit dem, was mir als Erstes einfiel: Text und Melodie von *Barbie Girl*.

Triumphierend sah ich, wie Ray das Gesicht verzog. »Ich hasse dieses Lied«, schauderte er und brach endlich den Blickkontakt zu mir ab.

»Alle hassen dieses Lied«, erwiderte ich amüsiert.

»Gut gespielt, aber ich kriege früher oder später raus, was du zu verbergen hast. Ich habe immerhin ein paar Stunden Zeit«, entgegnete er und nippte an seinem Champagnerglas.

»Hast du nichts Besseres zu tun?«, fragte ich ihn und versuchte unbeeindruckt zu klingen.

»Hm, stimmt, habe ich«, raunte er und küsste mich ohne Vorwarnung. Der Geschmack von Honig breitete sich abermals in meinem Mund aus, mit seiner Zunge stieß er spielerisch an meine Lippen und ich schloss wohlig meine Augen.

Himmelherrgott noch mal, was war denn bloß los mit mir? Das lag bestimmt alles an den Nachwirkungen des Bisses. Ich löste mich abrupt von ihm. Wir waren kein Paar, wir würden vor der Presse nur so tun als ob, aber hier war keine Presse. Ich hatte also keinen logischen Grund, ihn zu küssen. Ich konnte nicht einfach hemmungslos mit ihm rummachen, klar war er wundervoll und wenn er sich nicht manchmal wie ein herrschsüchtiger Macho verhalten würde, wäre er ein unerreichbarer Traummann.

Ich kniff die Augen zusammen und rieb mir die Nasenwurzel. Ich würde meine Gedanken dringend in den Griff bekommen müssen. Ray war ein Rockstar und sah nicht so aus, als wäre er an festen Beziehungen interessiert. Ich dagegen schon. Ich war nicht der Typ für One-Night-Stands oder konsequenzlosen Spaß. Ich war einfach nicht dafür geschaffen. Früher oder später flüsterte mein überemotionales Herz jedes Mal: »Ich liebe ihn!« Auch wenn mein Verstand genau wusste, dass das saudämlich war. Ich hatte mir geschworen es nie wieder so weit kommen zu lassen.

Ich rückte ein wenig von Ray ab und sah ihm ins Gesicht, er hatte nur eine Augenbraue gehoben und ich konnte ahnen, dass er meinem Gedankengang gefolgt war.

»Ach, ich, äh ...«, stammelte ich nur.

Er zuckte kaum merklich mit den Schultern, ehe er kommentarlos aufstand und mit einer der Kellnerinnen in der Lounge sprach. Diese nickte kurz und huschte unauffällig davon, ehe Ray sich mir wieder zuwandte. »Sieh den Kuss als Besiegelung unseres Vertrages an, ich habe gehört, dass das bei Dämonen so gemacht wird.« Da war es wieder, sein diabolisches Grinsen. »Ich habe dir ein Abendessen geordert, du solltest es zu dir nehmen, bevor du das Schlafmittel nimmst, was Adam dir geben hat. Du hättest mir aber ruhig sagen können, dass du Flugangst hast. Das erklärt so einiges.«

Er fokussierte mich und ich sah eine halbe Sekunde lang so etwas wie Besorgnis in seinem Blick aufflackern, zumindest bildete ich mir das ein.

»Du musst nicht unbedingt alle meine Schwächen kennen«, protestierte ich.

Die Kellnerin war unterdessen mit zwei Tellern zurückgekehrt und stellte einen davon, der mit Filetstücken auf Bandnudeln überladen war, direkt vor mir ab. Es sah köstlich aus. Ich begann sogleich enthusiastisch damit, mein Essen zu verschlingen. Als die Kellnerin jedoch den zweiten Teller vor Ray abstellte, hielt ich verwundert inne.

»Kömmem Vampfive üfferhaft effen?«, platzte es mit vollem Mund aus mir heraus, ehe ich mich auf meine Manieren besann und erst mal runterschluckte.

Doch Ray hatte mich trotzdem verstanden, sah mich tadelnd an und sagte: »Wir können essen, aber wir tun es nur wegen des Geschmacks. Wir müssen nicht essen, nur Blut trinken. Apropos.«

Er wandte sich zu der sich unauffällig im Hintergrund rumdrückenden Kellnerin.

»Ich hätte gerne eine Flasche geklontes Blut A+, wenn das möglich ist?« Er schenkte ihr ein beeindruckendes Lächeln.

»Äh …«, machte die Kellnerin und lief rot an. »Wir hätten auch einige Spenderinnen da, mit B+ und 0+?« fragte sie unsicher, doch überraschenderweise sah ich Ray den Kopf schütteln.

»Hm«, machte ich und sah Ray nachdenklich an. James hatte doch gesagt, dass das geklonte Blut eher schlecht schmeckte, wieso sollte er also das Angebot einer Spenderin ausschlagen und stattdessen das weniger schmackhafte Blut aus Flaschen vorziehen? Hatte er nach unserer ersten Begegnung nicht auch gesagt, dass A positiv definitiv nicht seine Lieblingssorte war? Musste er etwa sparen und nahm deshalb die günstige Variante? Hatte ich seine Finanzen schlecht eingeschätzt? Ich kämpfte gegen ein aufwallendes schlechtes Gewissen an. Allerdings hatte er mir selbst eine halbe Million angeboten. Ich sah, wie er lächelte und mich neugierig beäugte.

»Ich warte drauf, auf welche Ideen du noch so kommst, es ist jedenfalls reichlich amüsant.«

»Raus aus meinem Kopf!«, brüllte ich und wandte mich von ihm ab. Ich begann wieder damit, *Barbie Girl* in meinem Kopf zu singen.

»Schon gut, schon gut!«, sagte er, verzog das Gesicht und legte eine Hand an die Schläfe. »Ich habe gesehen, wie die Spenderinnen dich … sagen wir mal, verstört haben. Deswegen dachte ich, es sei vielleicht taktvoller, geklontes Blut zu trinken. Ob du es glaubst oder nicht, ich kann auch ein Gentleman sein. Außerdem bleibt mir dein Geschmack etwas länger im Mund erhalten, wenn ich dieselbe Blutgruppe trinke«, sagte er und grinste wieder anzüglich.

»Ich dachte, ich schmecke so furchtbar?«, erwiderte ich misstrauisch und sah ihn verunsichert an.

»Ich habe mich anscheinend geirrt. Aber ich bräuchte wohl noch einen Schluck, um das mit Gewissheit sagen zu können«, schmunzelte er und lehnte sich vor. Erschrocken sprang ich auf, woraufhin er leise lachte. »Keine Sorge, ich mach nur Spaß. Wundert mich aber trotzdem, dass du nicht noch mal gebissen werden willst. Ich bin mir ziemlich sicher, du hast Gefallen daran gefunden.«

Bevor ich eine entsprechend bissige Erwiderung geben konnte, rauschte die Kellnerin zu uns herüber und stellte eine kleine Flasche roten Blutes vor Ray. Ich fixierte die Flasche und merkte, wie mir wieder schwummerig wurde. Schnell sah ich weg und blickte mich neugierig in der Lounge um.

»Wo sind die anderen?«, fragte ich Ray, vermied es aber, ihm beim Trinken zuzusehen.

»Sie sind schon zum Flugzeug gebracht worden, aber ich wollte noch in Ruhe mit dir essen«, antwortete er gelassen.

Ich sah auf meinen leeren Teller hinab und grübelte vor mich hin.

Ray stand auf und bot mir seinen Arm an. »Können wir? Du solltest noch Adams Schlafmittel nehmen, bevor wir an Bord gehen.«

Ich nickte und suchte in meiner Handtasche nach der kleinen Flasche, um eine großzügige Portion Schlafmittel einzunehmen, ehe ich mich bei ihm einhakte und wir einem Steward folgten, der uns zum Flugzeug brachte.

Innerhalb der Maschine führte Ray mich zielsicher zur ersten Klasse, in der die Sitze in Zweierpaaren in kleinen Kabinen arrangiert waren. Er klopfte an eine der Kabinen und fragte: »Damian, Holly würde sich gerne zu dir gesellen, ich würde mich derweil nebenan niederlassen.«

Damian streckte den Kopf aus der Kabine und schenkte mir ein strahlendes Lächeln, sah dann aber noch mal kurz unsicher zu Ray, der daraufhin nickte. Damian zog mich zu sich in die Kabine und schob mich auf einen der bequemen Sitze.

Die Privatkabine war unglaublich luxuriös eingerichtet, ein Fernseher war vor jedem der beiden Sessel in die Wand eingelassen und überall gab es etwas zu entdecken. In die Sessellehne war eine Konsole mit gefühlt hundert Knöpfen eingelassen und der Sessel selbst war mit beigefarbenen Kissen gepolstert, welche einladend weich waren. Ich machte es mir schnell bequem.

»Tut mir leid wegen vorhin«, entschuldigte sich Damian. »Aber ich kann Ray nicht offen gegenübertreten, wenn er sagt, dass er den Blutlink mit dir eingehen will. Du hast ja gesehen, wie er reagiert hat nach der Sache mit Taylor. Ich wollte das Risiko nicht eingehen. Außerdem geht er doch sehr verantwortungsbewusst mit deinen Gedanken um, oder?«

Mein Blick verfinsterte sich. Hatte Ray wirklich solche Macht über die anderen? Damian hatte immerhin nicht mitbekommen, was zwischen Ray und mir noch passiert war. Natürlich sah es für ihn so aus, als würde Ray den Blutlink nicht zu seinem eigenen Vorteil missbrauchen. Ich lugte aus der Öffnung in die Kabine gegenüber, sah jedoch nur Rays Beine, die in einem gleichmäßigen Takt wippten.

»Schon okay«, sagte ich zu Damian und ließ das Thema damit fallen.

Das Flugzeug rollte mittlerweile auf die Startbahn und meine Angst kehrte zurück. Ich fing an zu schwitzen und mir wurde abwechselnd heiß und kalt. Ray kam zu uns in die Kabine und kniete sich vor mich. Er nahm meine Hände und murmelte beruhigende Worte, die ich jedoch über das rauschende Blut in meinen Ohren kaum hörte.

Eine Flugbegleiterin streckte ein paar Sekunden später den Kopf zu uns herein und setzte zu einer Gardinenpredigt an. »Sir, Sie müssen sich jetzt hinsetzen, wir starten in wenigen Minuten.« Vermutlich bemerkte sie erst, wen sie vor sich hatte, als Ray wütend zu ihr herumfuhr. »Oh … Verzeihen Sie …«, stammelte sie hastig, ehe sie sich schleunigst aus dem Staub machte.

Ray sah mich ernst an. »Ich habe eine Idee, aber ich bin mir nicht sicher, ob sie dir gefallen wird. Ich könnte dir einen Tropfen von meinem Blut geben und dann das tun, was du Taylor vorgeworfen hast: Ich kann dir einen schönen Traum bescheren, damit du nicht mehr daran denken musst, wo wir sind und dass wir fliegen.«

Das Rumgepfusche in meinem Kopf wollte ich eigentlich um jeden Preis vermeiden. Vor allem würde er nicht nur mehr meine Gedanken lesen können, sondern sie auch noch manipulieren, was in meinen Augen definitiv zu viel Macht war. Mal ganz abgesehen von der Frage, wie ich sein Blut zu mir nehmen sollte, wenn ich nicht mal welches sehen konnte? Andererseits war ich aber von Sekunde zu Sekunde mehr dazu bereit, diese Hürden zu überwinden, wenn sich dafür mein Atem und mein Herzschlag wieder normalisieren würden. Meine Augen irrten ziellos und weit aufgerissen umher, während jeder einzelne meiner Muskeln sich zu verkrampfen schien.

Ray griff nach der Wasserflasche, welche sich im Gepäcknetz vor mir befand. Er schraubte sie auf, biss sich in die Fingerkuppe und ließ einen einzelnen Tropfen Blut in das Wasser fallen, ehe er sie zuschraubte, schüttelte und mir in die zitternden Hände drückte.

»Ich dachte, das funktioniert nur, wenn du wach bist?«, krächzte ich mit belegter Stimme.

»Noch bin ich ja wach«, meinte er und fuhr sich mit der Hand durchs Haar. »Wenn du erst mal eingeschlafen bist, träumst du den Traum vermutlich alleine weiter und wachst nicht wieder auf, vor allem weil du das Schlafmittel genommen hast.«

Ich nickte zögernd. »Aber nichts Perverses!«, forderte ich und sah Ray lächeln.

Er schien etwas beruhigter zu sein, vielleicht sogar erleichtert, und grinste gleich darauf. »Versprochen, nur ein ganz kleines bisschen, es soll ja schließlich ein schöner Traum werden, oder?«

Ich hörte, wie die Bordelektronik sich auf den Start einstellte und die Stimme des Piloten schallte aus den Lautsprechern. Hektisch drehte ich die Wasserflasche auf und führte sie zitternd zum Mund, ehe ich versuchte möglichst viel von dem Wasser herunterzuwürgen. Gerade als das Flugzeug zu beschleunigen begann, leerte ich den letzten Tropfen in meinen Mund und begann gegen meinen Brechreiz anzukämpfen. Auch wenn sich das Wasser weder optisch noch geschmacklich verändert hatte, reichte der Gedanke, dass ich gerade Blut getrunken hatte, um mich zum Würgen zu bringen. Wenn ich eins absolut nicht verstand, dann war es die Tatsache, dass Vampire Blut sogar schmackhaft fanden.

Hörst du mich?, fragte Ray in meinen Gedanken.

Ja, erwiderte ich auf demselben Weg. Es war für mich noch ungewohnt, nur mittels Gedanken mit jemanden zu kommunizieren.

Schließ die Augen, ich werde dir jetzt etwas zeigen, was du noch nie gesehen hast, bat seine Stimme in meinem Kopf und ich tat wie geheißen.

Ich spürte, wie sich Ruhe auf meine Gedanken senkte, ehe Bilder einer wunderschönen Insel und weißem Strand vor meinem inneren Auge erschienen. Der Sand prickelte unter meinen nackten Füßen und das Meer umspielte meine Knöchel. Über meine Haut wehte der Wind, der an meiner weißen Tunika zerrte. Es war, als wäre ich nicht nur in Gedanken an diesem wundersamen, wunderschönen Ort.

Meine Haare wehten, ich spürte, wie mich jemand am Arm berührte, und drehte mich um. Ray stand mit einem Lächeln und einer Badehose bekleidet vor mir.

»Das ist mein liebster Ort auf der Welt«, erklärte er und ich nickte, diese Insel war wirklich wundervoll. »Irgendwann zeige ich sie dir mal in Wirklichkeit, nicht nur in Gedanken«, versprach er und wir schlenderten über den feuchten Sand.

»Wo liegt sie?«, fragte ich ihn und ließ meinen Blick neugierig über die dicht bewachsenen Felsklippen vor mir wandern.

»In Thailand, ich habe die Insel vor ein paar Jahren gekauft. Sie heißt Kho Leux.« Er seufzte. »Ich war schon lange nicht mehr hier.«

Ich sah ihn sprachlos an. Ihm gehörte die Insel?! »Du solltest das als Anmachspruch verwenden: ›Hey, Baby, ich habe eine Insel, willst du mal vorbeikommen?‹ Zieht bestimmt gut bei den Mädels.«

Er lächelte. »Da hast du recht, aber ich nehme eigentlich kaum jemanden mit hierher.«

Ray lachte, als er mein erstauntes Gesicht sah. Peinlich berührt wandte ich mich ab und ließ meinen Blick über die Wellen wandern. Ich wünschte, wir könnten ewig auf dieser Insel bleiben, es war so friedlich.

»Ich sehe schon, es gefällt dir hier. Gibt es vielleicht einen kleinen Kuss als Dankeschön?«, fragte er und stand direkt vor mir.

Es war so schwer, ihm zu widerstehen, aber ich wollte mich nicht in ihn verlieben, und wenn ich mich ihm weiterhin hingab, würde das zweifelsohne passieren. Andererseits war das hier ja alles nur ein Traum ...

»Wenn du diesen Traum aus deinen Gedanken baust, warum machst du dann nicht einfach, dass ich dich küsse?«, fragte ich ihn deshalb.

»Wo würde der Spaß bleiben?« Er grinste mich mit seinem unwiderstehlichen schiefen Lächeln an und legte seine Hand an meine Wange, nachdem er mir eine Strähne hinters Ohr gestrichen hatte.

Zum Teufel mit der Grübelei, ich sollte nicht über meine Gefühle nachdenken, solange er meine gesamten Gedanken lesen konnte.

»Nur als weitere Probe«, flüsterte ich und sah ihn ernst an, woraufhin er mit einem breiten Grinsen nickte. Er beugte sich vor, um die letzten paar Zentimeter, die uns trennten, zu überbücken. Zuerst küsste er mich sanft, wurde dann jedoch stürmischer. Wir fielen rücklings in den Sand und ich begann ausgelassen zu lachen. So gut hatte ich mich schon lange nicht mehr gefühlt. Die Angst vor dem Flug war wie weggeblasen. Meine Haare wehten in sein Gesicht und auch er musste lachen. Wir lagen noch eine ganze Weile so verschlungen da, lachten und küssten uns, während die Wellen um unsere nackten Füße spielten und die Sonne auf uns herabschien. Moment mal – die Sonne?

»Es ist ein Traum, Holly, hier ist alles möglich«, murmelte Ray an meinen Lippen.

»Aber etwas stimmt nicht«, bemerkte ich und runzelte die Stirn.

Obwohl die Sonne strahlend auf uns herabschien und die Palmen lange Schatten warfen, spürte ich keine Wärme. Das Kitzeln der Sonnenstrahlen auf meiner Haut fehlte. Ray rollte sich von mir herunter und streckte sich neben mir auf dem kühlen Sand aus.

»Zeig es mir«, verlangte er leise. »Ich habe die Sonne nur in Filmen und auf Fotos gesehen, aber ich weiß nicht, wie sie sich wirklich anfühlt.«

Eine Welle der Traurigkeit schwappte über mich. Ich konnte mir nicht vorstellen, wie es wäre, die Sonne nicht zu kennen. »Stell dir vor, wie es sich anfühlt, dann kann ich es in deinen Gedanken sehen«, bat er und sah mich erwartungsvoll an.

Ich schloss die Augen und stellte mir das warme Prickeln von Sonnenstrahlen auf meiner Haut vor. Die Hitze eines drohenden Sonnenbrandes, die Kühle eines dunklen Schattens. Ich öffnete die Augen und sah Ray fragend an: »Hast du dich nie gefragt, wie sich die Sonne anfühlt?«

»Etwas, das man nicht kennt, kann man nicht vermissen, aber die gleiche Frage stelle ich mir auch bei Dingen, die du nicht kennst. Was für ein Gefühl es wohl sein muss, wenn man weiß, dass man sterben wird. Wenn man die Farben des Nachthimmels nicht sehen oder das Leben um sich herum nicht hören kann, wenn man die Zeitalter nicht an sich vorbeiziehen sieht oder ohne besondere Kräfte auskommen muss.«

»Wir kommen wirklich aus unterschiedlichen Welten«, murmelte ich und sah hinaus aufs Meer.

»Vielleicht, aber wenn du mir deine Welt zeigst, dann zeige ich dir die meine«, flüsterte Ray kaum hörbar über das Rauschen der Wellen hinweg.

Schweigend saßen wir noch eine Weile da, ehe Ray sich wieder an mich wandte: »Ich bringe dich noch zum Haus auf der Insel, aber in der Realität geht die Sonne auf und dann kann ich nicht mehr hier sein.«

Er zog mich sanft an der Hand mit sich und lief einen kleinen Hügel hinauf, auf dem eine riesige moderne Villa stand. Ray stieß die Tür auf und machte eine einladende Geste. »Tu, was du magst, tu einfach so, als wäre das alles Realität«, murmelte er und fuhr dann lauter fort: »Der Traum sollte stabil genug sein, zumindest so lange, bis wir landen.«

Dann küsste er mich ein letztes Mal auf die Stirn, begann sich aufzulösen und ließ mich in der riesigen Villa alleine zurück.

Da er nun nicht mehr in meine Gedanken spähen konnte, sank ich auf den hellen Parkettboden und seufzte leise. Ich hatte die Zeit mit Ray am Strand genossen, ich hatte meine Sorgen, meine Bedenken und meine Gedanken einfach gehen lassen.

Den ganzen Tag mit Vampiren zu verbringen war anstrengend, ihn mit Vampiren zu verbringen, die in meinen Gedanken rumstochern konnten, noch anstrengender. Die Sorgen kehrten schneller zu mir zurück, als mir lieb war. Ich hätte mich nicht von Ray und der wunderschönen Strandkulisse hinreißen lassen dürfen. Vor allem jetzt, da wir eine wahnsinnig bescheuerte Abmachung hatten.

Ich hämmerte meinen Kopf gegen eine Säule. Wie hatte ich nur so blöd sein und so einen Deal eingehen können? Ich zwang mich an die halbe Million zu denken, die bald mein Konto füllen würden, und hoffte, dass mich das irgendwie beruhigen würde. Tat es aber nicht. In meinem Hinterkopf meldete sich ein Stimmchen und ich musste mir auch all die anderen Gründe eingestehen, weshalb ich der Abmachung zugestimmt hatte. Ich dachte zurück an den Kuss im Hotel, dann den Kuss in der Lounge und die Küsse am Strand.

Mein Puls beschleunigte sich und mein Herz schlug aufgeregt in meiner Brust. Ich schlug mit der flachen Hand auf einen Beistelltisch und die teure Designerlampe, die darauf abgestellt war, wackelte bedrohlich. Wenn ich meine Gefühle nicht unter Kontrolle bekam, dann würde ich geradezu auf eine Katastrophe zusteuern. Traum hin oder her, wenn ich aufwachte, würde die Erinnerung an den Strand noch immer da sein. Es war ein Erlebnis, was wir miteinander geteilt hatten, war es nun im Traum oder in der Realität.

Ich seufzte und berührte meine Lippen. Eins konnten diese bescheuerten Vampire wirklich: verdammt gut küssen.

Kapitel 11

Der Park mit der Maus

Ich spürte, wie mir jemand auf die Stirn tippte. Genervt schlug ich mit der Hand nach dem unsichtbaren Störenfried. Nur noch fünf Minuten schlafen ...

»Ray ...«, murmelte ich leise und verzog das Gesicht, als ich ein weiteres Tippen spürte. Erwartungsvoll öffnete ich die Augen, sah aber nicht wie insgeheim erhofft Ray, sondern Taylor, der sich breit grinsend über mich gebeugt hatte. Erschrocken schrie ich auf.

Er grinste weiterhin, trat aber einen kleinen Schritt zurück. »Ich bin es ja gewohnt, dass Frauen in meiner Anwesenheit anfangen zu kreischen, aber die meisten klingen glücklicher dabei. Wir sind gelandet! Zeit aufzuwachen, Dornröschen«, meinte er schelmisch und schob sich aus der Kabine.

Ich blickte neben mich, doch Damian war offensichtlich schon gegangen. Sie hatten mich wirklich mit Taylor alleine gelassen?

Nervös rieb ich mir die Augen und versuchte die Schläfrigkeit aus meinen Knochen zu vertreiben, ehe ich atemlos hinter ihm herstürzte. »Warte, Taylor«, rief ich, bis er endlich stehen blieb. »Wo sind die anderen?«, fragte ich ihn gähnend und glaubte Verärgerung über sein Gesicht huschen zu sehen. Doch eine Sekunde später war nur noch sein übliches makelloses Lächeln da.

»Du meinst wohl eher, wo ist Ray? Es hat mich schon ein wenig verletzt, als du beim Aufwachen nicht meinen Namen gemurmelt hast«, beantwortete er die Frage mit gespielter Entrüstung. »Unsere Majestät hat beschlossen, dass ich den Tag mit dir verbringen darf.«

Natürlich, Ray konnte wegen mir nicht seinen ganzen Terminkalender umwerfen. Zwar hatte ich Verständnis dafür, allerdings versetzte es mir doch einen kleinen Stich.

»Was hast du für heute geplant?«, fragte ich Taylor neugierig und biss mir auf die Lippen. Einen Tag mit ihm zu verbringen war vermutlich wie auf einem Minenfeld Salsa zu tanzen.

»Ich dachte, ich gehe mit dir in einem berühmten Themenpark, du weißt schon, der mit der Maus, wo wir schon mal in Florida sind, das macht das ganze Geschichtenerzählen vielleicht auch etwas spannender.«

Ich kreischte vor Begeisterung. »Du meinst Di–«

Doch er unterbrach mich. »Aber eigentlich hätte ich viel mehr Lust auf etwas Erwachseneres … Vielleicht solltest du lieber nicht mit mir kommen, ich bin schließlich kein Märchenprinz, sondern eher einer der Bösewichte.« Er zog anzüglich die Augenbrauen nach oben. »Es sei denn, du willst vielleicht deinen Traum wahr werden lassen?«

»Äh …«, stammelte ich. Taylors offene Art und seine Fähigkeit, blitzschnell Themen zu wechseln, machten mich sprachlos.

»Du musst dich jetzt noch nicht entscheiden.« Grinsend führte Taylor mich zu einem Auto, welches auf dem Rollfeld wartete. Wir wurden zu einem weniger belebten Terminal gebracht und durch die Passkontrolle geschleust. Am Gepäckband gingen wir allerdings vorbei, sodass ich nicht umhin konnte zu fragen, wo unser Gepäck war.

»Damian und die anderen haben es mitgenommen«, erklärte Taylor ungeduldig und zog mich weiter.

Kaum traten wir auf die Straße, wurden wir von Fotografen umringt. Kameras blitzten und ich musste feststellen, dass ich mich immer schneller an dieses Blitzlichtgewitter gewöhnte.

»Holly, wohin sind Sie mit Taylor unterwegs?«, fragte eine Reporterin und hielt mir das Mikrofon hin, doch ehe ich antworten konnte, ging Taylor dazwischen, lächelte selbstgefällig und antwortete für mich.

»Holly und ich haben heute Nacht ein kleines Date, wir würden das jetzt auch gerne ungestört fortführen. Ich hoffe, Sie können das verstehen.«

Ich sah noch, wie die Reporterin ergriffen lächelte und mit einem verträumten Blick dastand, ehe mich Taylor in eine wartende Limousine schob.

Das würde noch für einige Probleme sorgen, anscheinend wusste Taylor noch nichts von meiner und Rays Abmachung, sonst würde er unseren Ausflug nicht als Date betiteln.

»Hey, Adam, wir fahren heute ins Wunderland!«, rief Taylor fröhlich und ich war froh Adams freundliches Gesicht zu sehen, der sich aus dem Fahrersitz zu uns herumgedreht hatte.

»Hey, Holly, Ray hat mich gebeten ein Auge auf Taylor zu haben, während ihr unterwegs seid, also musst du dir keine Sorgen machen«, sagte er und lächelte sein breites Grinsen.

»Als ob du da noch viel ausrichten könntest, unsere Alice steckt schon ganz tief im Kaninchenbau, wenn ich sie und unseren Obervampir so anschaue«, rief Taylor mit gespielter Entrüstung.

Ich schluckte und versuchte den ertappten Gesichtsausdruck, der sich auf mein Gesicht gestohlen hatte, zu verstecken. Gleichzeitig wurde ich etwas melancholisch, als ich den Namen *Alice* hörte, denn ich vermisste meine beste Freundin. Sie wüsste genau, wie man verhinderte, dass Taylor einen um den Finger wickelte.

Wir fuhren schweigend weiter, bis wir endlich ankamen. Sobald wir ausstiegen, liefen einige aufgeregte junge Frauen auf uns zu und Taylor schoss reihenweise Selfies mit ihnen, ehe wir weitergehen konnten. Ganz der Charmeur besorgte er uns zwei Karten und zog die Kapuze seines Hoodies tiefer ins Gesicht, ehe er sich zusätzlich noch eine Sonnenbrille aufsetzte. Er reichte mir ebenfalls einen Hoodie und eine Sonnenbrille.

»Mittlerweile kennt die Welt dein Gesicht fast so gut wie meins.« Er grinste mich über den Rand seiner Brillengläser an. Beides zog ich kommentarlos an und wir betraten den Park.

Ich kreischte begeistert auf, als ich eine meiner liebsten Prinzessinnen entdeckte, und stürmte auf sie zu. Taylor machte einige Fotos von uns, als ich ihn darum bat, nicht jedoch ohne Cinderella ein paar anzügliche Blicke zuzuwerfen.

Nach den Fotos gingen wir in einen der kleinen Souvenirläden und ich suchte mir ein paar Mausohren. Nachdem Taylor mich fragend ansah, stülpte ich ihm ebenfalls eins über seine Kapuze und lachte über den verdatterten Ausdruck auf seinem Gesicht. Er bezahlte jedoch beide Ohrenpaare und sein übliches Lächeln war zurückgekehrt. »Partnerlook«, meinte er ausgelassen.

Zögerlich griff ich nach seinem Arm und wollte ihn zu einem Eisstand ziehen, doch er hielt mich auf. »Ich habe einen Tisch im Schloss für uns reserviert«, erklärte er und ich konnte nicht anders, als ihm quiekend um den Hals zu fallen. Seit ich ein kleines Mädchen war, liebte ich Themenparks, aber in einem der berühmten Schlösser zu essen war schon allein aus geldtechnischen Gründen nie drin gewesen.

»Wow, das ist wundervoll!«, platzte es aus mir heraus. Meine Augen leuchteten sicherlich genauso hell wie die von Taylor. Wir umarmten uns eine Spur zu lange. Ich runzelte die Stirn, als er mich nicht losließ. »Wo ist der Haken?«, fragte ich ihn misstrauisch. Es war schon über eine halbe Stunde vergangen und der Ausflug war nicht mal ansatzweise so unangenehm, wie ich befürchtet hatte. Taylor zeigte sich von seiner besten Seite und gab sich sichtliche Mühe mit mir.

»Es gibt keinen. Ich schwöre es! Außer vielleicht die Gardinenpredigt, die ich von Damian bekommen habe. Ich sollte mich für mein Verhalten entschuldigen.«

Meine Augen wurden groß. Vermutlich hätte er mir genauso gut erzählen können, er wäre der Kaiser von China, und ich hätte einen ähnlichen Blick draufgehabt. Erst einen Tag zuvor hatte er mir noch ins Gesicht gesagt, dass er das ganze Tohuwabohu um die Küsse kein Stück bereute. Ich würde weiterhin auf der Hut sein.

Wir steuerten das riesige Märchenschloss an und Taylor hielt mir die Tür auf. »Nach Ihnen, Madame.« Er verbeugte sich mit einem schamlosen Lächeln auf den Lippen und machte eine einladende Handbewegung.

Das Schloss war von innen noch schöner als von außen, Kronleuchter zierten die mit Stuck verzierte Decke und die Wände schmückten wundervolle Gemälde. Ich glaubte ein paar Bilder von Konthas Tinkade zu erkennen, die ich schon als Kind bewundert hatte. Den Fußboden bedeckte ein edler lachsroter Teppich, den goldene Muster zierten. Ich konnte mich gar nicht sattsehen, doch Taylor zog mich ungeduldig in den Hauptsaal, der mit jeder Menge Tischen ausgestattet war. Ein Kellner führte uns zu einem der kleineren und Taylor bestellte sogleich Getränke für uns.

»Du brauchst einen Drink, bei dem, was ich dir gleich alles erzählen werde, und ich glaube, ich brauch definitiv auch einen«, erklärte er entschuldigend und rückte mir den Stuhl zurecht.

Er konnte ein richtiger Gentleman sein, wenn er wollte. Ich setze mich und nach ein paar Minuten, die ich in staunendem Schweigen verbracht hatte, kam der Kellner wieder angerauscht und brachte uns zwei schmale Gläser. Taylors war mit dunkelroter Flüssigkeit gefüllt, meins hingegen mit spritzigem Champagner. Ich vermied den Blick auf Taylors Glas, musste jedoch nicht lange den Fußboden interessiert beäugen, denn Taylor trank es in einem Zug leer und tauschte es ebenfalls gegen ein Glas Champagner aus.

»Prost«, sagte er und wollte mit mir anstoßen. »Hey, du musst mir schon in die Augen schauen, sonst gibt es sieben Jahre schlechten Sex.« Er lachte, als ich errötete. Unsere Gläser klirrten aneinander.

»So, wo fangen wir an ...«, überlegte er laut und sah an die Decke. »Alle anderen haben bei ihrer Geburt angefangen, oder?«

Ich nickte und sah ihn erwartungsvoll an.

»Nun ja, meine Geburt war sicherlich etwas anders als die von James oder Damian. Ich bin schließlich nie ein Mensch gewesen. Meine Eltern sind beide Vampire und ich wurde ebenfalls als solcher geboren.«

»Adam hat mir zwar erzählt, dass es geborene und gebissene Vampire gibt, aber wie genau sie sich unterscheiden oder wie Vampire Kinder bekommen können, wusste er selbst nicht.«

»Nun, also ich glaube, das Bienchen- und Blümchen-Gespräch sollten lieber deine Eltern mit dir führen.« Taylor grinste frech.

»Du weißt genau, wie ich das meine!«

»Nun, also Vampire können sich nur untereinander fortpflanzen. Halblinge gibt es nicht, du musst dir also keine Sorgen machen«, feixte er und ich rollte mit den Augen. Ich würde vermutlich nichts weiter aus ihm herausquetschen können.

»Zurück zum Thema, ich bin also als Vampir geboren, und zwar in einem der zwölf Hohen Vampirhäuser, die Vistren regieren. Ray ist ein Cousin von mir, aber ein paar Jahrhunderte älter als ich.«

Ah, ich erinnerte mich, Adam hatte so etwas erwähnt. Doch gerade als ich die Chance nutzen und noch mehr über die Vampirhäuser herausfinden wollte, fuhr Taylor fort.

»Ich wurde um 1220 geboren und meine Familie hat damals, so wie alle Familien der Hohen Häuser, beim Aufbau von Vistren geholfen.« Er sah mich stirnrunzelnd an. »Vermutlich weißt du nicht, was Vistren ist?«

»Eine Vampirstadt«, mutmaßte ich und Taylor nickte bestätigend.

»Sie liegt im ehemaligen Siebenbürgen, du kennst das vermutlich als Transsilvanien. Die Legenden sind so weit also wahr, es gibt dort ziemlich viele Vampire und der Großteil von ihnen lebt eben in Vistren. Zur Zeit meiner Geburt war Vistren eher ein Dorf als eine Stadt, aber meine Eltern liebten die Idee von einer Zukunft, in der Vampire einen Ort hatten, an dem sie sich nicht verstecken mussten und sie sie selbst sein konnten. Das klappte auch so weit ganz gut, bis ins 16. Jahrhundert, als der Krieg ausbrach. Die Schlacht von Mohac ... Schon mal gehört?«

Ich schüttelte den Kopf, aber Taylor fuhr ohne eine weitere Erklärung fort, ich runzelte die Stirn. Hatte er gerade einen Sprung von etwa 300 Jahren gemacht? Er hatte nur über Vistren geredet. Ich entschied, dass es unhöflich wäre, ihn dazu zu drängen, etwas zu erzählen, und beließ es dabei.

»Meine Familie floh nach Venedig und ich muss sagen, bis heute ist es meine Lieblingsstadt. Ich liebe die Kanäle, die schmalen Gassen und die Stelzenhäuser.« Auf seinem Gesicht lag ein seliger Ausdruck.

»Aber ist es als Vampir nicht schwierig in Venedig? Ihr könnt doch nicht zu Fuß über die Brücken gehen?«

»Nun, meine Familie zog es natürlich vor, mit Gondeln zu reisen. Es hatte auch einfach mehr Stil. Kann ich fortfahren?« fragte er mich, während ich an meinem Champagner nippte und ihn neugierig nickend musterte.

»Klar gab es auch in Venedig Krieg und wir mussten uns bedeckt halten. Auch als 1630 die Pest wütete und wir kaum jemanden zum Trinken finden konnten, da in Venedig ziemlich hohe Quarantänestandards galten. Wir blieben trotzdem. Venedig hatte etwas Magisches. Es war nicht leicht, unsere wahre Natur geheim zu halten, da unsere Nahrungsquellen bei dem zweiten Pestausbruch um 1656 nur noch weiter dezimiert wurden.«

Ich bekam eine Gänsehaut, Taylor sprach von Menschen tatsächlich als Nahrungsquellen. Sah er wirklich so wenig in uns? Was dachte er wohl über mich?

Taylor erzählte seine Geschichte anders als Damian und James vor ihm. Er schien sich nur an Eckdaten aufzuhängen und offenbarte nichts Persönliches, sondern blieb stets sachlich. Es frustrierte mich, denn am Ende würde ich sicherlich genauso viel über Taylor wissen wie vorher auch schon: nämlich gar nichts.

»Kommen wir zu etwas Interessanterem«, begann Taylor und ich glaubte, dass er meinen misstrauischen Blick bemerkt hatte. »Sagt dir der Name Giacomo Casanova etwas?«

Diesmal nickte ich eifrig, von diesem legendären Liebhaber hatte vermutlich schon jeder gehört. »Nun, er selbst war eine ziemliche Nullnummer, aber ich habe seinem Namen alle Ehre gemacht. Der arme Kerl hat sich immer gewünscht mit mir tauschen zu können. Er war ein Mönch, ich weiß nicht mal, ob er seinen Keuschheitsschwur jemals gebrochen hat.«

Taylor lachte leise auf und sah mich wieder mit diesem glühenden Blick an. Meine Kinnlade klappte nach unten und meine Hände glitten an meine Wangen. Vermutlich sah ich aus wie Edward Munchs *Der Schrei*. Aber eigentlich hätte ich damit rechnen müssen, er wäre nicht er selbst gewesen, wenn er das Gespräch nicht doch noch irgendwie in eine sexuelle Richtung gelenkt hätte. Langsam gewann ich meine Fassung zurück, während er weitererzählte.

»Es gab Wochen, da habe ich vierzehn Frauen glücklich gemacht, auf die eine oder die andere Weise.«

»Gab es denn nie eine Frau, die dich zufriedengestellt hat?«, formulierte ich die Frage, die mir schon länger im Geiste herumspukte.

Taylor starrte ins Leere. Der Ausdruck in seinem Gesicht war plötzlich einer, den ich noch nie bei ihm gesehen hatte. »Nur eine«, flüsterte er.

»Wo ist sie jetzt? Was für eine Vampirin war sie?«, fragte ich vorsichtig.

»Keine Vampirin. Sie war ein Mensch. Sie ... weilt längst nicht mehr unter uns«, sagte er ausdruckslos. Sein Blick wanderte unstet umher, ehe er an seinem Champagnerglas hängen blieb. Er schien wieder zu sich zu kommen, hob das Glas und fragte: »Hättest du nicht auch mal Lust, die berühmte Liebeskunst des Casanova zu kosten?«

Ich musste schlucken. Meine Hände versteiften sich um den Stiel des Champagnerglases. So ein Angebot bekam man nicht alle Tage oder zumindest nicht, wenn man nicht regelmäßig Zeit mit Taylor verbrachte, aber dieser kleine Schimmer, der durch seine übliche Fassade schien, machte mich stutzig. Ich spürte, wie er bewusst vermied weiter über seine menschliche Geliebte nachzudenken und deshalb nicht aufhörte zu reden.

»Aber ich bin nicht die einzige Berühmtheit in meiner Familie, sagt dir Katharina die Große etwas? Das ist eine meiner Schwestern.«

Ich schnappte nach Luft. Katharina die Große war seine Schwester! »Aber die ist doch schon lange tot«, flüsterte ich, doch Taylor schüttelte nur lachend den Kopf.

»Nein, ihr geht's gut. Den eigenen Tod vorzutäuschen ist unter Vampiren ein gängiges Mittel, um sich der Öffentlichkeit zu entziehen.«

Er genoss offensichtlich meine perplexe Miene.

»Für Vampire gehört das beinahe zum Alltag. Gerade für die gebissenen, die gar nicht altern. Als die Menschheit noch nichts von unserer Existenz wusste, wäre es zu auffällig gewesen, wenn wir länger als ein Jahrzehnt am selben Ort geblieben wären. Also täuschten wir Tode vor und fingen neue Leben an.«

Taylor musterte mich zufrieden grinsend und beschloss wohl, dass es erneut Zeit war, zum Angriff überzugehen. »Wo wir gerade beim Vortäuschen sind. Holly, was ich dich schon seit dem Beginn unserer kleinen Reise fragen wollte: Hast du eigentlich einen Freund, weil du dich so prüde benimmst, oder bist du lesbisch? Ich weiß, du Ray hast gesagt, du bist Single und hast mit ihm diese kleine Abmachung, aber du kannst ruhig ehrlich zu mir sein.«

Ich spuckte meinen Champagner quer über den Tisch. Taylor fixierte mich ungerührt, als erwartete er eine ernsthafte Antwort, während er sich mit der Serviette den Champagner aus dem Gesicht wischte.

»Nein ... zu beidem, ich habe keinen Freund und ich bin auch nicht lesbisch. Außerdem, wenn du genau wusstest, dass Ray und ich diese Abmachung haben, weshalb hast du den Reportern draußen dann gesagt, wir beide hätten ein Date?«, stammelte ich.

»Na ja, die Reporter kennen die Abmachung ja noch nicht, also kann ich auch noch ein bisschen Spaß haben. Warum weichst du meinen Avancen aus? Nicht nur meinen, oder? Auch Rays. Sind wir dir nicht gut genug? Nur weil ihr eine Abmachung habt, dass ihr in der Öffentlichkeit ein Paar darstellt, heißt das nicht, dass du dich privat zurückhalten musst, zumindest nicht bei mir.«

»Nein, ich, äh ...«, ich räusperte mich, »äh ... Ich schätze mich durchaus glücklich die Aufmerksamkeit von zwei so ... so außergewöhnlichen Männern, ähm, Vampiren zu bekommen, aber ich bin einfach nicht der Typ dafür.«

»Wofür?«

»Für konsequenzenlosen Spaß. Sag mal, welches Hohe Haus wird denn von deiner Familie repräsentiert? Das Orgasmus-Department, oder was?«

Er lachte herzhaft. »Nein, ich gehöre dem Hohen Haus der Schatten an. Wenn Intrigen in der Vampirgemeinde entstehen, die nicht vor Gericht auftauchen sollen, nimmt man unsere Dienste in Anspruch. Wir lösen das Problem dann auf die eine oder andere Weise.«

Mir lief ein Schauer über den Rücken. »Das klingt gruselig.«

»Was meinst du, warum ich dir nur einen winzigen Bruchteil meiner Lebensgeschichte erzählt habe, den langweiligen, zugegebenermaßen? Ich dachte, ich lasse die Leichenteile, inszenierten Kriege und düsteren Machenschaften lieber aus. Wir wollen Rays kleine Prinzessin ja nicht mit der Realität verschrecken.« Das Lächeln, welches er mir über den Rand des Glases hinweg zuwarf, ließ mir das Blut in den Adern gefrieren.

»Kommen wir zurück zum Thema: Du meintest, du verliebst dich viel zu leicht und mittlerweile sind wir nicht mehr die großen, bösen Blutsauger wie anfangs? Habe ich das jetzt gerade wieder ins Wanken gebracht?«

Die Realität knallte hart über mir zusammen, als Taylor das aussprach, was mein Unterbewusstsein schon längst wusste. Ich ballte meine Hände zu Fäusten, während ich versuchte in meinem Kopf eine Erwiderung zusammenzustricken. Doch er fuhr erbarmungslos fort. »Das habe ich mir schon gedacht, aber Hand aufs Herz, wäre es so schlimm, sich zu verlieben?«

Ich blinzelte ihn überrascht an.

»Wir sind Vampire, aber wir können trotzdem tiefe Gefühle haben«, murmelte Taylor kryptisch und nippte an seinem Glas.

Ich spürte erst jetzt, dass ich zitterte, mir war unbehaglich, weswegen ich auf meinem Stuhl hin und her rutschte. Diese Konversation driftete immer weiter in eine ungemütliche Richtung. »Ich würde mich gerne kurz frisch machen«, flüsterte ich und erhob mich vom Tisch.

Nachdem ich die Waschräume gefunden hatte, sank ich auf der Kloschüssel in mich zusammen. Ich vergrub mein Gesicht in den Händen und konnte nicht umhin zu seufzen.

Ich wurde aus Taylor einfach nicht schlau, er machte Andeutungen, bei denen ich nie wusste, ob sie ernst gemeint waren. Außerdem war ein Date mit ihm wie auf einer heißen Herdplatte zu tanzen. Moment, hatte ich das gerade ein Date genannt? Was meinte er damit, auch Vampire hätten Gefühle? Wollte er andeuten, dass er oder vielleicht Ray für mich welche hatten?

Taylor hatte schließlich zugegeben, dass er mal Gefühle für einen Menschen gehabt hatte. Ich hatte ihn noch nie so verletzlich gesehen. Vermutlich sollte ich nicht so hart mit Taylor sein, schließlich war er zusammen mit mir nach Disneyland gefahren. Vielleicht steckte in ihm doch ein weicher Kern.

Als ich in das Restaurant zurückkehrte, fixierte er mich mit seinen makellosen goldenen Augen und stand auf, um zu mir herüberzuschlendern.

»Nachdem ich dir jetzt so gut wie alles, was ich wollte, über mich erzählt habe, wie wäre es, wenn ich dir ein bisschen was über Ray erzähle?«, fragte er und ich zögerte. Er führte mich zurück zu unserem Tisch und ließ seine Hand dabei über meinen Rücken gleiten.

Ich hätte schon gerne mehr über Ray erfahren, aber ich wusste nicht, ob ich Taylor trauen konnte. Für ihn schien alles ein großes Spiel zu sein und ich war nicht unbedingt bereit den geforderten Einsatz zu zahlen.

»Nun, was kannst du mir denn über Ray erzählen?«, fragte ich in einem gedämpften Ton und verschränkte die Arme vor der Brust. Er winkte mich über den Tisch hinweg näher zu sich heran. Mein Stuhl scharrte leise über den Boden, als ich neben ihn rückte.

»Was willst du denn über ihn wissen?«, fragte er und ich spürte seinen Atem an meinem Ohr. Er war mir viel zu nah.

»Hat er schon mal jemanden zum Vampir gemacht?«, fragte ich unsicher und rückte von ihm ab. Doch er ließ sich nicht beeindrucken und zog mich gelassen wieder heran.

»Nein, er hat noch keinen Vampir erschaffen oder gezeugt. Er ist kaum aus Vistren rausgekommen bis zur Enthüllung«, entgegnete Taylor, legte die Fingerspitzen aneinander und fixierte mich genau.

»Wie heißt Ray wirklich? Ich meine Damian hieß ja auch nicht immer Damian. Und Ray ist eher ein moderner Name. Wie heißt du eigentlich wirklich?«

Taylor sah mich neugierig an. »Mein Name? Meine Eltern haben mich Tycho genannt, was so viel wie Schicksal bedeutet. Aber wie Ray wirklich heißt? Ich glaube, er bringt mich um, wenn ich dir das verrate, er mag den Namen wirklich nicht.«

Ich legte den Kopf schräg. Was konnte so schlimm sein an einem Namen?

»Okay, du musst es aber für dich behalten, ja?«, fragte er grinsend und ich nickte. »Schwörst du, dass du es keinem erzählst?«, hakte er nach und beäugte mich kritisch.

»Ich schwöre es«, erwiderte ich und setzte eine ernste Miene auf.

»Würdest du deinen Schwur auch mit einem Kuss besiegeln?«, fragte er und das wölfische Lächeln hatte sich wieder auf seine Lippen gestohlen.

»Äh«, machte ich völlig überrumpelt. Er sagte nichts, sondern fixierte mich weiter. »Nein«, widersprach ich und blickte ihn entgeistert an.

»Dann kann es dir ja nicht so wichtig sein«, sagte er und besah sich desinteressiert den Kronleuchter, der über uns glitzerte.

Ich ballte meine Hände zu Fäusten, er hatte mich absichtlich in eine solche Situation bringen wollen. Wenn ich ihn küsste, um Rays Namen zu erfahren, dann würde ich Taylor damit in die Hände spielen und Ray würde es mir vermutlich sehr übel nehmen, vor allem nachdem wir nun diese seltsame Abmachung hatten.

Hatte ich gerade auch nur eine Sekunde in Erwägung gezogen Taylor zu küssen? Das war mir Rays Name nun wirklich nicht wert, ich würde ihn einfach selbst fragen, er war ja schließlich nicht Rumpelstilzchen. Oder vielleicht doch?

Taylor beobachtete mich grinsend. »Interessant, dass du so lange gezögert hast«, bemerkte er und sein Grinsen wurde immer breiter.

»Taylor, du hast das Talent, den Leuten ganz ohne Blut deine manipulierenden Gedanken einzupflanzen«, fauchte ich und lehnte mich aufgebracht in meinem Stuhl zurück.

»Ich habe anscheinend viele verborgene Talente. Für einen Kuss sag ich dir alles, von seiner Schwanzgröße bis hin zu seinen dunkelsten Geheimnissen«, flüsterte Taylor verführerisch und ich starrte ihn an. Zog ich das gerade wirklich in Erwägung?

»Vielleicht würde ich mich auch auf einen Handel gegen ein bisschen von deinem Blut einlassen?« Er sah wieder nachdenklich auf den glitzernden Kronleuchter. »Oder wir tauschen, Geheimnis für Geheimnis, Stück für Stück, sodass ich nach unserem kleinen Gespräch so gut wie alles über dich weiß.«

Ich schluckte, bisher war keine Möglichkeit dabei, die ich in Betracht ziehen würde. »Wieso sollte ich so dringend etwas über Ray wissen wollen? Ich kann ihn selbst fragen oder du könntest mich anlügen«, erwiderte ich trotzig, ohne die Unsicherheit in meiner Stimme wirklich verbergen zu können.

»Ich kann dir sagen, warum er wegen eurem ersten Kuss so aufgewühlt war«, streute Taylor beiläufig ein und schaute mich unschuldig an.

Das war etwas, was Ray mir nicht sagen würde, und Taylor wusste das ganz genau. Ich hatte Ray immer wieder zwischendurch dahingehend bearbeitet, aber kein Sterbenswörtchen aus ihm herausbekommen.

»Habe ich da Interesse geweckt?«, fragte Taylor neugierig und seine Lippen kräuselten sich. »Ich habe dir meinen Preis genannt und ich bin mir sicher, du bist bereit ihn zu bezahlen.«

Ich spürte, wie das Blut in meinen Ohren rauschte. Mein Blut würde ich ihm sicher nicht geben, Taylor war so schon manipulativ genug, wenn er meine Gedanken lesen könnte, würde er das schamlos ausnutzen. Mit den Geheimnissen war es genauso, er würde mich im schlimmsten Fall erpressen können und ich würde nach seiner Pfeife tanzen müssen, vor allem weil ich eine furchtbare Lügnerin war und er mich sofort durschauen würde.

Aber ein Kuss. Ich hatte Taylor ja bereits geküsst, oder eher, Taylor hatte mich geküsst.

Ich beäugte ihn misstrauisch. »Nur einen Kuss?«

»Nur einen Kuss«, erwiderte Taylor und hob beschwichtigend die Hände.

Was war schon dabei? Ein kleiner Kuss gegen wertvolle Informationen. Viele Menschen küssten sich, auch wenn sie sich erst ein paar Stunden kannten. Manche küssten regelmäßig ihre Freunde.

»Aber was ist mit Rays und meiner Abmachung?«, fragte ich und suchte fieberhaft nach einer Ausrede.

»Es muss ja keiner erfahren. Es wäre unser kleines Geheimnis. Außerdem spielst du ja nur seine Freundin und auch das ist bisher noch nicht öffentlich. Also kannst du, wie vorhin schon gesagt, privat tun und lassen, was du willst.«

Eines musste ich mir eingestehen: Er hatte zumindest teilweise recht. Dennoch war ich mir sicher, dass Ray keineswegs begeistert wäre, falls ich Taylor küssen sollte.

»Warum willst du mich küssen?«, stellte ich die Frage, die noch in meinem Kopf rumgeisterte.

»Nun, ich finde dich attraktiv. Küssen macht Spaß. Warum sollte ich nicht wollen?« Er zuckte mit den Schultern und drehte das leere Champagnerglas zwischen seinen langen Fingern.

»Okay, ein einziger Kuss und du erklärst mir, was bei Rays und meinem ersten Kuss passiert ist«, willigte ich zögerlich ein und ballte die Hände zu Fäusten, als ich mich verkrampfte.

Taylor nickte selbstgefällig. »Wollen wir dann, meine Dame? Hier ist nicht der richtige Ort dafür«, erklärte er und bot mir seinen Arm an, den ich skeptisch nahm.

Er führte mich über mehrere Treppen und Gänge in einen verlassenen Flur, in dem nur ein paar Baugerüste aufgestellt waren. Ein Buntglasfenster warf spielerisch Farben auf den hellen Boden. Mehrere Fenster, die einen Erker schmückten, bildeten eine wunderschöne Nische am Ende des Ganges. Taylor lehnte sich gegen eines der Fenster, wodurch seine perfekte Silhouette als Schatten auf den Boden fiel. Seine Augen leuchteten wie flüssiges Gold. Dann zog er mich an sich, wir waren nur noch Zentimeter voneinander getrennt. Das Licht färbte seine goldblonden Haare in den verschiedensten Regenbogenfarben ein und mein Blick wanderte zwischen seinen Augen und seinen Lippen hin und her. Ich biss mir unschlüssig auf die Lippen. Mit jeder verstreichenden Sekunde wurde ich unsicherer, ob ich das wirklich durchziehen wollte.

»Du musst das schon ganz alleine machen, ich werde dich nicht zwingen«, hauchte er und strich mit seinen Fingerspitzen über mein Rückgrat, wodurch ich eine Gänsehaut bekam. Ich schloss die Augen und verbat mir noch weiter über die Sache nachzudenken. Ich hatte schließlich ein Ziel.

Dann überwand ich die kurze Distanz zwischen uns und küsste ihn. Sofort schmeckte ich erneut den Geschmack von gesalzenem Karamell auf meinen Lippen. Meine Hände waren zu Fäusten geballt, die sich jedoch langsam öffneten, und mein ganzer Körper entspannte sich. Taylors Hände lagen auf meiner Hüfte und stützen mich, nachdem ich ein wenig schwankte.

Hitze schoss mir in die Wangen und ein Kribbeln schoss mir vom Rückgrat bis in die Haarspitzen, als hätte ich einen elektrischen Schlag bekommen. Er küsste unglaublich gut. Sein Atem kitzelte mich an der Nase. Dieser Kuss war so anders als der erste, ich war überwältigt davon, wie zart Taylor sein konnte.

Seine Lippen fühlten sich unendlich sanft auf meinen an. Eigentlich hatte ich vorgehabt ihm nur einen kurzen Schmatzer zu geben, doch nun hatte ich mich in diesem Kuss verloren. Es gefiel mir viel zu sehr.

Taylors Lippen wanderten langsam über meinen Kiefer an meinem Ohr meinen Hals hinunter und ich gewährte es ihm, es fühlte sich an, als würde er eine brennende Spur auf meiner Haut hinterlassen. Nun konnte ich mir Taylor wirklich als Casanova vorstellen.

Als er jedoch in der Nähe meiner Halsschlagader war, kam ich wieder zur Besinnung und trat einen Schritt zurück. Ich atmete heftig und stellte überrascht fest, dass auch Taylors Körperhaltung eine gewisse Erregung verriet. Eine kurze, drückende Stille senkte sich über uns, ehe Taylor sprach.

»Dann ist es jetzt wohl an mir, meinen Teil der Abmachung einzuhalten«, stellte er mit rauer Stimme fest und lehnte sich wieder gegen das Buntglasfenster. Er vermied es, mich anzusehen. »Kennst du das Sprichwort: Die Chemie stimmt? Es gibt so etwas Ähnliches zwischen Vampiren und Menschen. Ray hat das gespürt, als er dich das erste Mal geküsst hat. Es kommt nicht oft vor, deswegen war er ein wenig überrumpelt. Letztendlich heißt das aber nur, dass eure Körper gut zusammenpassen, nicht mehr und nicht weniger. Was dein Herz will, ist deine eigene Entscheidung«, schloss Taylor seine kurze Erklärung.

Ich blickte zu Boden. Irgendwie klang das immer noch ziemlich merkwürdig. »Warum hat er dich dann angerufen und was hat er mit dir beredet?«

»Schätzchen, ich bin etwa so alt wie Ray und habe deshalb auch einiges an Lebenserfahrung. Ich habe diese Chemie tatsächlich schon einmal erlebt und Ray wusste das, deshalb hat er mich angerufen«, erwiderte Taylor und sah mir tief in die Augen.

Ich glaubte ihm. Ich wusste nicht ganz warum, aber ich war mir sicher, dass er die Wahrheit sagte.

»Willst du noch etwas wissen?«, fragte er und fuhr mit dem Finger die Fassung des Fensters nach.

»Wie heißt Ray wirklich?«, flüsterte ich und sah Taylor fest in die Augen.

»Er heißt eigentlich Runer, kann aber den Namen wirklich nicht leiden«, erklärte er und ich sah verwundert drein. »Er findet, dass es nicht zu einem Rockstar passt.« Er zuckte mit den Schultern. »Darf ich mir eine Frage erlauben, Holly?« Er musterte mich eindringlich. »Hat dir unser Kuss gerade gefallen?«

Ich sah weg. »Ja«, wäre die ehrliche Antwort, fühlte sich aber falsch an. »Nein«, wäre dagegen gelogen. Stumm rang ich mit mir selbst. »Ein bisschen«, brachte ich hervor und versuchte meine Hand lässig am Fensterrahmen abzustützen. Griff jedoch daneben und fiel auf Taylor.

»Wow, nicht so stürmisch. Man kann geradezu sehen, was in deinem Kopf vorgeht. Ich habe meine Antwort bereits. Falls es dein Gewissen beruhigt, es hat mir auch gefallen. Langsam verstehe ich, was Ray an dir findet.«

Taylor lachte, als ich mich aufrappelte und meine Wangen glühten. Warum hatte ich mich darauf eingelassen? Mein Kopf und mein Herz waren nun vollends verwirrt.

»Ich habe das Gefühl, ich weiß jetzt noch weniger über dich als vorher«, flüsterte ich und runzelte die Stirn.

»Glaub mir, das ist besser so«, erwiderte er und sein Blick wurde wieder ernster.

Kapitel 12

Jäger vs. Prinzessin

Ich war immer noch komplett durcheinander nach Taylors Kuss. Es hatte sich anders angefühlt als mit Ray, aber dennoch überragend gut. Die Verwirrung senkte sich schwer auf meine Glieder und meine Stimmung war angespannt. Wie in Trance verließen wir das Schloss, nachdem Taylor bezahlt hatte. Die anderen Gäste nahm ich nur noch verschwommen wahr, stolperte mehrmals über meine eigenen Füße.

Taylor verhielt sich hingegen wie immer. Mit seiner neckischen, spielerischen Art nahm er mich am Arm und führte mich zu einer Achterbahn. Ich musste den Kopf in den Nacken legen, um den Fahrtverlauf anzusehen.

»Das sieht super aus!«, sagte ich, dankbar endlich ein Thema zu haben, worüber ich mit ihm reden konnte, um mich abzulenken.

Taylor nahm mir die Tasche ab, drückte meine Hand und sagte: »Geh ruhig, ich werde hier auf dich warten, ich bin nicht so der Fan von Achterbahnen.«

Ich sah ihn unsicher an. »Wir können auch was anderes machen.«

Er schüttelte nur den Kopf. »Das, was ich gerne machen würde, dazu bist du noch nicht bereit. Wobei wir uns gerne eine ruhige Ecke suchen können, solltest du mir das Gegenteil beweisen wollen.« Er grinste. Als ich ihn jedoch nur schuldbewusst anblickte, erwiderte er: »Ich schätze, du musst erst mal den Kopf freibekommen. Ich habe doch gesehen, wie deine Augen leuchteten, als du die Achterbahn entdeckt hast. Jetzt hopp, geh schon!«

Er schob mich forsch in Richtung Warteschlange.

Mich packte wirklich die Lust, das Adrenalin durch meinen Körper strömen zu lassen und dieses Chaos in meinen Gefühlen und meinem Kopf zu vergessen. Ein Seufzen entfuhr mir und ich erinnerte mich zurück an Taylors Worte: *Wäre es so schlimm, sich zu verlieben? Wir sind Vampire, aber wir können trotzdem tiefe Gefühle haben.*

Sollte das etwa unterschwellig bedeuten, dass er etwas für mich empfand? Waren seine Annäherungsversuche nicht nur gespielt, sondern entwickelte er Gefühle für mich? Oder redete er über Ray? Schließlich war ihm nicht entgangen, dass Ray mich geküsst hatte.

Doch nun hatte Taylor mir einen weiteren Kuss gestohlen. Einen, den ich ihm gerne und freiwillig gegeben hatte.

Was war nur in mich gefahren? Und warum war er der Ansicht, zwischen mir und Ray würde die Chemie stimmen? Er hatte sich so kryptisch ausgedrückt, dass ich nicht viel schlauer war als vorher. Ich legte die Finger an meine Lippen. Warum fühlte sich alles so an, als wäre ich die unterbezahlte Hauptdarstellerin einer schlechten Seifenoper? Obwohl, über Rays Bezahlung für *meine Dienste* konnte ich mich nicht beschweren.

So viel Drama!

Wir sprachen hier immerhin von Vampiren, die mindestens fünfhundert Jahre alt waren und damit schon seit einiger Zeit volljährig. Ich würde jetzt die Achterbahnfahrt genießen und dann würde ich Taylor fragen, was er mit seiner kryptischen Aussage beim Essen gemeint hatte, und nicht zu viel hineininterpretieren. Ich war schließlich ebenfalls eine erwachsene Frau. Wenn auch unwesentlich jünger.

Endlich war ich dran. Der Wind blies mir die Haare quer ins Gesicht, während der kleine Wagen die Achterbahn steil hinauffuhr. Das Klackern und Rattern der Mechanik drang leise an meine Ohren, ebenso wie das erwartungsvolle Quieken der Passagiere und der heulende Nachtwind. Ich saß ganz vorne und würde als Erste in den Abgrund gucken. Voller Vorfreude blickte ich auf die verschiedenen Schleifen und Loopings.

Da wir fast am höchsten Punkt angekommen waren, ließ ich meinen Blick über die fantastische Aussicht schweifen. Es war unglaublich, ich konnte unzählige Lichter erkennen, ein Riesenrad, einen glühenden Fluss und zahlreiche Menschen, die trotz der späten Stunde aufgeregt schnatternd durch den hellen Park schlenderten. Außerdem sah ich das fantastische Märchenschloss und ein gewisses Buntglasfenster, welches ich sicherlich nicht so schnell vergessen würde.

Kurz schloss ich peinlich berührt die Augen, als sich die Erinnerung mir wieder aufdrängte. Ich schüttelte den Kopf und blickte stattdessen nach unten, nur um festzustellen, dass Taylor vom beleuchteten Vorplatz verschwunden war. Zumindest konnte ich seine markante Statur und meine leuchtend bunte Handtasche nirgendwo ausmachen. Mein Herz sank ebenso schnell in die Hose, wie der Wagen den Abhang hinunterfuhr.

Als die Achterbahn endlich ihre Fahrt beendet hatte und ich hastig ausgestiegen war, ließ ich meinen Blick panisch durch die Menge schweifen. Ich wollte gerade nach meinem Handy greifen, um ihn anzurufen, da wurde mir klar, dass er ja meine Tasche in Verwahrung hatte. Mit der flachen Hand schlug ich mir beherzt an die Stirn und setzte mich auf eine nahe Bank. Okay, ganz ruhig, bestimmt würde er gleich wiederkommen.

Noch immer spürte ich das Rauschen in meinen Ohren und meine Beine waren zittrig. Ich hielt weiter nach Taylor Ausschau, bis ich einen Mann mit meiner Handtasche auf mich zueilen sah. An seinem Namensschild erkannte ich, dass er ein Angestellter sein musste. Er streckte mir mein Eigentum entgegen.

»Mr Lyse hat das hier für Sie abgegeben. Er ist gleich zurück. Sie sollen hier bitte auf ihn warten.«

Nervös spähte ich auf das Namensschild und kniff die Augen zusammen. »Wo ist er ... Brian?«, fragte ich schärfer als beabsichtigt. Der arme Kerl konnte eigentlich nichts dafür, dass ich plötzlich explodierte. Meine Angst, plötzlich allein gelassen worden zu sein, hatte meine Gefühle eine zweite Runde Achterbahn fahren lassen. War er gegangen, weil er unseren Kuss jetzt doch bereute?

Kritisch bemerkte ich, wie der Angestellte nervös zu einem Schuppen blickte, auf dem *Maintenance* stand. Er verschränkte nervös die Hände ineinander und kleine Schweißperlen bildeten sich auf seiner Stirn. »Ich kann Ihnen nicht sagen, wo er hingegangen ist ... HEY.«

Doch ich stapfte bereits an ihm vorbei Richtung Schuppen. Taylor hatte hoffentlich einen guten Grund, warum er sich in diesem Bretterverschlag befand.

Plötzlich stoppte ich mitten im Schritt und blieb wie vom Donner gerührt stehen. War ihm vielleicht etwas zugestoßen? Es gab wohl nicht viel, was einen Vampir verletzen oder gar töten konnte, aber dennoch. Nach der Enthüllung der Vampire hatten sich jede Menge Gruppen gebildet, die illegal Jagd auf sie machten, und auch James und Damian hatten davon erzählt, dass es durch die Jahrhunderte hinweg immer wieder Situationen gegeben hatte, in denen sie sogar vor solchen Jägern hatten fliehen müssen.

Aber was, wenn Taylor wirklich von Vampirjägern bedroht wurde? Was sollte ich gegen einen bewaffneten Vampirjäger ausrichten, der dazu ausgebildet war, die gefährlichsten Raubtiere der Erde zu jagen? Andererseits – hätten Vampirjäger meine Tasche für mich hinterlegt? Würde mich ein Vampirjäger darüber informieren, dass Taylor gleich zurück sein würde? Ich runzelte die Stirn.

Bevor ich die Klinke nach unten drückte, hielt ich im letzten Moment inne. Meine Finger zitterten ein wenig und die Klinke fühlte sich ungewöhnlich warm an. Taylor war unfassbar stark, er wäre niemals eine so leichte Beute geworden. Der ganze Park war voller Zeugen.

Ein zweiter Gedanke drängte sich mir auf. Was wäre, wenn Taylor sich Taylor-typischen Dingen widmete? Aber die Achterbahnfahrt hatte kaum eine Viertelstunde gedauert. Außerdem hatte er mich gerade erst geküsst. Ich verwarf den Gedanken und lauschte gespannt. Ich hörte ein Scharren im Inneren und einen undeutlichen Laut. Jetzt oder nie.

Ein letztes Mal sammelte ich meinen Mut, wühlte in meiner Handtasche und fingerte eine Nagelfeile hervor. Ich hatte keine Zeit, nach einer besseren Waffe zu suchen, jede Sekunde, die ich zögerte, konnte über Leben und Tod entscheiden. Außerdem musste es ja einen Grund geben, warum sie einem die Dinger immer am Flughafen wegnahmen.

Mit einem spitzen Schrei riss ich die Tür zum Schuppen auf und sah Taylor, in einer sehr eindeutigen Pose, mit einer hellblauen Gestalt. Das konnte doch nicht wahr sein! War das etwa Cinderella? Vor Schreck ließ ich die Nagelfeile fallen, welche mit einem dumpfen Klirren auf dem abgetretenen Holzboden auftraf.

Taylor fuhr wie in Zeitlupe zu mir herum. Sein Mund war blutverschmiert und hatte einen seligen Ausdruck angenommen. Cinderellas Augen weiteten sich und sie versuchte ihr Kleid so weit zurechtzurücken, bis ihre Brüste bedeckt waren.

Damit hatte ich nicht gerechnet. Nach dem Kuss und allem, was er gesagt hatte, hätte ich nicht erwartet, dass Taylor nahtlos zu seiner ganz eigenen Tagesordnung überging. Allerdings – was hatte ich denn erwartet? Dass Taylor etwas für mich empfand? Oder das alles tat, um mich näher kennenzulernen?

»Bist du jetzt fertig mit Starren oder willst du vielleicht mitmachen?«, fragte er ungeduldig und wischte sich mit dem Handrücken über den Mund.

Ich wirbelte wortlos herum und floh. Mein Kopf war wie leer gefegt. Obwohl das Adrenalin mir eben noch Gedanken in einem unermüdlichen Strom durch die Synapsen gefeuert hatte, herrschte nun Funkstille. Wohin und warum ich eigentlich weglief, wusste ich nicht. Die Geräusche der Attraktionen und das undeutliche Schnattern der Besucher waren zu einem einzigen Rauschen verschmolzen, welches meine Ohren brummen ließ.

Auf dem Hauptplatz ließ ich mich von den Menschenmassen treiben, bis ich ein Fluchen hinter mir hörte. Taylor hatte mich unsanft am Arm gepackt und riss mich zu sich herum. »Holly, was zur Hölle ist denn mit dir los?«

»Du hast mich sitzen lassen, um dir einen kleinen Snack zu genehmigen und dich zu vergnügen? Du hast meine Lieblingsprinzessin gevögelt! Nachdem du so nett zu mir warst, mir deine Lebensgeschichte erzählt und diese seltsamen Anspielungen gemacht hast. Du hast mich sogar geküsst und jetzt … jetzt ruinierst du meine Kindheit!«

Meine Worte unterstützte ich mit wilden Gesten in Richtung des Wartungsschuppens und ballte meine Hände zu Fäusten, als ich spürte, wie meine Unterlippe zu zittern begann. »Ich habe gedacht, irgendwelche Vampirjäger hätten dich geschnappt!«, murmelte ich mit brüchiger Stimme, Tränen rannen mir über das Gesicht.

Zwar war ich erleichtert, dass ihm nichts passiert war. Aber glücklich stimmte mich das keinesfalls. In meinem Kopf tobte nun statt Gedanken ein

Sturm von Emotionen: Wut, Enttäuschung, Erleichterung, Ekel und Abscheu waren nur einige davon.

»Wir haben nichts miteinander! Es war nur ein Kuss, zugegeben, ein sehr anregender, aber eben nur ein einziger Kuss! Erwartest du jetzt eine Hochzeit, oder was?« Er atmete einmal tief ein und aus. »Egal, ich wollte dir auf keinen Fall Angst einjagen. Holly, ich hätte nicht gedacht, dass du dir solche Sorgen um mich machen würdest. Komm her.« Er ließ mich los und öffnete einladend seine Arme.

Ich stieß ihn mit aller Kraft von mir, wodurch ich nur selbst das Gleichgewicht verlor und ins Straucheln geriert. Ich hätte genauso gut versuchen können eine Backsteinmauer umzustoßen. Als er versuchte mich an sich zu ziehen, wich ich seinen Händen aus und knurrte: »Fass mich nicht an!«

Taylor verzog verärgert das Gesicht. »Erst denkst du dir wirres Zeug von Vampirjägern aus, machst einen Riesenaufriss, störst mich anschließend, wenn ich ein bisschen Spaß haben will, und jetzt willst du nicht in den Arm genommen werden? Was verdammt ist dein Problem? Bist du etwa eifersüchtig? Auch auf die Gefahr hin, mich zu wiederholen: Wir sind kein Paar! Wir haben uns nur geküsst und das war's auch schon! Hätte ich geahnt, dass du so ausrastest, hätte ich nie mit dir geflirtet. Meine Güte, du musst aufhören dich in jeden Typen zu verknallen, der dir über den Weg läuft, so wie dir das mit Ray passiert ist!«, brüllte er zurück.

Die Leute um uns herum hielten bereits inne und begannen uns anzustarren. Auch wenn ich nicht sicher war, ob sie uns erkannt hatten, würde es nur noch eine Frage der Zeit sein. Spätestens wenn die ersten Paparazzi auftauchten, hätten wir ein ernsthaftes Problem.

Ich senkte den Blick. Wut, Trauer und vor allem Beschämung kochten in mir hoch. »Ich ruf Adam an, damit er mich abholt. Viel Spaß noch mit Cinderella. Wenn du Glück hast, dann sieht sie nur dein hübsches Gesicht und nicht deinen beschissenen Charakter«, murmelte ich tonlos und rannte in Richtung Ausgang.

Wasser rann mir über die Wangen. Es hatte angefangen zu regnen und die dicken Tropfen des plötzlichen Schauers mischten sich mit meinen salzigen Tränen. Links und rechts von mir rannten Menschen mit den Jacken über den Köpfen in die zahlreichen Geschäfte, die die Hauptstraße säumten. Wenn Taylor mir hätte folgen wollen, dann hätte er mich längst eingeholt, erinnerte ich mich, als ich nach Luft schnappend meine Hände in die Seiten stemmte.

Ich ließ mich auf eine Bank beim Ausgang plumpsen und fingerte mein Handy aus der Tasche. Als ich mich ein wenig beruhigt hatte, rief ich Adam an. Seine Stimme klang besorgt und er versprach mich so schnell wie möglich abzuholen.

Der lauwarme Herbstregen prasselte unablässig auf mich herab, aber es war mir egal. Ein paar verirrte Parkbesucher beäugten mich kritisch im Vorbeieilen, ehe sie ebenfalls in ein Restaurant flüchteten. Während meine Klamotten immer nasser wurden und meine Augen sich vom Weinen rot färbten, vergrub ich mein Gesicht in den Händen.

Ich war verwirrt. Warum war ich so verletzt und verwundert, dass Taylor mich für einen Quickie sitzen gelassen hatte? Hatte ich so etwas nicht sogar erwartet? Warum war das ganze so eskaliert? Nur weil ich Sorge um ihn gehabt hatte? Oder steckte mehr dahinter? Klar, ich hatte von Taylor geträumt und ich fand ihn sexy, aber rechtfertigte das die Gefühle, die ich gerade empfand?

Ich hatte ihn immerhin aus freien Stücken geküsst, aber ich hatte es nur getan, um von ihm Informationen zu bekommen. Oder hatte er mir damit die perfekte Ausrede geliefert, um ihn küssen zu können? War ich etwa in Taylor verliebt? Oder empfand ich etwas für Ray? Oder gar für Damian? Nach einigem Zögern wurde mir klar, dass ich meine vor allem widersprüchlichen, aber eindeutigen Gefühle nicht länger leugnen konnte.

»Holly!«, rief Adam aus dem geöffneten Autofenster. Ich sprintete zur schwarzen Limousine, die direkt an den goldenen Toren des Parks hielt. Doch als ich die hintere Tür aufzog und das bleiche Gesicht von Taylor erblickte, hätte ich sie am liebsten wieder zugeschlagen.

Ich schrie auf. »Was machst du hier?!«, fragte ich entsetzt und wich zurück.

»Ich habe dich gesucht, aber den falschen Ausgang erwischt. Holly, lass uns noch mal reden«, flehte er, während er zu mir in den prasselnden Regen ausstieg und mir die Tür aufhielt. Das T-Shirt klebte an seinem porzellanweißen Körper und brachte sein Sixpack überragend gut zur Geltung. Die Haare klebten an seiner Stirn und verliehen ihm ein verwegenes Aussehen. »Komm schon, steig ein, du bist komplett durchnässt und im Gegensatz zu mir kannst du davon krank werden.«

Ich sah ihn hochmütig an, entschied dann aber meinen Stolz zu vergessen, um dem Regen zu entkommen. Mein Zittern war trotz der warmen Südstaatentemperaturen nicht mehr allein auf Entrüstung oder Weinen zurückzuführen.

Im Inneren der Limousine wartete jedoch schon die nächste Spukgestalt: Ray saß auf den schwarzen Lederpolstern und zog mich ungeduldig auf den Platz neben sich. Kaum hatte ich den Vergnügungspark verlassen, befand ich mich offensichtlich in einer Geisterbahn: Hinter jeder Tür schien eine weitere unangenehme Überraschung zu lauern.

»Was machst DU hier?«, quiekte ich und war nun vollends verwirrt. Ich wollte direkt wieder aus der Limousine springen, doch Ray hielt immer noch mein Handgelenk fest.

»Adam meinte, du klangst bei deinem Anruf völlig aufgelöst, deswegen habe ich ihn begleitet, um mich zu vergewissern, dass es dir gut geht. Dann kam uns aber auch schon Casanova entgegen.« Er funkelte Taylor an, der mittlerweile zurück in die Limousine gestiegen war.

Ich saß eingekeilt zwischen den beiden, während ich die schwarzen Ledersitze mit meinen klitschnassen Klamotten ruinierte. Ray drehte derweil meine Sitzheizung aufs Maximum, zog seine Jacke aus und warf sie mit einem besorgten Gesichtsausdruck über mich.

»Was ist vorgefallen?«, fragte er und beäugte Taylor misstrauisch.

Während ich zu einer Erklärung ansetzen wollte, kam Taylor mir jedoch zuvor. »Tja, ich und Holly waren essen. Ich habe ihr meine spannende Lebensgeschichte erzählt, wie du es mir aufgetragen hast. Anschließend hat sie mich geküsst und wollte Achterbahn fahren. Ich habe mir in der Zwischenzeit einen kleinen Nachtisch genehmigt. Sie platzte plötzlich rein, machte eine Szene und lief aufgebracht davon«, erklärte er knapp, zuckte mit den Schultern und war sich offensichtlich keiner Schuld bewusst.

Ich ballte die Hände zu Fäusten und spürte, wie erneut Wut in mir hochkochte. So viel zum Thema *unser kleines Geheimnis.* »Du hast mich ohne eine Erklärung alleine gelassen und meine Handtasche bei irgendeinem Kerl abgeladen. Ich habe gedacht, dir wäre sonst was passiert, irgendwelche Vampirjäger hätten dich geschnappt, und dann erwische ich dich in flagranti mit meiner Lieblingsprinzessin in irgendeiner schäbigen Hütte! Anschließend wirfst du mir vor, ich wäre in dich verliebt. Sag mal, geht's noch?«, brüllte ich ihn an.

Ray hatte eine Augenbraue gehoben und sah zwischen Taylor und mir hin und her, während wir uns stritten. Er hatte noch kein Wort gesagt, aber sein Gesichtsausdruck wirkte argwöhnisch.

»Wir haben anscheinend denselben Geschmack bei Prinzessinnen, Holly. Das tut mir natürlich leid«, spottete Taylor und schenkte mir ein lüsternes Lächeln.

»Du hast meine Kindheit ruiniert, ich kann nie wieder Cinderella gucken, ohne daran zu denken, dass du deine Fangzähne nicht bei dir behalten konntest!«

Taylor schnaubte verächtlich. »Tut mir ja leid! Wenn ich leidenschaftlich geküsst und danach stehen gelassen werde, schaue ich mich eben nach Alternativen um. Ich war gerade mal eine Viertelstunde weg und wäre fünf Minuten später wieder da gewesen.«

»Ach, der feine Herr hält gerade mal zwanzig Minuten durch? Da bin ich aber überrascht, woher diese tiefe Überzeugung kommt, dass sich jede Frau im Umkreis von drei Kilometern Hals über Kopf in dich verliebt, Casanova! Oh, und haben Vampire nicht wenigstens einen winzigen Moralkodex? Mit dem Essen fickt man nicht oder so etwas?«, giftete ich ihn an und wusste einen Wimpernschlag später, dass ich zu weit gegangen war. Ich schlug mir die Hände auf den Mund und riss die Augen auf.

Taylors Blick verfinsterte sich. Er stürzte sich auf mich und drückte mich auf Rays Schoß hinunter, während er mit seinen blitzenden Fangzähnen direkt über mir verharrte. Ich vernahm ein tiefes Knurren und blickte an Taylors mordlüsternem Gesicht vorbei in Rays Gesicht. Seine Hände lagen auf Taylors Schulter und mit einem unfassbar leisen, aber bedrohlichen Unterton sagte er: »Wenn du ihr auch nur ein Haar krümmst, dann wirst du dir wünschen nie geboren worden zu sein.« Die Temperatur in der Limousine war plötzlich eisig.

Taylor wich langsam auf seinen Sitz zurück und gab meine Arme frei. »Sorry, Holly«, murmelte er und schüttelte den Kopf. »Ich weiß nicht, was in mich gefahren ist. Aber schön, sie ist dir anscheinend nicht mehr egal, Ray.« Seine Augen hatten wieder ihren üblichen goldfarbenen Ton angenommen. Ray funkelte ihn mit einem gefährlichen Blick an. Ich war dankbar, dass er mich vor Taylor verteidigt hatte.

Taylor war unberechenbar und in vielerlei Hinsicht vermutlich gefährlicher als James. Vor allem hatte ich das Gefühl, diese Provokation war volle Absicht gewesen und er wäre nicht davor zurückgeschreckt, auf meine Kosten noch weiter zu gehen.

Ein unangenehmes Schweigen setzte ein, wobei ich versuchte möglichst weit von Taylor weg zu robben, aber auch nicht zu nah an Ray zu rücken. Eine knisternde Spannung lag in der Luft, ähnlich der eines drohenden Gewitters, und ich spielte unsicher an dem klitschnassen Saum meiner Strickjacke herum.

»Ein Hurrikan ist im Anmarsch, also möglicherweise müssen wir erstmal eine Weile in Florida bleiben«, verkündete Adam, der bisher gar nichts gesagt hatte.

»Ist das nicht gefährlich?«, fragte ich entsetzt und fing Adams Blick im Rückspiegel auf.

»Nicht gefährlicher, als einen Vampir zu verärgern! Grundsätzlich bedeuten die schwächeren Hurricanes, so wie dieser, es wird wohl eine Menge Wind und Regen geben. Also kein Grund zur Sorge«, erklärte Adam und lachte.

»Sorry, Taylor, ich hätte das nicht sagen sollen«, murmelte ich zerknirscht und besah meinen nun ausgefransten Saum. Ich zog an einem langen roten Faden und wickelte ihn mir um den Finger. Ich war dennoch böse auf ihn. Nicht nur weil er mich stehen lassen und nur Sekunden später mit einer anderen rumgemacht hatte, sondern auch weil er unseren Kuss unbedingt vor Ray hatte erwähnen müssen. Es war mir unglaublich peinlich.

Plötzlich legte sich eine Hand an mein Kinn und ich spürte, wie Taylor mein Gesicht weg von dem Faden und zu sich hinzog. Gleichzeitig verkrampfte sich Ray auf meiner anderen Seite.

»Keine Sorge, ich bin über siebenhundert Jahre alt, es gibt keine Beleidigung, die ich noch nicht gehört habe, aber deine große Sorge um mein Wohlbefinden schmeichelt mir. Wer hätte gedacht, dass ich dir solche Vulgaritäten entlocken kann.«

Sein Blick hielt meinen wie hypnotisiert gefangen und ich überlegte hin und her, ob er mir noch böse war.

Ray schnaubte und knurrte: »Taylor, du bist echt einmalig und das meine ich nicht im guten Sinne. Du gehst mit Holly aus, küsst sie sogar und vögelst dann mit einer anderen Frau? Sie hat alles Recht der Welt, sauer zu sein. Ich weiß zwar nicht, was du mit deinen kleinen Spielchen bezweckst, aber du solltest nicht vergessen, dass Holly Gefühle hat. Vielleicht solltest du davon Abstand nehmen, damit zu spielen und einfach bedenkenlos mit ihr rumzuknutschen.«

Taylor und Ray fixierten einander und ich bekam Angst, da ich immer noch zwischen beiden eingeklemmt war. Im Falle eines Kampfes würde ich den netten Boxsack in der Mitte abgeben. Die elektrisierte Stimmung schien sich mit jeder verstreichenden Sekunde zu verzehnfachen. Wenn Blicke töten könnten, wäre ich bereits als Kollateralschaden von einem fehlgeleiteten Blitz getroffen worden. Es war nur eine Frage der Zeit, bis die beiden aufeinander losgehen würden.

»Na ja, es war ja kein Date«, murmelte ich und versuchte damit die Situation zu relativieren.

»Oh, aber ich glaube, er hätte nichts dagegen gehabt, wenn es ein Date gewesen wäre«, spottete Ray verächtlich.

»Du weißt genau, was ich bezwecken wollte, Ray. Deiner Reaktion nach hat es auch wunderbar funktioniert. Du bist eifersüchtig.« Taylor grinste wölfisch.

»Was heißt hier eifersüchtig! Holly und ich haben eine Abmachung, dass sie meine Freundin spielen soll, von der du sehr wohl weißt! Wenn die Presse etwas von eurem Techtelmechtel erfährt, kann das auch alles nach hinten losgehen!«, entgegnete Ray.

»Noch ist euer kleines Schauspiel gar nicht öffentlich, sie könnte genauso gut meine Fake-Freundin werden.« Taylors Grinsen intensivierte sich und ich spürte, dass Rays Muskeln sich zum Zerreißen spannten.

»Ich wäre lieber Rays Fake-Freundin«, schaltete ich mich erneut ein und spürte, wie sich Ray leicht entspannte.

»Na, dann hätten wir das also auch geklärt!«, rief Taylor aus und hob die Hände abwehrend hoch. »Ach, Ray, wo wir gerade bei Klarstellungen sind: Sie hat mich geküsst, nicht ich sie. Zugegebenermaßen war der Grund allerdings nicht meine unwiderstehliche Anziehungskraft, sondern ebenfalls ein kleiner, aber feiner Deal. Sie hat es gemacht, um ein paar interessante Informationen über dich zu bekommen. Zum Beispiel, warum du so aufgewühlt warst, nachdem du sie das erste Mal geküsst hast.«

Offenbar waren das die Codeworte gewesen, um die Bombe hochgehen zu lassen. Ray stürzte sich auf Taylor und ich wurde abrupt zur Seite gerissen. Rays Gesicht war direkt vor meinem. Seine Zähne waren gebleckt und auf seiner Stirn war eine tiefe Falte erschienen. Seine Augen waren nicht mehr eismeerblau, sondern tiefschwarz gefärbt. Direkt an meinem Nacken, in dem sich selbst die feinsten Härchen aufgestellt hatten, spürte ich Taylors glucksenden Atem. Er verwendete mich als lebendigen Schutzschild.

Ich kniff meine Augen fest zusammen. So hatte ich Ray noch nie erlebt. Doch egal wie unnachgiebig sich mir die Angst aufdrängte, sie galt nicht ihm, sondern Taylor, dessen Zähne nur Zentimeter von meinem Hals entfernt waren. Irgendwas in mir wusste, dass, trotz der animalischen Boshaftigkeit in Rays Erscheinung, er mir nichts tun würde. Woher diese innere

Gewissheit stammte, wusste ich nicht. Bei Taylor hatte ich eine solche Eingebung allerdings nicht. Ich zitterte wie Espenlaub und musste heftig schlucken, um mich nicht vor Panik zu übergeben, während ich in seinem Klammergriff gefangen gehalten wurde.

Ich erwartete Knurren und Zähnefletschen, doch als Rays Stimme ertönte, klang sie ruhig und beherrscht. »Lass Holly sofort los«, verlangte er in einem gebieterischen Ton und ich spürte, wie sich Taylors Griff um mich lockerte. Hastig schlug ich die Augen wieder auf und drückte mich mit aller Kraft weg von beiden Vampiren. Wenn einer der beiden mich hätte aufhalten wollen, hätte ich keine Chance gehabt.

Ich flüchtete mich so weit, wie es nur ging, weg von den sich immer noch anstarrenden Männern und spielte sogar kurz mit dem Gedanken, auf die Fahrbahn zu springen. Ich sah Adams entsetzten Blick im Rückspiegel, wusste aber, dass er auch nichts tun konnte, um mich aus meiner misslichen Lage zu befreien.

»Was hast du ihr gesagt?«, knurrte Ray und ich glaubte einen Anflug von Panik in seinen Augen glimmen zu sehen. Seine Finger bohrten sich wie Klauen in Taylors Brustkorb und ich war überrascht kein Blut fließen zu sehen. Eine falsche Bemerkung jedoch und Ray würde ihm vermutlich das Herz rausreißen.

»Och, ich habe nur ein bisschen aus dem Nähkästchen geplaudert. Zum Beispiel, dass ihr eine physische Verbindung habt, die zwischen Mensch und Vampir nur sehr selten vorkommt, nichts weiter. Ich schwöre es!«, erwiderte Taylor, der sich immer noch gelassen gab. Ich sah jedoch, wie die Hand, die Ray gepackt hatte, kaum merklich zitterte.

Dann nahm ich aus den Augenwinkeln eine blitzschnelle Bewegung wahr, ich war mir nicht mal sicher, ob ich sie in ihrer Gänze erfasst hatte. In der nächsten Sekunde blutete Taylor aus seinem Mundwinkel. Er grinste daraufhin nur und sah aus dem Fenster, ehe er mit dem Handrücken das Blut abwischte.

Die angespannte Stimmung war verflogen. So hitzig, wie sich die Gemüter aufgeschaukelt hatten, schienen sie sich wieder abgekühlt zu haben.

Nur ich war immer noch wackelig auf den Beinen und drückte mich wie ein verängstigtes Häschen in eine Ecke der Limousine. Ich konnte eines nicht verhindern: Tränen rannen mir über die Wangen. Schon wieder.

»Holly, es tut mir leid, dass du das mit ansehen musstest«, sagte Ray und streckte eine Hand nach mir aus. Ich zuckte nicht zusammen, als er eine Träne von meiner Wange strich. In seinem Blick lag Bedauern und ich wusste, er wollte nicht, dass ich ihn so sah.

Ich war von mir selbst verwirrt. Unter normalen Umständen hätte mich Rays Ausbruch genauso sehr erschrecken müssen wie Taylors Bereitschaft, mich als Schutzschild zu missbrauchen. Jeden normalen Menschen hätte das zu Tode erschreckt. Aber irgendwas schien sich verändert zu haben. Ich schien mich verändert zu haben.

Verwirrt und immer noch schlotternd bemerkte ich, dass wir die Einfahrt des Hotels erreicht hatten. Es wartete bereits eine riesige Menschentraube auf uns. Die Stimmung in der Limousine hatte sich nicht verbessert, weshalb ich beeindruckt war, dass Ray und Taylor ihr 3.000-Watt-Superstar-Grinsen aufgesetzt hatten. Sie wirkten makellos und bester Laune. Keine Spur davon, dass sie sich vor gut zehn Minuten noch hatten zerfleischen wollen. Ich dagegen war nicht ganz so erfolgreich darin, eine gute Miene zum bösen Spiel zu machen. Es ging viel zu viel in mir vor.

Wie in Trance kletterte ich nach den beiden aus der Limousine und meine Augen blinzelten, während sie sich an das helle Blitzlichtgewitter gewöhnten. Der Regen, der immer noch erbarmungslos herunterprasselte, störte niemanden. Die Fragen der Reporter schienen zu einem allgemeinen Brummen zu verschwimmen, welches gedämpft an meine Ohren drang. Das verspätet einsetzende Adrenalin der Auseinandersetzung trieb das Blut so schnell durch meine Adern, dass ich alles wie in Zeitlupe wahrnahm.

Glücklicherweise wurde mir dank Taylors nassem Shirt nur wenig Beachtung geschenkt. Als er es auch noch elegant in einer einzigen fließenden Bewegung auszog und der Regen seinen perfekten weißen Körper hinabrann, hätte ich genauso gut eine Clownsnase aufsetzen können und keiner hätte es bemerkt. Paparazzi und Groupies kreischten gleichermaßen auf und umringten Taylor im Bruchteil einer Sekunde.

»Na ja, sollen ja alle nicht nur durch den Regen nass werden«, rief er schelmisch und ich sah einige der Fans rot anlaufen.

Ich schüttelte den Kopf und schritt in einigem Abstand mit versteinerter Miene hinter Ray her.

Plötzlich hörte ich einen lauten Knall. Einen Wimpernschlag später lag ich auf dem harten Asphalt. Auf mir lastete ein schweres Gewicht und presste die Luft aus meinen Lungen.

Ich rang nach Atem und tastete hilflos umher, während Sterne vor meinen Augen tanzten. Mein Kopf tat unglaublich weh. Um mich herum schrien die Leute und die lauten Rufe von Sicherheitsmännern drangen an meine Ohren. Bodyguards versuchten dem Tumult Einhalt zu gebieten. Ich dagegen versuchte panisch mich aufzurappeln.

Die Masse, die auf mir lastete, war Ray.

Sein Gesicht war schmerzverzerrt und verärgert zugleich. Er atmete zischend aus und machte keine Anstalten, von mir herunterzuklettern. Ich spürte, wie etwas Feuchtes an meiner Hand herablief. Es fühlte sich nicht nach dem lauwarmen Regen an, sondern dickflüssiger und eiskalt. Mein Kopf war derweil damit beschäftigt, die einzelnen Puzzleteile zusammenzusetzen: ein lauter Knall, Panik, ein wütender Ray und etwas Dickflüssiges, das meine Finger benetzte.

Jemand hatte auf uns geschossen!

ENDE von Band 1

DARK
DIAMONDS
Jeder Roman
ein Juwel
fantastisch
romantisch
faszinierend
sinnlich
dramatisch
Das Imprint für New Adult Fantasy
www.darkdiamonds.de

Von Feenhügeln und anderen Wundern

Raywen White
Mystic Highlands
Band 1: Druidenblut
Softcover
ISBN 978-3-551-30105-5

Als Rona Drummond auf einen versteckten Brief ihres Cousins stößt, beschließt die Studentin eine Reise nach Schottland zu wagen, um mehr über ihre ursprüngliche Heimat und ihre Ahnen zu erfahren. Schon lange hat sie das wilde Hochland und die weiten Wiesen vermisst. Doch mit was für einer Augenweide Rona tatsächlich konfrontiert wird, findet sie erst am Flughafen in Inverness heraus. Vor ihr steht Sean, ein athletischer, tätowierter Schotte, der einfach nur zum Umfallen gut aussieht. Und genau der ist es, der Rona auf ihre Ausflüge quer durch Schottland begleitet. Dabei sorgen merkwürdige Ereignisse dafür, dass sie einem dunklen Familiengeheimnis näher kommen, das nicht nur Ronas bisheriges Leben, sondern auch ihre aufkeimenden Gefühle für Sean in ein ganz anderes Licht stellt …

Dark Diamonds
Jeder Roman ein Juwel.

Dark Diamonds
Ein Imprint der CARLSEN Verlag GmbH
Januar 2019

Lektorat: Marion Lembke
Umschlagbild: shutterstock.com / © Viorel Sima / © gmstockstudio
Umschlaggestaltung: formlabor
Satz und Umsetzung: readbox publishing, Dortmund
Druck und Bindung: CPI Books GmbH, Birkach
ISBN 978-3-551-30139-0
Printed in Germany
www.carlsen.de/darkdiamonds

Alle Bücher im Internet: www.carlsen.de